Fr

L'enfance de Françoise Bourdin est bercée par les
airs d'opéra. Ses parents, tous deux chanteurs
lyriques, lui transmettent le goût des personnages
aux destins hauts en couleur et la musique des mots.
Très jeune, Françoise Bourdin écrit des nouvelles ;
son premier roman est publié chez Julliard avant
même sa majorité. L'écriture est alors au cœur de sa
vie. Son univers romanesque prend racine dans les
histoires de famille, les secrets et les passions qui les
traversent. La vingtaine de romans publiés chez
Belfond depuis 1994 sont de ce terreau et rassem-
blent à chaque parution davantage de lecteurs. Trois
d'entre eux ont été portés à l'écran. Françoise
Bourdin vit aujourd'hui dans une grande maison en
Normandie.

UNE NOUVELLE VIE

DU MÊME AUTEUR
CHEZ POCKET

FRANÇOISE BOURDIN

UNE NOUVELLE VIE

BELFOND

Le papier de cet ouvrage est composé de fibres naturelles, renouvelables, recyclables et fabriquées à partir de bois provenant de forêts plantées et cultivées durablement pour la fabrication du papier.

Le Code de la propriété intellectuelle n'autorisant, aux termes de l'article L. 122-5, 2º et 3º a), d'une part, que les « copies ou reproductions strictement réservées à l'usage privé du copiste et non destinées à une utilisation collective » et, d'autre part, que les analyses et les courtes citations dans un but d'exemple et d'illustration, « toute représentation ou reproduction intégrale ou partielle faite sans le consentement de l'auteur ou de ses ayants droit ou ayants cause est illicite » (art. L. 122-4).
Cette représentation ou reproduction, par quelque procédé que ce soit, constituerait donc une contrefaçon, sanctionnée par les articles L. 335-2 et suivants du Code de la propriété intellectuelle.

place
des
éditeurs

© 2008, Belfond un département de
ISBN : 978-2-266-19173-9

*Pour Thierry et Liliane, cousins suisses
d'excellence, avec toute mon affection.*

1

La première chose que vit Alban en ouvrant les yeux fut la pile de cartons. Il ne restait que ces trois-là, dès qu'il les aurait vidés ce serait comme s'il n'était jamais parti.

Il patienta quelques instants, le temps que sa vue devienne plus nette. Sur le mur, au-dessus des cartons, une fissure zigzaguait vers la fenêtre. La même, depuis toujours, qui s'élargissait insensiblement au fil des années. La maison vieillissait, s'abîmait sous l'effet du vent salé venu de la mer.

Il s'étira, faillit rabattre la couette sur sa tête, prêt à se rendormir, mais il se rappela d'un coup la présence de ses frères, arrivés tard la veille au soir. Jo devait déjà s'affairer dans la cuisine, alors qu'Alban avait promis qu'il s'occuperait de tout. Il jaillit hors du lit, récupéra ses lunettes sur la table de nuit et fonça vers la salle de bains. Dix minutes plus tard il dévalait l'escalier, vêtu d'un jean et d'un col roulé, une main sur la rampe pour aller plus vite dans les courbes des paliers. Il trébucha sur la barre de cuivre de l'avant-dernière marche, ce qui lui arrivait presque chaque matin, et se retrouva propulsé au milieu du hall. En découvrant qu'une lumière brillait, à l'autre bout de la galerie, il comprit qu'il arrivait trop tard.

— Toujours aussi matinale ! ronchonna-t-il.

Plus rien ne le pressait, aussi marqua-t-il un temps d'arrêt devant l'une des fenêtres. Le jour se levait à peine, avec des traînées laiteuses à l'est. D'ici une heure, on pourrait apercevoir la mer, au loin, et peut-être un bateau tel un point minuscule sur l'horizon.

Il gagna la cuisine, entra à pas de loup et fit sursauter Jo lorsqu'il la saisit par la taille.

— J'ai eu peur ! protesta-t-elle. Regarde-moi ça, il y en a partout.

La louche de pâte qu'elle était en train de verser dans la poêle avait débordé, mais son air réjoui prouvait qu'elle n'était pas fâchée. Il nettoya les dégâts à grand renfort d'essuie-tout, soudain affamé par l'odeur des crêpes et du beurre chaud. Sur la lourde table, marquée d'innombrables éraflures, les bols à pois voisinaient avec les pots de confiture dont Jo avait le secret. Reines-claudes, mûres, framboises ou mirabelles, à la belle saison elle pouvait rester penchée sur ses chaudrons de cuivre des journées entières pour surveiller l'exacte cuisson des fruits.

— Joséphine, dit-il d'un ton solennel, tu es une grand-mère en or !

De nouveau, il la prit dans ses bras, plus doucement cette fois, et la berça contre lui.

— Mais tu te fatigues trop. À quelle heure t'es-tu levée ?

— On n'a plus besoin de sommeil à mon âge.

Elle tourna la tête pour le dévisager, esquissa un sourire.

— Je ne m'habitue pas à te voir porter des lunettes, Alban. Elles te vont bien, remarque, je ne voulais pas dire…

Navrée d'avoir été maladroite, elle se mit une main sur la bouche comme pour s'obliger à se taire.

— Ne t'inquiète pas, Jo. Je m'y suis fait, ça m'est égal.

Il n'était pas vraiment sincère, il voulait juste la rassurer. Néanmoins, son problème de vue lui avait coûté sa carrière de pilote de ligne, avait bouleversé son existence de fond en comble, avait aussi failli le fâcher avec la femme de sa vie, il ne pouvait pas affirmer que ça ne lui posait *aucun problème*.

Un bruit de cavalcade, dans les profondeurs de la galerie, leur annonça l'arrivée du reste de la famille. Colas entra le premier, cheveux ébouriffés et survêtement informe, fidèle à son image de cadet attardé dans un reste d'enfance malgré ses trente-huit ans. Derrière lui, Gilles, l'aîné, portait une impeccable robe de chambre grenat et s'était déjà rasé. Il lança à Alban :

— Quelqu'un va finir par se casser quelque chose, tu devrais réparer cette fichue barre de cuivre !

— Pourquoi moi ?

— Parce que, maintenant, tu vis ici.

Une décision prise sous la pression des événements et avec la bénédiction de tous. Alban s'en félicitait chaque matin, pas vraiment convaincu mais résolument enthousiaste. Revenir habiter la maison, c'était à la fois renouer avec le passé et se forger un nouvel avenir. C'était aussi le moyen de veiller sur Joséphine qui, à quatre-vingt-quatre ans, ne pourrait bientôt plus rester seule. C'était, enfin, la possibilité de conserver cette folle villa balnéaire, immense et vétuste, dont les trois frères refusaient de se séparer. Lors d'un véritable conseil de famille, ils avaient pris conscience de leur attachement viscéral à ce qu'ils appelaient avec ironie « le paquebot ». Une bâtisse impossible à entretenir, surtout de loin, construite à une époque où les économies d'énergie n'étaient pas à l'ordre du jour. Depuis bien des années, ils y venaient ensemble ou à tour de rôle pour des vacances, s'y retrouvaient à Noël et lors des premiers beaux week-ends de printemps, arrivaient par surprise pour embrasser Joséphine et goûter à sa cuisine le temps d'un repas improvisé. Maison de famille, maison d'enfance chargée de souvenirs, Gilles puis Colas s'étaient mariés là et leurs épouses avaient adopté le paquebot à leur tour. À deux heures de Paris, assez en retrait du littoral pour éviter la foule des touristes, assez en hauteur pour dominer la mer, assez vaste pour recevoir tous les enfants et tous les amis, entourée d'un magnifique jardin planté de chênes, de hêtres et de pommiers, la propriété cumulait bien des avantages malgré sa kyrielle de factures annuelles.

— Des crêpes ! s'exclama Sophie en entrant. Oh, Joséphine, ma ligne…

— Tu es épaisse comme un haricot vert, tu ne risques rien, répliqua la vieille dame.

Ignorant la réflexion, Sophie toisa Gilles d'un regard aigu.

— Tu aurais pu m'attendre pour descendre, non ?

Malgré toute son assurance d'avocat d'affaires, Gilles pliait l'échine devant sa femme, du moins en apparence, et il marmonna une vague excuse. Pendant ce temps-là, Colas s'était emparé de la cafetière pour emplir les bols.

— Le commandant Espérandieu et son équipage vous souhaitent un agréable voyage, chantonna-t-il avec un sourire espiègle.

La plaisanterie n'était pas neuve, mais désormais Alban n'était plus pilote, il ne ferait plus jamais décoller les long-courriers d'Air France.

— Mon pauvre Colas, ton humour est un chef-d'œuvre de mauvais goût, lui jeta Sophie.

Surpris, Colas se troubla puis regarda son frère.

— Le sujet est tabou, Alban ?

— Bien sûr que non.

Ils avaient tous pris l'avion avec Alban aux commandes, ravis de pouvoir faire un tour dans le poste de pilotage et d'être traités en passagers privilégiés. Gilles et Colas éprouvaient alors une certaine fierté, assortie d'une pointe d'envie. L'uniforme d'Alban, ses responsabilités, ses voyages au bout du monde et ses innombrables conquêtes les avaient longtemps fait rêver. Jusqu'à l'accident, un an auparavant.

— Tu t'arrêtes et tu vas t'asseoir, dit Gilles à Joséphine. Il y en a pour un régiment, on ne mangera jamais tout ça.

Il la conduisit jusqu'au vieux fauteuil de rotin que les frères avaient descendu d'une des chambres exprès pour elle. Eux préféraient les longs bancs de bois sur lesquels ils avaient grandi, s'étaient chamaillés, avaient parfois veillé des nuits entières en jouant aux cartes.

— J'ai le devis du chauffagiste, annonça Alban. C'est à frémir…

La chaudière donnait de grands signes de fatigue, mais chaque année ils différaient son remplacement.

— Pas d'histoires de fric au petit déjeuner ! protesta Sophie.

Agacée, elle secoua ses boucles blondes puis tendit la main vers le plat de crêpes. Le vernis de ses ongles était impeccable, comme sa coupe de cheveux et son peignoir brodé de soie.

— Au contraire, on en profite avant que les enfants soient levés, répliqua Gilles d'un ton docte.

S'il s'agissait d'affaires, il était impossible de le faire taire, sa faconde d'avocat reprenait le dessus.

— Établis une liste de priorités, suggéra-t-il à Alban. La chaudière, la toiture…

Un coup de boutoir dans la tuyauterie l'interrompit et Colas enchaîna à sa place, hilare :

— La plomberie ! Ça, c'est ma femme qui prend sa douche.

— Des priorités, d'accord, admit Alban. Mais il n'y a pas de réelle urgence.

— Tu n'en sais rien. Fais au moins venir un couvreur. Ou mieux, un architecte, je paie la consultation.

L'une des expressions favorites de Gilles était qu'il allait payer quelque chose. Habitué à gagner de l'argent, il le dépensait volontiers, couvrant Sophie de bijoux et n'appréciant que les grands restaurants.

— Un architecte, c'est ridicule, trancha Alban. Peut-être un entrepreneur qui coordonnera les travaux si on met plusieurs choses à la fois en chantier.

À vrai dire, il aurait fallu faire défiler tous les corps de métiers pour redonner au paquebot son lustre de villa Belle Époque. Alban y avait longuement réfléchi avant de se décider. Durant ses quatorze années de carrière chez Air France, il avait mis un peu d'argent de côté, mais cette épargne restait très insuffisante pour financer l'achat d'un appartement dans Paris, surtout avec la flambée de l'immobilier. Incapable de déterminer quelle serait sa reconversion professionnelle, il ne pouvait même plus tabler sur des revenus fixes. Alors la solution du paquebot avait commencé à faire son chemin. Il s'était mis à y penser chaque jour, puis s'en était ouvert à Valentine, la femme qu'il aimait par-dessus tout. Avec le recul, il se rendait bien compte qu'il avait presque espéré la désapprobation de Valentine. Si elle avait émis la moindre réserve, il aurait abandonné l'idée sans regret car il ne se sentait pas sûr de lui. N'était-il pas devenu à la fois trop citadin et trop grand voyageur pour accepter une existence sédentaire au fond d'une grande baraque perdue dans la campagne normande ? Contrairement à son attente, Valentine avait sauté de joie. Bien que n'ayant passé que trois ou quatre week-ends à la villa, elle l'*adorait* et se voyait très bien y vivre à longueur d'année. Volubile, elle avait affirmé qu'elle ne supportait plus Paris, le bruit, le stress, la pollution, les prix déments, et comme elle avait la chance de pouvoir exercer son métier de traductrice n'importe où, elle était toute disposée à faire ses valises ! Devant tant d'ardeur, Alban était resté stupéfait. Leur relation, passionnée mais aussi très chaotique, ne prenait pas jusque-là le chemin d'une cohabitation. Quelques mois plus tôt, lorsqu'il lui avait parlé de mariage, elle s'était contentée d'en rire, balayant sa demande avec insouciance.

— Alban ? Alban !

Gilles l'interpellait, scandalisé de son inattention.

— Bon sang, il s'agit de choses sérieuses, fais au moins semblant d'écouter.

— Sophie ne veut pas d'histoires d'argent au petit déjeuner, rappela-t-il.

— On se fout de ce que veut…, commença Gilles. Non, désolé, chérie. Mais enfin, il faut qu'on tombe d'accord, et surtout qu'on reste équitables.

— Tu n'auras qu'à nous préparer des actes à en-tête de ton cabinet, persifla Colas.

— Absolument ! J'ai des enfants, toi et Alban pouvez en avoir un jour, ne rendons pas la situation inextricable.

— Il me semble qu'en famille on devrait s'entendre à l'amiable, non ?

— Tu plaisantes ? C'est au sein de la famille qu'on trouve les pires conflits, les plus vilains règlements de comptes. Mon pauvre Colas, si tu savais ce que…

Avant que la discussion ne devienne orageuse, Joséphine intervint, de sa voix fluette :

— Pourquoi vous disputez-vous ? Croyez-moi, ça n'en vaut pas la peine. Si vous m'aviez demandé mon avis, au lieu de me mettre devant le fait accompli...

Elle eut une moue navrée, celle qu'elle réservait autrefois à leurs bêtises d'enfants.

— Mais enfin, Jo, s'insurgea aussitôt Gilles, c'est à toi que nous avons pensé d'abord ! À toi, et aussi au paquebot, qu'on a trop laissé rouiller.

— Pour moi, il ne fallait pas vous en faire, je ne suis pas sénile.

— Non, mais tu es seule, loin de tout, ravitaillée par les corbeaux ! L'âge est là, Jo, tu peux avoir des problèmes de santé.

Comme, en effet, elle n'était pas gâteuse, elle se contenta de hocher la tête, puis son regard se perdit quelques instants sur la table. Lorsqu'elle releva les yeux, ils brillaient d'un éclat singulier, presque inquiétant.

— Je dois vous dire, mes enfants, que cette maison ne porte pas vraiment bonheur... Je m'en suis bien trouvée quand je l'ai quittée.

Atterrés, les trois hommes et Sophie la contemplèrent un moment en silence. Lorsqu'elle avait choisi de vivre à l'annexe, une petite dépendance de plain-pied, douillette et bien exposée au soleil, ils s'étaient imaginé qu'elle le faisait pour d'évidentes raisons de commodité.

— Vous êtes superstitieuse, Jo ? ricana Sophie pour détendre l'atmosphère.

— Ma chérie, je t'aime beaucoup, soupira la vieille dame, mais tu ne peux rien comprendre à tout ça.

D'un geste mécanique de sa paume, elle faisait glisser quelques miettes sur la table, en avant, en arrière.

— Il y a eu de grands malheurs ici, vous le savez bien.

— C'est du passé, Jo, dit doucement Alban. Toutes les maisons anciennes ont forcément connu leur lot de drames au fil des générations. Revenir habiter le paquebot me rend très heureux. Tu verras comme on va bien s'entendre, toi et moi !

— Oh, ça, je n'en doute pas…

Elle plongea son regard dans celui d'Alban et le scruta de manière intense, jusqu'à ce qu'il se sente mal à l'aise.

— J'ai à faire ! s'exclama-t-elle brusquement.

Repoussant le fauteuil, elle se leva en hâte, serra son tablier autour d'elle.

— Je vous prépare des poules au riz pour le dîner. À ce soir, mes enfants, j'apporterai tout vers huit heures.

Elle trottina jusqu'à la porte qui donnait sur l'extérieur et disparut.

— Est-ce qu'elle ne devient pas un peu lunatique ? s'enquit Sophie d'un ton perplexe.

Les trois frères échangèrent un coup d'œil mais aucun ne se donna la peine de répondre.

Valentine se mit sur la file de droite pour prendre la bretelle de sortie en direction de Deauville. Sa petite Peugeot était bourrée de valises et de sacs dans lesquels elle avait entassé des objets hétéroclites : dictionnaires, lampe de bureau, ordinateur portable, papeterie en vrac, pendulette fétiche. À présent, son studio de Montmartre était presque vide, elle n'y avait laissé que le strict nécessaire. Au cas où…

— Où quoi, ma fille ? se morigéna-t-elle à haute voix.

Vivre avec Alban l'effrayait à peu près autant que sauter dans le vide, mais elle ne pouvait plus reculer.

Des deux côtés de la route, la campagne ressemblait à une carte postale avec ses prés verts semés de pommiers, ses vaches broutant sagement derrière des haies vives, ses fermes trapues aux toits couverts de chaume. Un paysage bucolique et serein dont Valentine appréciait le moindre détail. Elle allait se plaire ici, elle le savait. Mais Alban ? Comment réagirait-il avec l'hiver, l'inaction ? Combien de temps mettrait-il à se lasser d'elle ? Depuis qu'elle le connaissait, elle avait peur de le perdre. Il était un si beau cadeau du ciel, arrivé juste à point nommé ! Lorsqu'elle l'avait rencontré chez des amis, trois ans auparavant, elle ne lui avait accordé qu'une curiosité amusée parce qu'il était à l'évidence la coqueluche de toutes les femmes présentes ce soir-là. Elles l'entouraient, l'écoutaient bouche bée, riaient en se dandinant devant lui. « Il est à tomber par terre, non ? » lui avait glissé la maîtresse de maison avec un clin d'œil appuyé. Certes, ce type était séduisant, le genre de grand beau brun au regard sombre et velouté qui, de surcroît, se payait le luxe d'être pilote de ligne, mais Valentine n'avait envie de *tomber par terre* devant aucun homme. En conséquence, elle s'en était désintéressée. À la fin de la soirée, ils s'étaient retrouvés ensemble dans l'ascenseur, puis sur le trottoir où s'abattait une averse diluvienne. Quand un taxi s'était enfin présenté, vingt minutes plus tard, ils l'avaient tout naturellement partagé, et une fois installés sur la banquette arrière, ils avaient ri comme des gamins. Trempés, les cheveux ruisselants, ils s'étaient moqués l'un de l'autre puis avaient fini par échanger leurs numéros de téléphone. Le surlendemain, Alban l'appelait pour l'inviter à déjeuner.

Valentine mit son clignotant et s'engagea sur une étroite départementale qui grimpait en pente douce vers une colline boisée. Dans moins de cinq kilomètres, elle parviendrait à la villa et retrouverait Alban. Son cœur battit soudain plus vite, comme chaque fois qu'elle s'apprêtait à le revoir après une séparation. Au début de leur liaison, elle attendait ses retours de voyage avec une folle impatience, qu'elle se gardait bien de lui avouer. Durant toute la première année, elle s'était persuadée que l'histoire serait brève et qu'elle ne devait pas s'investir sentimentalement. D'après leurs amis communs, Alban avait eu une foule d'aventures aux quatre coins du monde. Les hôtesses qui faisaient partie de son équipage séjournaient avec lui dans des hôtels de luxe lors des périodes de repos obligatoires avant le vol de retour des long-courriers, ce qui rendait Valentine verte de jalousie. Elle supposait ces jeunes femmes prêtes à tout pour obtenir les faveurs de leur commandant, et même si ce n'était pas le cas, restaient les rencontres de passage, avec de ravissantes Asiatiques par exemple. À chaque rotation d'Alban, elle redoutait de découvrir chez lui des signes de lassitude ou, pire, d'entendre les mots de la rupture. Pour se préserver, elle le tenait un peu à distance et faisait semblant de rire quand il parlait d'amour. Il avait fallu bien des mois pour qu'elle commence à y croire, pour qu'elle se laisse un peu aller.

— Mais j'ai raté le portail, ma parole, ragea-t-elle en enclenchant la marche arrière. Il est assez grand, pourtant !

Elle franchit les grilles et roula au pas le long du chemin bordé de hêtres qui conduisait à la maison. Quand celle-ci apparut enfin, Valentine s'arrêta un instant pour la contempler. L'architecte qui l'avait conçue pour le père de Joséphine, en 1925, avait laissé libre cours à son imagination exubérante. À l'époque, les résidences de villégiature se multipliaient sur les côtes du Calvados, inspirées de l'architecture augeronne à pans de bois mais caractérisées par un éclatement des formes. Le paquebot n'échappait pas à la règle avec sa façade polychrome constituée d'un appareil de pierres et de briques en damiers au rez-de-chaussée, et de colombages bleu canard sur les étages. Ses hautes toitures asymétriques aux fortes pentes s'égayaient de lucarnes et de cheminées élancées, tandis qu'une profusion de balcons, fenêtres en saillie, balustrades et incrustations de pavés de céramique lui donnait une allure démente.

— Un gouffre, soupira Valentine en redémarrant.

Elle alla se garer près de l'annexe afin de saluer Joséphine avant de rejoindre le reste de la famille. La vieille dame était chez elle, la propriété lui appartenait, c'était bien la moindre des choses que la remercier pour son hospitalité.

— Voilà la jolie brunette ! s'exclama Joséphine qui revenait du verger, un panier au bras. Tu es là pour de bon, cette fois ?

D'un geste désinvolte, Valentine désigna sa voiture pleine à craquer.

— Oui, je m'installe ! Et j'en suis vraiment ravie, Jo.

— Alban dit la même chose que toi. Fasse le ciel que vous soyez heureux ici, mais…

Sans achever sa phrase, Joséphine passa son bras libre autour des épaules de Valentine.

— Tu es une femme pour lui, c'est drôlement bien.

Dès le premier regard, elles avaient sympathisé malgré leur différence d'âge. Observatrice, Valentine avait tout de suite remarqué la vivacité d'esprit de Joséphine, sa douceur et sa sensibilité, mais aussi autre chose de moins facile à définir. La vieille dame avait parfois une étrange manière de regarder les gens, comme si elle cherchait à lire au fond de leur âme. « N'auriez-vous pas un petit don de médium ? » avait demandé Valentine à brûle-pourpoint. Joséphine s'en était défendue, avouant du bout des lèvres qu'il lui arrivait tout au plus d'avoir quelques prémonitions, et que, dans sa jeunesse, elle aimait bien tirer les cartes.

— Tu vas m'aider à porter le dîner. Mes vieux plats en fonte pèsent autant qu'un âne mort !

Valentine la suivit jusqu'à sa cuisine où régnait une alléchante odeur de volaille rôtie.

— C'est votre fameuse poule au riz ?

— Colas en est fou, j'ai voulu lui faire plaisir.

Le but unique de l'existence de Joséphine semblait être de faire plaisir à ses trois petits-fils. Elle les dorlotait, les adorait, mais elle savait aussi les laisser tranquilles, rechignant à prendre tous ses repas à la villa lorsqu'ils y séjournaient. « Chacun chez soi » était son leitmotiv depuis qu'elle avait choisi d'habiter cette petite maison confortable qu'elle pouvait chauffer à sa guise.

— Dis-moi, Valentine, n'as-tu pas quelque chose de changé ?

Jo était en train de la détailler avec attention, sourcils froncés, ce qui mit Valentine vaguement mal à l'aise.

— Non, je ne crois pas…

Elle ne souhaitait pas en parler, et quand le moment viendrait, ce serait à Alban qu'elle donnerait la primeur de la nouvelle.

— Moi, j'en suis sûre, dit Jo d'un ton péremptoire.

Se détournant de Valentine, elle entreprit de tapisser deux cabas avec des journaux avant d'y déposer ses marmites.

— Nous serons tous réunis, ce soir, c'est une grande joie pour moi. Mais je profite de notre petit tête-à-tête pour te rappeler que je suis ton amie, ton alliée, et que tu ne devras jamais hésiter à venir me voir si tu as le moindre souci.

— Merci, Jo. Je le ferai.

— Vivre dans cette… bâtisse ne t'effraie pas ?

— Au contraire, je trouve ça totalement exaltant. Je n'ai connu que de petits appartements plutôt sombres et des grandes villes plutôt tristes, alors votre maison m'émerveille. On la dirait sortie d'un dessin animé de Walt Disney !

— Tu trouves ? Mon père en était très fier. Elle représentait pour lui le symbole de sa réussite sociale. Chaque année, il faisait repeindre les balustrades et plantait de nouveaux arbres. Le soir, quand il rentrait de sa fabrique de porcelaine, il s'arrêtait toujours au pied des marches pour contempler sa villa.

À cette évocation, Joséphine ébaucha un petit sourire nostalgique avant d'enchaîner :

— J'y ai passé plus de soixante-quinze ans de ma vie, tu te rends compte ?

— Même quand vous étiez jeune mariée ?

— Il n'a jamais été question de vivre ailleurs. Après tout, il y avait de la place, on ne se gênait pas. Et puis mon mari travaillait avec mon père à la fabrique, c'était plus simple comme ça. À l'époque, tu sais, les familles trouvaient normal d'habiter ensemble. Quand j'ai eu mon fils…

Elle s'interrompit de manière abrupte, secoua la tête.

— Allons, je ne vais pas te raconter ma vie !

— Pourquoi pas ?

— Eh bien, un jour d'hiver où tu t'embêteras, je te ferai l'historique de la maison et des quatre générations d'Espérandieu si ça t'amuse.

— Je vous prends au mot, Jo. Tout ce qui touche Alban m'intéresse.

La vieille dame eut cette fois un franc sourire.

— Je le sais bien, ma petite Valentine. Je le sais bien…

Elle attrapa un châle, posé sur le dossier d'une chaise, et s'en enveloppa.

— Ils ont dû voir ta voiture, ne les faisons pas attendre.

En sortant, elles furent surprises par un petit vent froid qui s'était levé et qui les fit frissonner. Dans la lueur incertaine du crépuscule, avec ses nombreuses fenêtres illuminées, la villa qui se dressait face à elles méritait amplement son surnom de paquebot.

Sophie fut la première à remarquer l'arrivée de Valentine. Elle l'avait vue descendre de sa Peugeot chargée jusqu'au toit et faire des amabilités à Joséphine avant de la suivre dans l'annexe.

— Dieu qu'elle m'agace…, marmonna Sophie.

Ses enfants étaient en train de chahuter dans la salle de bains, elle entendait leurs rires, leurs cris, et aussi la voix de Gilles qui tentait de ramener le calme. Dès qu'il était ici, il prenait son rôle de père très au sérieux, alors qu'à Paris il s'en désintéressait.

Ouvrant la penderie, Sophie hésita un peu puis choisit un pull gris perle et crème, en angora, orné de quelques strass. Avec son pantalon de velours noir, ce serait parfait. Inutile de trop s'habiller, il ne s'agissait que d'un dîner de famille, on n'allait tout de même pas tirer un feu d'artifice pour l'arrivée de Valentine ! Mais aussi, pourquoi Alban en faisait-il une telle histoire ? Valentine par-ci, Valentine par-là, il s'était ridiculement toqué de cette femme. Or le rôle d'amoureux transi ne lui allait pas du tout, Sophie le préférait de loin en coureur de jupons, en bourreau des cœurs. D'abord, ça faisait un formidable célibataire à inviter dans les dîners, et puis, au fil du temps, Sophie avait pris l'habitude de lui prodiguer une affection très exclusive, presque ambiguë.

— Tu es prête ? lui lança Gilles depuis le seuil. Valentine vient d'arriver, et Jo a porté le dîner. On fait manger les enfants avant ?

— Oui, vas-y, je te rejoins dans cinq minutes.

Puisqu'il avait envie de s'occuper d'eux, qu'il s'en donne à cœur joie !

— N'oublie pas le sirop d'Anne, rappela-t-elle, elle tousse encore un peu.

Leur fille et leurs deux fils, Paul et Louis, raffolaient de ces week-ends au paquebot, des parties de pêche en mer improvisées par leur père et leurs oncles, des gâteaux de leur arrière-grand-mère Joséphine, et des interminables séances de cache-cache qu'ils organisaient en s'égaillant dans tous les recoins de la villa.

— C'est un endroit de rêve, murmura-t-elle, et pas uniquement pour des enfants !

Dès sa première visite, Sophie avait apprécié l'endroit, mais elle ne s'y était vraiment attachée que lorsque Joséphine l'avait quitté. Passer ses vacances avec une vieille dame aurait fini par lui être insupportable, elle l'avait bien fait comprendre à Gilles.

Devant le miroir de la coiffeuse, elle retoucha légèrement son maquillage puis se détailla sans complaisance. À trente-six ans, les premières rides étaient là, et l'ovale du visage moins parfait. Néanmoins, l'image que lui renvoyait la glace avait de quoi la satisfaire. Une belle jeune femme aux traits délicats, avec des yeux bleu porcelaine, un nez fin, un petit menton volontaire que

Gilles trouvait adorable. D'ailleurs, au bout de quinze années de mariage, il était toujours amoureux d'elle et affirmait qu'elle était de plus en plus belle. Lui, en revanche, vieillissait. Il commençait à perdre ses cheveux, luttait contre un début d'embonpoint, accusait son âge.

Après un dernier regard, Sophie se détourna du miroir. Si elle voulait passer une soirée agréable, elle allait devoir faire bonne figure à Valentine. Mais comment oublier que celle-ci s'installait à demeure et deviendrait désormais celle qui reçoit ?

— Ah, non ! On attendra qu'Alban l'épouse, mais pour l'instant elle n'est que sa petite copine, pas une Espérandieu.

Ce nom charmait Sophie depuis qu'elle le portait, et lui offrait l'illusion d'appartenir à un clan. Elle était mariée à l'aîné des Espérandieu, brillant avocat au barreau de Paris, fils et petit-fils de porcelainiers normands. Des origines qui lui plaisaient bien et lui auraient même donné envie de s'adresser à un généalogiste pour faire établir l'arbre de la famille si Gilles ne s'y était pas formellement opposé, « Pas question de farfouiller dans la vie de mes ancêtres, laisse-les tranquilles ! » Sophie n'avait pas insisté, elle savait qu'une sorte de mystère entourait les parents de Gilles. Autant il aimait parler de Joséphine, autant il répugnait à évoquer son père et sa mère, décédés la même année dans des circonstances troubles.

Elle accrocha ses boucles d'oreilles, deux ravissants clous en diamant que Gilles lui avait offerts pour son anniversaire, puis elle quitta la chambre. Tout le premier étage était silencieux et plongé dans la pénombre. Seules les veilleuses, le long des couloirs, restaient allumées en permanence, sauf quand les enfants s'amusaient à dévisser les ampoules pour jouer à se faire peur.

— Il y a de quoi se perdre, murmura Sophie en tournant dans la galerie qui conduisait à l'escalier d'honneur.

— Tu parles toute seule ? s'esclaffa Alban.

Il descendait du second, un peu essoufflé.

— Et toi, tu te déplaces dans le noir ?

— Je connais chaque marche par cœur. Surtout l'avant-dernière, comme dirait ton mari ! Je viens de monter toutes les affaires de Valentine dans la chambre jaune, elle veut y faire son bureau.

— Bonne idée, approuva distraitement Sophie.

Elle se moquait de l'endroit où s'installerait Valentine, mais tant qu'à faire, autant que ce ne soit pas au même étage.

— Tu es tout ébouriffé, fit-elle remarquer.

D'un geste affectueux, elle lui passa la main dans les cheveux. Il n'avait aucun problème de calvitie et il restait parfaitement mince, pourtant, il n'avait que deux ans de moins que Gilles.

— Peut-être que je ne devrais pas faire ça, dit-elle en retirant sa main à regret.

— Quoi ?

— Te câliner comme un grand frère. Maintenant, il y a Valentine, elle pourrait mal le prendre.

Elle plaisantait, mais Alban la dévisagea avec beaucoup de sérieux.

— Je ne crois pas, répondit-il lentement. Bah, tu n'auras qu'à le lui demander !

Vexée, Sophie haussa les épaules d'un air qu'elle espérait désinvolte. Elle ne comptait pas demander la moindre autorisation à Valentine, il fallait être naïf comme Alban pour l'imaginer.

Ils gagnèrent la cuisine où les enfants achevaient leur dîner sous le regard attendri de Joséphine.

— Pour eux, précisa la vieille dame, j'en avais fait une petite marmite à part, pas trop poivrée à cause d'Anne, qui tousse…

— C'est très gentil, Jo, bredouilla Sophie. Et ça sent divinement bon !

Mais ce n'était pas la poule au riz qui l'intéressait pour l'instant. À l'autre bout de la cuisine, Gilles et Colas entouraient Valentine qui semblait beaucoup les faire rire. Même la femme de Colas, Malaury, affichait un sourire hilare tout en servant l'apéritif. Sophie les rejoignit et n'hésita pas à les interrompre.

— Bienvenue sur le paquebot ! lança-t-elle à Valentine. Je suis ravie de vous voir. Bon voyage ?

— Deux petites heures d'autoroute, pas vraiment une épopée. J'adore votre pull…

Elles échangèrent un regard aigu avant de s'embrasser, chacune jaugeant l'autre. Valentine était plus grande que Sophie qui dut se mettre sur la pointe des pieds malgré ses talons.

— Je te sers un kir ? proposa Malaury.

Comme souvent, sa belle-sœur portait une extravagante robe de dentelle soulignée d'une large ceinture de cuir verni. Sa manière de s'habiller déconcertait tout le monde hormis Colas, bien entendu, et sans doute les clientes de l'invraisemblable boutique qu'ils tenaient ensemble à Paris. Un bric-à-brac dédié à la mode, que ce soit celle des vêtements, de la maroquinerie, de la vaisselle ou des objets de décoration. Lorsqu'ils s'étaient lancés dans l'aventure, quelques années plus tôt, qui aurait pu prévoir le succès qu'ils allaient rencontrer ?

— Je monte coucher les enfants, déclara Gilles. Ils ont le droit de regarder un film ?

— *Ratatouille* ! s'exclamèrent les trois gamins en chœur.

Sophie acquiesça et entreprit de débarrasser la table. Elle comptait remettre le couvert ici, dans la cuisine, toujours déterminée à ne pas considérer l'arrivée de Valentine comme un événement extraordinaire.

— Alban a déjà dressé une table de fête dans la salle à manger, vint lui glisser Malaury à l'oreille. Chandeliers, cristaux et porcelaine : le grand jeu !

Avec un clin d'œil de connivence, Sophie entraîna Malaury vers l'office.

— Qu'est-ce qu'elle vous racontait de si drôle, tout à l'heure ?

— La traduction qu'elle est en train de faire. Un truc américain à suspense qui l'empêche de dormir. Je ne la voyais pas comme une marrante, mais quand elle veut…

— Ce qu'elle veut, trancha Sophie, c'est séduire la famille au complet ! Je n'arrive pas à me faire une idée sur elle. Et toi ?

— J'attendrai de mieux la connaître. En tout cas, Alban en est fou.

— Peut-être que ça lui passera.

— Vaudrait mieux pas. Tu l'imagines seul ici cet hiver ?

— Pourquoi seul ? Il pourrait continuer à collectionner des créatures de rêve qu'il…

— Qu'il rencontrerait où ? Deauville est désert hors saison ! Non, il a passé l'âge de courir les femmes, je crois qu'il a rencontré celle qui va le garder.

Les lèvres pincées, Sophie jeta un coup d'œil vers Valentine. Pourquoi ne parvenait-elle pas à la trouver sympathique ? Avec Malaury, les choses avaient été faciles dès le début, elles étaient devenues des amies en très peu de temps. Ouverte, gaie, chaleureuse, Malaury compensait un physique un peu anguleux et diaphane par une fantaisie débridée. Elle n'était pas jolie, mais son originalité attirait l'attention sur elle. Dans sa boutique, personne n'achetait rien sans lui demander conseil avant, et les femmes qui sortaient de chez elle avaient toujours meilleure allure qu'en entrant.

— Qu'est-ce que tu penses de mon pull ? demanda Sophie.

— Pas mal, mais pas franchement glamour, si tu veux mon avis. Le gris, tu sais…

Le verdict était sans appel. Néanmoins, Sophie ne se voyait pas porter les tenues qu'affectionnait Malaury. De nouveau, elle regarda dans la direction de Valentine. Une femme difficile à cerner. Belle, indiscutablement, avec le teint mat, de longs cheveux bruns aux reflets acajou, des yeux verts en amande. Et une silhouette de mannequin mise en valeur par son jean moulant. Alban était-il amoureux d'elle physiquement ou l'aimait-il pour de bon ? Il avait connu bien d'autres très belles femmes, pourquoi celle-ci ? Se sentait-il diminué par son problème de vue et par l'arrêt brutal de sa carrière de pilote au point de vouloir se caser ?

D'où elle était, Sophie voyait la façon dont Alban couvait Valentine du regard. Et il avait mis le couvert, lui ! En se détournant, agacée, elle découvrit que Joséphine était en train de l'observer. À tout hasard, elle lui adressa un grand sourire.

— C'est prêt, annonça la vieille dame avec une certaine froideur.

— À table ! s'exclama Sophie.

Elle traversa la cuisine à grandes enjambées pour être la première à se diriger vers la salle à manger.

À trois heures du matin, n'arrivant pas à trouver le sommeil, Alban se dégagea tout doucement des bras de Valentine. Il la recouvrit avec précaution car il commençait à faire froid dans la chambre. Vraiment, il allait falloir s'occuper de la chaudière avant l'hiver. La suggestion d'ajouter un ou deux radiateurs d'appoint avait beaucoup fait rire l'électricien. « Sur cette vieille installation, vous voudriez brancher des trucs qui pompent trois mille watts ? Vous n'y pensez pas, tout sauterait ! » À défaut d'autre chose, Alban avait acheté une couette de haute montagne au duvet bien gonflant, sous laquelle ils avaient transpiré comme des athlètes en plein Sahara deux heures plus tôt.

Faire l'amour avec Valentine laissait toujours Alban ébloui et apaisé. Lorsqu'elle finissait par s'endormir, lovée contre lui, il se sentait un homme meilleur, un homme plus fort, et avant elle, aucune femme ne lui avait procuré cette impression.

Il enfila la grosse robe de chambre écossaise qu'il laissait ici depuis des années, heureux de la retrouver au fond de sa penderie lors des week-ends d'hiver. Comment aurait-il pu imaginer qu'il reviendrait un jour s'établir dans ces murs ? Il avait quitté le paquebot après son bac, pressé de rejoindre Gilles à Paris et d'y entamer ses études. Après maths sup, il s'était présenté au concours d'entrée à l'École nationale d'aviation civile et avait vécu deux ans à Toulouse. Son diplôme en poche, il avait réussi à intégrer Air France, où il n'était resté que peu de temps copilote, passant rapidement au grade de commandant de bord. Il adorait voler, il était doué, sérieux, sa carrière sur les long-courriers avait été exemplaire. Il se rendait à l'aéroport de Roissy-Charles-de-Gaulle comme on va au bureau, mais, à chaque décollage, il éprouvait la même émotion intacte. Les équipages se battaient pour embarquer avec lui, les filles parce qu'elles le trouvaient mignon, les garçons parce qu'ils se sentaient en sécurité. Durant ses périodes de repos, il sortait beaucoup, recevait ses amis, s'intéressait à mille choses et ne voyait pas le temps passer. L'appartement qu'il louait avait fini par se remplir d'objets exotiques rapportés du bout du monde, cependant il accordait peu d'importance à son cadre de vie. L'habitude des voyages lui avait donné un esprit nomade et c'était plutôt dans un poste de pilotage qu'il se sentait chez lui. Le seul endroit pour lequel il éprouvait toujours un réel attachement demeurait le paquebot. Chaque fois qu'il venait à la villa, entre deux rotations, il y retrouvait ses racines, son enfance, et ce point d'ancrage lui suffisait.

À présent, il était là pour de bon, mais sans savoir ce qu'il allait faire du reste de son existence. Il était là comme un réfugié, un naufragé, et il détestait ça.

Après avoir mis ses lunettes, il referma sans bruit la porte de la chambre. Le deuxième étage était le plus fantaisiste de la maison. Au-dessus, les combles se divisaient en petites chambres autrefois destinées au personnel mais abandonnées depuis longtemps à la poussière et aux toiles d'araignée. Au-dessous, le premier étage comportait six grandes chambres claires, chacune agrémentée de sa salle de bains et de son dressing, le tout bien ordonné. Seul le second abritait des pièces sans destination précise, dont une grande salle de jeux, une lingerie tout en longueur, des couloirs à angles droits. Alban y avait élu domicile dès douze ans, choisissant la seule chambre à posséder une fenêtre en encorbellement qui semblait avancer au-dessus du vide. La vue y était sublime au soleil levant, et de là-haut on pouvait vraiment se croire sur la proue d'un paquebot.

« Tu ne vas pas te sentir trop loin de nous ? » s'était inquiétée Joséphine. Il avait dû batailler pour obtenir son accord, mais ses frères l'avaient soutenu, navrés de ne pas y avoir songé les premiers.

À ce souvenir, Alban eut un rire silencieux. Il s'était toujours bien entendu avec Gilles et Colas. Quand ils arrivaient de leurs pensions respectives, le vendredi soir, ils chahutaient comme des fous, puis, assis tous trois sur le lit d'Alban après le dîner, loin des oreilles de leurs parents et grands-parents, ils se racontaient des histoires d'école jusqu'au petit matin.

Longeant le couloir, Alban gagna la chambre jaune dont la porte était restée ouverte. Il alluma, considéra les cartons de Valentine et ébaucha un sourire. Elle aussi, d'emblée, avait choisi le deuxième étage. Elle y serait parfaitement tranquille pour travailler, même si tout le reste de la famille débarquait en été. Juste à côté, elle disposerait du petit escalier logé dans la tourelle d'angle, qui la rendrait tout à fait indépendante.

— Valentine…, souffla Alban d'une voix songeuse.

Pour la première fois, il allait vivre avec une femme. Saurait-il répondre à ses attentes, s'adapter à ses désirs, lui donner envie de rester ? Elle avait mis si longtemps à prononcer des mots d'amour qu'il avait failli croire la partie perdue. Mais elle s'était trahie en venant le voir, à l'hôpital, après son accident.

Repenser à cette scène lui faisait toujours battre le cœur. Comme la plupart des gens, elle avait commencé par quelques mots d'encouragement, hésitant à poser des questions ou à manifester de la compassion. Puis elle avait fondu en larmes, un vrai torrent de larmes, avant de s'enfuir. Un peu plus tard, une nouvelle tentative n'avait pas eu davantage de succès. Incapable de prononcer un mot sans se remettre à sangloter, elle s'était contentée de lui tenir la main en silence pendant près d'une heure. Enfin, elle avait pu articuler : « Tu sais, je t'aime. » Eh bien non, il ne le savait pas, et l'entendre fut la seule bonne chose de son séjour dans le service d'ophtalmologie.

Il éteignit et s'éloigna de la chambre jaune. Valentine ne souhaitait sûrement pas qu'il déballe ses affaires. Elle arrangerait la pièce à son idée, c'était désormais son domaine. Il se demanda à quel moment il serait opportun de lui reparler mariage. Dans quelques semaines, quelques mois ? Peut-être seulement quand il aurait décidé de son avenir professionnel, parce que alors il aurait quelque chose à lui offrir. Mais décidé quoi ? On ne l'attendait nulle part et il ne voyait pas à quoi ses connaissances de pilote pourraient bien lui servir.

Comme toujours lorsqu'il se mettait à y penser, il repoussa l'idée d'une reconversion dans l'aviation au sol. Au sol ! Faire partie des *rampants* ? Pas question.

— Alban ? Tu es là ?

La voix de Valentine semblait un peu apeurée et il se précipita vers leur chambre.

— Tu m'abandonnes dès la première nuit ? dit-elle avec un petit sourire crispé. J'ai fait un cauchemar et, en me réveillant, j'étais un peu… désorientée. Pardon d'avoir appelé au secours.

Il s'assit au bord du lit, tendit la main pour écarter une mèche sur le front de la jeune femme.

— Je suis ton ange gardien, tu m'appelles quand tu veux. Mais la maison est grande, la prochaine fois crie plus fort.

Le sourire de Valentine s'élargit tandis qu'elle se redressait sur son oreiller.

— Séduisant, l'ange…, apprécia-t-elle. Même avec cette horrible robe de chambre, tu me donnes des idées.

— Susceptibles de te faire oublier ton cauchemar ?
Alors, c'est une priorité !

Il se pencha pour l'embrasser doucement, savourant
le goût de son souffle, de ses lèvres, de sa langue. Puis
il fit glisser la couette pour découvrir ses épaules, ses
seins.

— Promets-moi de dormir toujours nue, chuchota-
t-il.

— Toi aussi, dit-elle en lui retirant ses lunettes d'un
geste très délicat.

Après s'être débarrassé de sa robe de chambre, il
s'allongea près d'elle et la prit dans ses bras.

Pour le petit déjeuner de la famille, Joséphine s'était
lancée dans la préparation de beignets aux pommes.
Insomniaque, elle s'activait dans sa cuisine depuis
cinq heures du matin. De temps à autre, elle s'approchait de la fenêtre et jetait un coup d'œil sur la villa
dont toutes les fenêtres étaient encore obscures. Aucun
des trois garçons n'avait jamais été très matinal, il fallait hurler dans les couloirs pour les faire sortir de
leurs lits quand ils étaient jeunes.

Bon, ce n'étaient plus des « garçons » à présent. Le
temps filait si vite ! Songer qu'elle avait quatre-vingt-
quatre ans anéantissait Joséphine. Une vieille dame,
une arrière-grand-mère, la « bisaïeule », aurait-on dit à
son époque. Pourtant, elle avait toute sa tête, et encore
une excellente mémoire, qu'elle maudissait parfois.
Certes, les bons souvenirs étaient nombreux, mais les
mauvais pesaient plus lourd.

Elle soupira, saisit l'écumoire et sortit de l'huile
bouillante une autre fournée de beignets bien dorés. Sa
petite cuisine l'enchantait, sa modeste maison aussi.

Quel soulagement de vivre ici ! En prenant la décision de quitter la villa, elle s'était arraché une épine du cœur.

De nouveau, elle regarda à travers les carreaux, essayant de discerner dans la pénombre la silhouette éteinte du paquebot. Pouvait-on attribuer un quelconque pouvoir à des murs ? Restituaient-ils d'une façon ou d'une autre l'écho de la violence, de la folie, du désespoir ?

Après avoir recouvert les beignets d'un torchon propre, elle ferma le gaz et alla s'asseoir dans son rocking-chair tapissé de gros coussins fleuris. Lorsqu'elle songeait au passé, comme ce matin, ses yeux devenaient toujours humides. Ni sa jeunesse heureuse ni son mariage réussi ne l'avaient préparée à vivre des drames.

Tout en se balançant, elle ferma les yeux et pensa à son époux, Antoine. Un homme charmant, humain, dévoué, qui se trouvait être un très lointain cousin par alliance et portait lui aussi le nom d'Espérandieu. Accueilli à bras ouverts, ce gendre modèle avait aussitôt travaillé à la fabrique de porcelaine, qui était alors prospère. Très vite, Joséphine avait été enceinte, et la naissance d'un petit garçon baptisé Félix avait marqué l'apogée du bonheur. À la mort du père de Joséphine, Antoine avait tout naturellement pris la direction de la fabrique, tandis que Félix grandissait et devenait peu à peu un beau jeune homme dont Joséphine était très fière. Des années sans histoire s'étaient écoulées, paisibles, puis Félix avait été en âge de se marier et les ennuis avaient commencé. Fou amoureux d'une fille rencontrée par hasard sur la plage de Trouville, il s'était démené pour l'épouser de toute urgence malgré les réticences de ses parents. Mise au pied du mur, Joséphine avait accepté sa bru en faisant contre mauvaise fortune bon cœur. Félix était entré à la fabrique pour avoir une situation, et pendant qu'il travaillait, sa jeune femme, Marguerite, passait ses journées à errer à travers la villa, désœuvrée, lunatique, insaisissable. Malgré tous les efforts de Joséphine, le contact ne passait pas entre elles deux. Marguerite n'aimait pas coudre, ni cuisiner, encore moins jardiner. Elle prétendait adorer la mer mais n'allait jamais la voir de près. Comme elle ne savait pas s'occuper, elle s'ennuyait et ne retrouvait le sourire que le soir, au retour de Félix. Leur premier bébé, Gilles, arriva au bout de quelques mois, et Joséphine se prit à espérer que la maternité comblerait la jeune femme. Il n'en fut rien, hélas, car Marguerite ne s'intéressa guère au nouveau-né. À peine deux ans plus tard, la naissance d'un deuxième garçon, Alban, ne changea pas la situation. Marguerite donnait le biberon d'un air distrait, traînait toujours son ennui et s'étiolait. Le matin, quand Félix partait travailler, elle s'accrochait à lui, faisait des scènes, claquait les portes. À plusieurs reprises, Joséphine avait bien tenté de raisonner sa bru, lui proposant d'apprendre à conduire pour se distraire, ou carrément d'accompagner Félix à la fabrique pour s'initier au monde de la porcelaine, mais Marguerite repoussait toutes les suggestions. L'arrivée d'un troisième garçon, Colas, sembla même la rendre encore plus instable, plus difficile à comprendre. Pour ce petit dernier, il fallut engager une jeune fille au pair car Joséphine, qui s'occupait de tout, commençait à se sentir dépassée. De son côté, Antoine essayait de parler à Félix mais il se heurtait à un mur. Non, Marguerite n'était pas malade, elle n'était pas bizarre non plus, Félix refusait d'admettre la moindre critique concernant sa femme dont il était toujours éperdument amoureux. Du bout des lèvres, il concédait tout au plus que Marguerite ne ressemblait à personne et que son caractère fantasque pouvait dérouter. Néanmoins, le dimanche, il déployait de grands efforts pour donner une apparence de normalité à sa petite famille. Il emmenait Marguerite et les trois garçons à la plage, parfois au restaurant ou au cinéma. Mais, au retour de ces expéditions, il semblait à bout de patience. Antoine et Joséphine, consternés, observaient tout cela sans oser intervenir, et, dans l'intimité de leur chambre, le soir, ils se demandaient ce qui était arrivé à leur fils. L'amour l'avait-il rendu aveugle au point de refuser l'évidence ? Marguerite avait un réel problème de comportement, elle aurait dû voir un médecin depuis longtemps. « C'est une folle », avait lâché Antoine, une nuit, en chuchotant. Le mot était enfin prononcé, cependant il resta entre eux.

Joséphine stoppa le balancement du rocking-chair, un peu barbouillée. Se replonger dans cette période lui faisait du mal, mais, en fin de vie, n'a-t-on pas tendance à égrener inlassablement les mêmes vieux souvenirs ? De ce temps-là, pourtant, elle ne regrettait que la tendresse d'Antoine, sa présence, leur entente complice. Hélas, ils avaient eu beau faire bloc, faire front, ils n'avaient pas pu sauver Félix.

La porte s'ouvrit derrière elle, et une bouffée d'air froid s'engouffra dans la cuisine avec Alban.

— Tu pourrais faire la grasse matinée, au moins le dimanche ! s'exclama-t-il.

Le jour s'était levé pendant qu'elle se perdait dans les images du passé. Penché vers elle pour l'embrasser, Alban sentait le savon et le shampooing.

— Prends les beignets, c'est pour vous, dit-elle en désignant le panier recouvert du torchon.

— Tu ne viens pas ? Les enfants seront déçus, et nous aussi !

— Mon petit Alban, tu connais mon opinion là-dessus. Chacun chez soi, tout le monde s'en trouve bien.

— Les frangins partent ce soir, plaida-t-il. Fais-leur ce plaisir, allez…

Il la prit par le bras, l'obligea gentiment à se lever et, de sa main libre, s'empara du panier.

— Tu en as fait beaucoup, j'espère ?

— Évidemment.

Dehors, une bruine glaciale les accueillit. Le ciel était plombé, menaçant. À la mauvaise saison, Gilles, Sophie et les enfants venaient moins souvent, alors que Colas et Malaury bravaient volontiers les intempéries. Ils restaient vingt-quatre heures, entretenaient un feu d'enfer dans la cheminée de la cuisine et gardaient un pull pour dormir. Entre deux rotations, Alban passait en coup de vent. Au bout du compte, la villa était souvent fermée durant l'hiver, et Joséphine pouvait l'ignorer. À présent, ce serait différent.

Levant les yeux vers la façade, elle marqua un temps d'arrêt.

— Alban, tu es bien sûr de ta décision ? dit-elle d'une voix étrange. Vous serez perdus là-dedans, Valentine et toi ! Et puis ça vous coûte tellement cher, à tous, d'entretenir ce bazar maudit… Je n'ai plus d'argent, tu le sais, je ne peux pas vous aider, d'ailleurs je ne le ferais pas. Si ça ne tenait qu'à moi, je vendrais sur-le-champ.

— *Bazar maudit ?* répéta-t-il en souriant.

Mettant son angoisse sur le compte de l'âge, il allait essayer de la rassurer mais elle le devança.

— Tu as trouvé une fille formidable, emmène-la loin d'ici, crois-moi !

— Enfin, Jo, qu'est-ce que tu as ?

Ôtant ses lunettes, il sortit un pan de chemise de sous son pull et les essuya.

— Cette petite pluie va nous tremper, viens.

Elle comprit qu'elle n'arriverait pas à l'effrayer, ni à le décourager. Mais avait-il le choix ? Il n'était pas seulement privé de son métier, de ses revenus, il était aussi dépossédé de sa passion de voler. Il devait se reconstruire, et sans doute pensait-il y arriver ici mieux qu'ailleurs. Lui et ses frères avaient toujours considéré le paquebot comme leur refuge, leur port d'attache, et Joséphine n'avait pas eu le courage de les en dissuader. Parce qu'elle avait préféré se taire, elle serait responsable de ce qui allait arriver.

— Alban..., soupira-t-elle, le cœur serré.

Il remit ses lunettes, baissa la tête vers elle, puis l'entraîna vers la maison.

2

Valentine flânait sur le quai de Trouville où se tenait le marché. Elle avait déjà acheté du poisson, mais elle voulait encore se promener, s'enivrer d'air marin. Son bonnet de laine enfoncé jusqu'aux oreilles pour se protéger du vent froid, elle s'arrêtait devant chaque étal en cherchant des idées de menu. Alban prétendait se nourrir avec « trois fois rien », toutefois il avait des habitudes de luxe, même s'il l'ignorait. Gâté par la cuisine de Joséphine depuis son enfance, puis choyé à bord des avions d'Air France ou dans les grands hôtels autour du monde, sa conception d'un repas simple était assez élaborée.

D'un commun accord, ils avaient décidé de se mettre aux fourneaux à tour de rôle, et de se répartir les tâches ménagères de la même manière. Ils *essayaient* de vivre ensemble, ils n'étaient pas un vieux couple.

Depuis le départ du reste de la famille, Joséphine se faisait très discrète et les avait laissés au plaisir de leurs tête-à-tête. Valentine en avait profité pour visiter le paquebot de fond en comble afin de s'y sentir plus à l'aise. C'était une maison merveilleuse, aux possibilités infinies, mais qui accusait son âge et son manque d'entretien. Passer d'un studio à cette immense bâtisse allait demander un temps d'adaptation. En affirmant qu'elle s'y plairait, Valentine avait un peu anticipé.

Après avoir rangé ses provisions dans le coffre de la Peugeot, elle décida de poursuivre sa promenade par un tour sur la plage où, même à marée haute, il restait une grande étendue de sable fin. Les mains enfouies dans les poches de son caban et les yeux rivés sur la mer, elle marcha un moment avant de s'asseoir, face au vent.

« Tu as quelque chose de changé », lui avait dit Joséphine, le soir de son arrivée. Changé ? Bien sûr. Pour la deuxième fois de sa vie, elle attendait un enfant. Ou plutôt, elle était enceinte mais ne voulait pas encore songer concrètement à un bébé, de peur d'être déçue.

Fermant les yeux, elle réfréna une stupide envie de pleurer. Elle n'avait la certitude de sa grossesse que depuis deux semaines, or c'était à la fois une extraordinaire mais terrible nouvelle, dont elle essayait de mesurer les multiples conséquences. Sept ans plus tôt, les choses s'étaient si mal passées ! Le garçon avec qui elle vivait alors, qu'elle devait épouser et qui l'avait même encouragée à interrompre sa contraception, s'était comporté comme le dernier des salauds. À l'annonce d'un enfant à venir, il avait paniqué, s'était littéralement enfui. En rentrant, un soir, elle avait trouvé une minable lettre d'excuses sur la table de la cuisine, et les placards vides. La lettre, elle l'avait conservée précieusement pour se souvenir de ne plus jamais faire confiance à un homme. Et au lieu de s'apitoyer sur son sort, elle avait relevé la tête, bien décidée à garder l'enfant. Elle allait se retrouver fille mère ? Peu lui importait, avec son caractère indépendant elle se moquait bien des conventions ! Elle gagnait sa vie, travaillait chez elle : elle assumerait.

Mais la nature en avait décidé autrement car trois semaines plus tard une fausse couche spontanée avait de nouveau changé le cours de son existence. Dégoûtée de tout, elle était partie pour l'Amérique où elle avait déjà longtemps séjourné au moment de ses études. Un an plus tard, elle rentrait en France avec un diplôme supplémentaire. Embauchée par une bonne maison d'édition pour traduire des best-sellers anglo-saxons, elle s'était jetée dans le travail sans s'intéresser aux hommes qui cherchaient à lui plaire. Et puis, Alban était arrivé…

Elle rouvrit les yeux, contempla la mer gris ardoise. Alban était exactement le genre de célibataire endurci qu'elle fuyait. Certes, il avait su l'apprivoiser, la rassurer, et il lui avait réappris à aimer, mais comment réagirait-il en découvrant que, malgré leurs précautions, Valentine était enceinte ? « Aucune contraception n'est fiable à cent pour cent », avait déclaré la gynécologue consultée. En sortant de son cabinet, Valentine s'était sentie écrasée de terreur. Le même scénario allait-il se reproduire ? Lâchement, elle n'avait rien dit à Alban. Il n'était pas homme à fuir ses responsabilités, cependant, le moment était mal choisi pour lui annoncer la nouvelle, au beau milieu de son déménagement et du bouleversement complet de son existence. À quarante ans, il était obligé de changer à la fois de cadre de vie, de métier et d'habitudes. Après avoir été longtemps celui qui commande – l'expression *commandant de bord* étant significative –, il se retrouvait sur la touche et aurait besoin d'un certain temps pour accepter cette mise à l'écart. L'accident auquel il devait son décollement de rétine s'était produit lors d'un atterrissage très brutal dû à une défaillance du train et un pneu avait éclaté en touchant le sol. Mais ce problème technique n'engageait en rien sa responsabilité puisqu'il avait réussi à stabiliser l'appareil, ce que peu de pilotes auraient été capables de faire avec une telle maîtrise. On ne déplorait que deux blessés légers parmi les passagers, l'avion était à peine endommagé et la direction d'Air France était allée le féliciter à l'hôpital. Néanmoins, son sort était scellé. Le dédommagement de la compagnie d'assurances ne compenserait jamais la privation de voler.

Devant elle, de petits moutons d'écume venaient se briser sur le sable. Elle réalisa que son enfant arriverait avec l'été. Où serait-elle, à ce moment-là ? Toujours ici, face à la mer ? Avec Alban à ses côtés ? Des questions dont elle ignorait les réponses. Ce bébé, elle le voulait par-dessus tout, mais elle ne supportait pas l'idée de perdre Alban. Il était l'homme avec qui elle désirait vivre et fonder une famille, l'homme qui l'avait réconciliée avec l'amour. Un homme *bien*, elle le savait. Elle lui avait raconté son passé, mais sans lui donner trop de détails car elle se sentait toujours humiliée par son rôle de femme abandonnée. Il avait eu une réaction de colère et de mépris envers ce « foutu lâche » assez stupide pour ne pas réaliser ce qu'il perdait. Ensuite, comprenant qu'elle ne voulait pas en parler davantage, il n'y avait plus fait allusion. Le tact était, entre autres, une de ses qualités.

À regret, elle se leva, secoua le sable accroché à son jean. Sa montre indiquait déjà une heure, elle n'avait pas vu le temps passer et elle était transie. Tout en remontant la plage vers le parking du casino, elle cherha un Kleenex dans sa poche puis se moucha. Pas question de s'enrhumer en ce moment, ni d'avoir de contrariété. Cette nouvelle grossesse devait se dérouler sans incident, le plus sereinement possible. D'après la gynécologue, il n'y avait aucune raison de s'inquiéter, tout irait bien.

Arrivée près de sa voiture, elle eut la surprise de découvrir Alban qui l'attendait, appuyé contre la portière d'une Twingo violette hors d'âge.

— Tu as déniché un véhicule vraiment discret pour me prendre en filature ! railla-t-elle avec un grand sourire.

— C'est la voiture de Jo. Elle ne conduit plus depuis l'année dernière mais elle ne veut pas s'en séparer, alors je la fais tourner quand je suis là. En fait, je crois que je vais me l'approprier, je la trouve sympathique.

— Elle te va très bien !

— Merci. À propos, je ne t'espionnais pas, je suis venu acheter des chevilles et des vis pour tes étagères. Tu veux qu'on en profite pour manger des moules ?

— J'ai du poisson dans le coffre.

— Avec ce froid, il ne s'abîmera pas. Viens.

Ils se dirigèrent vers les brasseries du boulevard qui faisaient face à la mer, et entrèrent au *Vapeurs*.

— J'ai envie d'inviter des copains ce week-end, annonça-t-il après avoir passé la commande. Tout le monde veut voir à quoi ressemble le paquebot et comment je suis installé dans ma nouvelle vie.

Des *copains*, cela signifiait des gens d'Air France, pilotes, stewards et hôtesses. Surtout des hôtesses, probablement. Cette perspective agaça Valentine mais elle se contenta de hocher la tête.

— Ce sera bien d'avoir de la distraction, ajouta-t-il. Il ne faut pas qu'on se coupe du monde en se retranchant derrière nos murs.

Cherchait-il une justification à son désir de recevoir ? Craignait-il déjà de s'ennuyer ?

— Alban ! s'écria un inconnu en s'arrêtant devant leur table. J'étais prêt à aller te débusquer chez toi, mais le hasard fait bien les choses.

Grand, efflanqué et sympathique, l'homme tendit la main à Valentine.

— David Leroy, se présenta-t-il. J'espère qu'il vous a parlé de moi ? En théorie, je suis son meilleur ami.

— Pas en pratique ? s'enquit-elle en lui souriant.

— Comme je n'ai jamais quitté Trouville, il m'a un peu délaissé.

— Tu exagères, protesta Alban.

— Non, commandant, tu es un lâcheur !

— Ni ça, ni commandant. Plus maintenant. Tu t'assieds avec nous ?

— Impossible, j'ai invité un client. Mais si mademoiselle m'y autorise, je passerai vous voir à la villa demain soir.

— Je vous ferai à dîner, proposa spontanément Valentine.

— Épouse-la, conseilla David avant de partir d'un grand rire bruyant.

Il donna une tape amicale sur l'épaule d'Alban puis s'éloigna vers le fond de la salle. Sa jovialité semblait si naturelle qu'on ne pouvait pas lui en vouloir de ses manières un peu brusques.

— Alors c'est lui, le fameux David ? dit Valentine à mi-voix.

— Ami d'enfance, ami de pension. Toujours fourré à la maison, il faisait le quatrième dans toutes nos parties de cartes. Jo l'adore, mes frangins aussi.

— Et toi ?

Il se pencha un peu au-dessus de la table, lui prit la main.

— C'est quelqu'un d'important pour moi. Il a raison, nous ne nous sommes pas vus très souvent ces dernières années, mais on se téléphonait, on s'envoyait des mails. Quand il a su par Jo que j'avais eu un accident, il a foncé à Paris. Il a été le seul à me parler franchement.

— À savoir ?

— Il m'a trouvé une drôle de tête avec mes lunettes et m'a suggéré d'investir dans une autre monture que celle fournie par l'hôpital ! Ensuite, il m'a averti qu'il me faudrait beaucoup de patience avant de toucher l'argent de l'assurance, et il m'a demandé si j'envisageais une reconversion dans l'aviation au sol. Quand il a vu ma réaction, il m'a proposé ses économies pour monter un aéroclub. Enfin il m'a pris rendez-vous avec son beau-frère, qui dirige l'aéroport de Saint-Gatien, à côté de Deauville. Il s'est montré concret, efficace, pas larmoyant pour deux sous. Après sa visite, j'ai commencé à remonter la pente moralement. C'était la veille du jour où tu m'as fait cette si merveilleuse déclaration…

Comme le serveur arrivait avec leurs deux assiettes de crevettes grillées, il dut lui lâcher la main mais continua à la regarder. Elle aimait ses yeux sombres pailletés d'or rivés sur elle, son sourire de gamin, ses traits déjà marqués par la quarantaine.

— J'ai bien fait de l'inviter à dîner, alors ?

— David ? Oh, oui ! Mais je crois qu'il serait resté, de toute façon. Il est un peu chez lui au paquebot, d'autant plus qu'il garde un œil sur Joséphine en passant la voir une ou deux fois par semaine.

Décidément, elle allait devoir composer avec un certain nombre de choses. S'habituer à la taille de la maison, aux visites-surprises de toute la famille, aux copains prêts à débarquer, enfin, à cet ami de longue date qui, par chance, était sympathique. Au milieu de ces gens, quelle était sa place ? Quand David avait plaisanté – « Épouse-la » –, Alban s'était contenté de sourire, sans relever le propos. Avant son accident, il avait pourtant proposé le mariage à Valentine, mais à ce moment-là elle n'avait pas confiance en lui et elle s'était dérobée. Depuis, il n'avait plus abordé le sujet. Sa proposition de venir habiter avec lui en Normandie n'incluait aucun engagement, il ne parlait pas d'avenir.

Après les crevettes grillées, on leur servit des moules, succulentes, et ils finirent la bouteille de muscadet.

— Quel est ton programme de l'après-midi ? s'enquit Alban en réclamant l'addition.

— Rentrer pour mettre mon poisson au frigo, ensuite j'irai boire un café chez Joséphine, je veux lui demander une recette.

— Je m'occupe de tes étagères, alors ?

— Oui, c'est gentil. Je ne travaillerai pas avant cinq heures.

Une vraie conversation de colocataires ! Était-ce si difficile de vivre à deux ?

Le téléphone portable d'Alban, posé sur la table, se mit à vibrer. Il jeta un coup d'œil sur le numéro affiché et son visage s'éclaira tandis qu'il prenait l'appel.

— Marianne ! Je suis ravi de t'entendre, comment vas-tu ?

Encore une inconnue pour Valentine. Finalement, elle ne savait pas grand-chose de l'entourage d'Alban. Lorsqu'ils sortaient ensemble, au début de leur relation, ils restaient volontiers en tête-à-tête pour des soirées d'amoureux. Théâtre à deux, la main dans la main, puis restaurant à deux, les yeux dans les yeux. Durant ses voyages, Alban l'appelait souvent, mais il ne racontait rien sur lui-même, préférant poser des questions ou faire des déclarations d'amour.

Elle observa son sourire réjoui et la manière détendue dont il bavardait avec son interlocutrice. C'était un homme vraiment très séduisant, les nombreuses femmes qu'il connaissait n'allaient pas rater l'occasion de venir le consoler.

— ... et vous arriverez samedi pour déjeuner ? Formidable ! Est-ce que Nadia sera avec vous ? Non, aucun problème. Pour ceux qui voudront rester, il y a plein de chambres. Au fait, je suis ici avec...

Il leva la tête et parut interroger Valentine du regard, mais elle ne comprit pas ce qu'il voulait.

— ... une amie, acheva-t-il. Bon, je t'envoie un plan par mail. À samedi, et embrasse tout le monde pour moi.

— C'est moi, l'*amie* ? demanda doucement Valentine. Pour David j'étais déjà *mademoiselle*, il faudra me trouver une identité.

Elle se sentait jalouse, ridicule de l'être, et soudain très vulnérable.

— Je ne sais pas comment tu veux être appelée.

— Par mon prénom, pour commencer !

— Je l'adore, ça tombe bien. Mais vis-à-vis des gens, si tu...

— N'en parlons plus, ça n'en vaut pas la peine, trancha-t-elle d'un ton un peu trop sec.

L'air contrarié, il la regarda se lever, ramasser son sac.

— On se rejoint chez toi.

Elle le précéda vers la sortie du restaurant et, une fois dehors, marcha sans s'occuper de lui.

— Valentine, attends !

Il venait de la prendre par la taille, l'obligeant à ralentir le pas.

— C'est une dispute ? murmura-t-il avant de l'embrasser derrière l'oreille. Je peux annoncer au monde entier que tu es la femme que j'aime, la seule qui compte, la femme de ma vie. Bon, c'est un peu long pour te désigner mais ça reflète la vérité. En tout cas, au jeu du vocabulaire choisi, je n'ai pas apprécié que tu utilises ce « chez toi » très réducteur. Pour le paquebot, tu pourrais dire « la maison », ou « chez nous », je préférerais.

Elle s'en voulait de sa colère, de sa mesquinerie, de cette incompréhension entre eux. Elle se laissa aller contre lui, décidée à faire la paix.

— Ils sont nombreux, tes invités du week-end ?

— Quatre. Je m'occuperai de tout, je te le promets.

Ainsi, il imaginait qu'elle était agacée par des problèmes d'intendance. Elle faillit le détromper mais il aurait fallu qu'elle s'explique, qu'elle dise pourquoi les Marianne, Nadia et autres l'exaspéraient d'avance. Ne sachant qu'ajouter, elle se dressa sur la pointe des pieds et l'embrassa fougueusement, en plein milieu du trottoir.

Malaury recula de trois pas pour juger de l'effet produit par sa mise de table à la japonaise. Le voyage à Tokyo, effectué durant l'été, lui avait donné de bonnes idées, et elle savait désormais à quels petits artisans elle pouvait s'adresser là-bas. Elle ne commandait jamais en grande quantité, préférant renouveler les marchandises proposées dans sa boutique au gré de ses envies. Elle travaillait d'instinct, avec un sens aigu de ce qui allait plaire, or la mode asiatique lui semblait tout indiquée pour cette fin d'automne.

— Superbe ! lança Colas qui descendait du premier étage.

Dessiné par Malaury elle-même, l'escalier en volute, aérien, était un élément de décoration du magasin.

— C'est tout à fait irrésistible, ajouta-t-il. D'ailleurs, ça me donne faim, je vais t'emmener manger des sushis ce soir.

La tête penchée de côté, il étudia quelques instants les bols peints à la main, les sets ornés de fleurs de pommier, le pliage sophistiqué des serviettes de soie.

— Peut-être… une orchidée ? suggéra-t-il.

Malaury plissa les yeux, réfléchit puis hocha la tête.

— Absolument, concéda-t-elle.

Il y en avait toujours, posées çà et là à travers la boutique, aussi n'eut-elle que l'embarras du choix. Une fois la fleur sur la table laquée, l'ensemble se révéla parfait. Malaury s'en détourna, satisfaite, et alla vers Colas pour lui déposer un baiser au coin des lèvres.

— On va fermer, dit-elle en désignant sa montre.

Mais elle n'en eut pas le temps, le délicat carillon de la porte annonçant une cliente tardive.

— Quel temps de chien ! s'exclama Sophie. Je suis contente de ne pas vous avoir ratés, j'avais peur de trouver le rideau de fer baissé.

Elle déposa son parapluie trempé dans un bac de cuivre puis se débarrassa de son trench-coat.

— Malaury, il faut que tu me sauves la vie. Je dois accompagner Gilles, demain, à un dîner assommant chez des gens très snobs, et je n'ai rien à me mettre. Enfin, rien d'un peu dans le coup… Salut, Colas. Tu as des nouvelles d'Alban ?

— J'ai appelé Jo qui paraît enchantée par la présence de Valentine.

— Oh, celle-là ! pesta Sophie. Je te parle de ton frère, pas de sa mijaurée.

— Qu'est-ce que tu as contre elle ?

— Rien. Sauf qu'elle lui a mis le grappin dessus.

— C'est mieux qu'à l'époque où il était un cœur d'artichaut, répliqua Colas. S'il ne se case pas maintenant, il finira vieux garçon, et je ne le lui souhaite pas. Allez, je vous laisse entre femmes, j'ai de la compta à terminer.

Il s'occupait de toute la partie administrative du magasin, mais ne dédaignait pas, à l'occasion, de venir conseiller un client. Avec un petit geste désinvolte de la main, il s'éloigna vers une porte dissimulée par une tenture de velours pourpre.

— Heureusement, chuchota Malaury, nous utilisons aussi les services d'un cabinet comptable…

Son ton indulgent et amusé reflétait toute la tendresse qu'elle éprouvait pour son mari.

— Viens avec moi en haut, enchaîna-t-elle, on va te trouver quelque chose.

Au premier étage, quelques robes étaient exposées sur des mannequins d'osier, d'autres pendues au bout de chaînettes en strass. Sur trois guéridons 1900 trônaient respectivement un sac, une ceinture, une paire d'escarpins. Chaque article, éclairé d'un spot, semblait exceptionnel.

— Ça devrait t'aller, décida Malaury.

Elle avait décroché un ensemble en crêpe rose poudre, fluide et diaphane. Avec une moue dubitative, Sophie gagna la cabine d'essayage qui était comme un salon anglais miniature. Lorsqu'elle en sortit, trois minutes plus tard, Malaury esquissa un sourire satisfait.

— Pas besoin de chercher plus loin, n'est-ce pas ?

Sophie virevolta quelques instants devant une psyché, s'admirant à loisir.

— Je devrais venir te voir plus souvent !

— Comme tu dis.

— Et le prix ?

— En rapport.

— Bien, c'est normal… Et puis Gilles sera content !

L'ensemble la mettait si bien en valeur qu'elle ne redoutait déjà plus le dîner du lendemain. Elle parada encore un peu puis alla se rhabiller et rejoignit Malaury au rez-de-chaussée.

— C'est vrai que je m'inquiète pour Alban, dit-elle en lui tendant sa carte bancaire. Enterré là-bas avec sa traductrice à la noix, il va vite se faire vieux.

— Tu la détestes, hein ?

— Détester est un grand mot, se défendit Sophie. Mais enfin, elle l'a encouragé à quitter Paris pour l'avoir à elle toute seule, et il ne trouvera aucun travail sur place. En plus, il sera coupé de tous ses amis. Tu sais bien comment ça se passe, au début, ils viendront par curiosité, et après, il n'y aura plus personne. Alban va en souffrir, il ne pourra pas se contenter de vivre les yeux dans les yeux avec sa dulcinée !

Malaury parut réfléchir à la question et finit par hausser les épaules.

— Je crois que tu te trompes au sujet d'Alban. S'ennuyer n'est pas dans sa nature, et il n'a pas forcément besoin d'agitation autour de lui. L'important pour lui, en ce moment, c'est d'accepter de ne plus voler.

— Trois fois rien !

— L'amour est une sacrée consolation, non ?

Sophie n'avait pas envie d'entendre ce genre de mièvrerie. Malaury était une chic fille, imbattable en matière de mode, très agréable en tant que belle-sœur, mais elle vivait sur un petit nuage rose. Elle aimait Colas et trouvait ça formidable, elle aimait sa boutique et ses clientes, bref, elle était toujours contente !

— Écoute, poursuivit Sophie, il y a autre chose de préoccupant dans cette histoire. Alban est prêt à rénover le paquebot de fond en comble, quitte à y mettre toutes ses économies, et Gilles s'inquiète. À la mort de Jo, nous aurons des soucis si chacun investit à sa guise.

— En ce qui nous concerne, s'inquiéta Malaury, nous avons déjà du mal à honorer les factures d'entretien, alors pour le reste, ne comptez pas trop sur nous.

— C'est tout le problème. Il va falloir mettre ça à plat.

Sophie avait beaucoup pensé à leur conversation du week-end précédent, et elle en était arrivée à la conclusion que l'irruption de Valentine dans leur famille représentait un danger. Pour son confort personnel, cette femme ne risquait-elle pas de pousser Alban à d'énormes dépenses dans la villa ? Des améliorations dont elle serait d'ailleurs la seule à profiter toute l'année. Et si, par malheur, elle devenait un jour Mme Alban Espérandieu, quelles seraient ses exigences dans le règlement de la succession ? Si les trois frères ne se trouvaient plus à égalité, il y aurait forcément des histoires. Tout ça pour une toquade d'Alban qui se laissait mener par le bout du nez. Lui ! Jamais elle ne l'en aurait cru capable…

Malaury était en train de ranger l'ensemble dans un joli sac de toile fine portant le nom de sa boutique : *Moi et toi et la maison*. Bien entendu, elle n'utilisait pas de plastique, trop vulgaire et pas assez écolo à son goût.

— Je t'ai fait une ristourne, précisa-t-elle en rendant sa carte bancaire à Sophie.

— Merci.

Même si leur commerce connaissait un grand succès, Malaury et Colas ne roulaient pas sur l'or. Le loyer des deux étages du magasin situé rue de Rennes, en plein Saint-Germain-des-Prés, leur coûtait très cher, et ils vivaient comme s'ils avaient encore vingt ans, claquant leur argent sans se soucier du lendemain. « Les fantaisistes de la famille ! » affirmait Gilles, toujours bienveillant pour le benjamin.

Après les embrassades de rigueur, Sophie récupéra son parapluie et quitta la boutique. Il pleuvait à torrent, ce qui rendait très improbable le passage d'un taxi libre. Tout en se dirigeant vers la bouche du métro elle serra contre elle l'élégant sac de toile qui, contrairement au plastique, ne supporterait pas l'averse.

Penchée sur l'album, Valentine désigna l'une des photos.

— C'est ta mère, là ? Elle est vraiment belle !

Sur le cliché, Marguerite était accoudée à une balustrade de la villa, le menton appuyé dans le creux de sa main. Ses grands yeux clairs ne fixaient pas l'objectif mais quelque chose au loin, ce qui lui donnait l'air rêveur, presque mélancolique.

— Belle, oui, dit lentement Alban, mais pas très maternelle.

Dans ses souvenirs d'enfant, sa mère semblait toujours ailleurs, ni disponible ni concernée. D'ailleurs, il avait étonnamment peu d'images d'elle, c'était toujours la silhouette de Joséphine qui revenait dans les scènes du passé. Jo écoutait, consolait, décidait, berçait. Dans la cuisine, devant les fourneaux, c'était Jo. Et encore Jo qui signait les carnets de notes, allait voir les profs, conduisait les garçons chez le dentiste. Marguerite ne faisait que traverser les pièces, un petit sourire triste et énigmatique aux lèvres. Parfois, elle caressait la joue d'un des petits, mais sans le regarder.

— Vous étiez pourtant craquants ! s'exclama Valentine qui venait de tourner une page.

Sur la photo qu'elle désignait, Alban avait six ans, Gilles huit et Colas quatre. Ils portaient les mêmes shorts et les mêmes polos, se tenaient par les épaules comme des joueurs de rugby, et affichaient des sourires édentés. Bruns tous les trois, ils se ressemblaient beaucoup, mais Alban était vraiment le plus mignon, il avait une tête d'ange.

— De quoi sont-ils morts, tes parents ?

La question le prit au dépourvu. Considéré comme douloureux, ce sujet n'était presque jamais abordé en famille. Joséphine et Antoine avaient protégé les trois adolescents de leur mieux en refusant d'entretenir le culte du souvenir.

— Nous étions en pension mes frères et moi quand c'est arrivé, répondit-il. Jo ne nous a pas donné de détails parce qu'elle était très choquée. En fait, ma mère s'est suicidée. Mon père se trouvait à la fabrique quand on l'a prévenu, alors il est rentré ici en conduisant comme un fou et il a eu un accident. Tué sur le coup.

— Quelle horreur…, murmura Valentine.

Elle referma doucement l'album et posa sa main sur celle d'Alban. Durant quelques instants, ils restèrent silencieux, absorbés dans leurs pensées, puis Alban se leva pour aller ajouter une grosse bûche à la flambée de la cheminée.

— Mon grand-père était un homme solide, calme et affectueux, un vrai modèle pour nous. Au moment du drame, il avait plus ou moins confié les rênes de la fabrique à mon père et il a fallu qu'il reprenne les choses en main. Mais il avait soixante-cinq ans, il se sentait dépassé, il n'a tenu le coup que pour finir de nous élever. Quand il a enfin vendu son affaire de porcelaine, il était au bord de la faillite.

— Pauvre Joséphine, elle en a vraiment vu de toutes les couleurs !

— C'est pour ça que nous tenons tellement à elle. On l'a empêchée de se séparer du paquebot parce qu'elle y est née. Elle a toujours vécu ici, elle ne connaît pas d'autre horizon, la transplanter serait la faire mourir.

— Pourtant, elle dit qu'elle n'aime plus la villa, que…

— Elle le dit pour qu'on ne se sente pas obligés de la garder.

Valentine le rejoignit devant l'âtre et s'absorba dans la contemplation des flammes. Elle avait insisté pour passer la soirée dans le grand salon, qu'elle trouvait magnifique mais qui se révélait glacial. L'idée d'apporter un plateau devant la cheminée perdait tout intérêt maintenant que la nuit était tombée. En fin d'après-midi, le soleil couchant avait embrasé la pièce d'une superbe lueur orangée, et Valentine était allée d'une fenêtre à l'autre sans parvenir à se rassasier du paysage. À présent, tous les carreaux étaient noirs, comme des draps mortuaires tendus sur les murs. Trop vaste pour être bien éclairé, le grand salon lui parut soudain sinistre avec ses coins d'ombre, ses peintures défraîchies, ses lourds rideaux qui semblaient prêts à tomber en poussière si quelqu'un s'avisait de les tirer.

— Finalement, ce n'est pas l'endroit idéal pour passer la soirée, admit-elle avec une mimique d'excuse.

Elle ne voulait pas qu'Alban la prenne pour une femme capricieuse et elle fut rassurée de l'entendre rire.

— Toutes les pièces du rez-de-chaussée sont faites pour les réceptions, ou pour une famille nombreuse !

Le père de Joséphine avait vu un peu grand, j'en ai peur. Il faudra que tu découvres le paquebot à ton rythme. D'ailleurs, ça dépend des saisons. C'est plutôt une maison d'été, l'hiver elle est trop ouverte sur l'extérieur.

La semaine précédente, ils avaient reçu David à la cuisine, et durant le week-end les amis d'Alban s'étaient réunis dans le bureau, situé à l'opposé du grand salon et de dimensions bien plus modestes. Valentine avait essayé en vain de sympathiser avec eux, l'essentiel des conversations portant sur les avions. Nadia et Marianne étaient hôtesses de l'air, elles avaient beaucoup navigué avec Alban et chérissaient de façon très ostentatoire leur ancien commandant. C'était à qui s'extasierait sur ses *adorables lunettes*, sa *maison démente*, son allure de *gentleman farmer*. Tout ce petit monde avait promis de revenir bientôt, arrachant un sourire crispé à Valentine. Comment ne pas se sentir dévorée de jalousie ? Ces trop jolies jeunes femmes partageaient avec Alban un vocabulaire technique et des souvenirs de vols auxquels Valentine n'avait pas accès. C'était l'autre vie d'Alban, celle des voyages, celle qui devait cruellement lui manquer aujourd'hui.

— Je vais nous faire des spaghettis bolognaise, ça te tente ? proposa-t-il en installant le pare-feu devant les braises.

Ils gagnèrent la cuisine, tellement plus accueillante, et Alban en profita pour jeter un coup d'œil dehors.

— La chambre de Jo est allumée, elle doit regarder la télé sous sa couette ! À propos, elle nous invite demain soir chez elle, avec David qui a promis de lui apporter des coquilles Saint-Jacques. Elle les prépare comme personne, poêlées à peine trois minutes dans du beurre avec un soupçon d'ail.

Valentine acquiesça en souriant, mais elle ne put s'empêcher d'en déduire qu'Alban commençait à s'ennuyer. Son besoin de recevoir des amis ou de sortir en était la preuve. Deux fois déjà, depuis le début de la semaine, il l'avait emmenée dîner à Deauville. Par discrétion, Valentine ne lui posait aucune question sur son avenir professionnel, et il n'y faisait pas allusion. Pourtant, c'était sûrement un énorme souci pour lui, qu'il ne semblait pas vouloir partager. Ce silence renforçait Valentine dans sa conviction qu'elle devait se taire, elle aussi. Attendre de voir où ils allaient tous les deux, de savoir si leur couple avait un avenir possible, s'ils s'entendaient assez bien au quotidien pour partager la naissance d'un enfant. Elle s'exhortait ainsi à la patience, répugnant à lui annoncer la nouvelle. Par chance, sa grossesse ne lui causait aucun malaise, elle se sentait en pleine forme et pourrait garder son secret le temps qu'elle jugerait nécessaire.

« Si je le lui dis maintenant, j'aurai l'air de lui mettre le couteau sous la gorge. Comme il est honnête, il ne pourra rien faire d'autre que m'offrir le mariage, et je ne saurai jamais s'il en avait vraiment envie. »

Il était en train de faire rissoler de la viande hachée dans une sauce tomate maison, et une odeur délicieuse envahissait la cuisine.

— C'est une hôtesse italienne qui m'a appris la recette, dit-il sans se retourner.

Une hôtesse, bien sûr. Une de ces filles formidables et ravissantes dont il n'était plus entouré désormais. Agacée, Valentine mit le couvert en prenant ce qui lui tombait sous la main.

— Oh, non ! protesta-t-il. Fais-nous une table de fête, ce soir je dîne avec la femme que j'aime…

Sortant un pan de sa chemise, il dut essuyer ses lunettes couvertes de vapeur car il venait d'égoutter les spaghettis. Ce simple geste émut profondément Valentine qui alla vers lui, le prit par la taille et l'enlaça.

— Ça sent trop bon, je meurs de faim, dit-elle en guise d'excuse.

Elle perçut la chaleur de son corps à travers la chemise, ainsi que le désir qu'il avait d'elle. Se serrant davantage contre lui, elle lui caressa le dos du bout des doigts, le faisant tressaillir. D'une main, il coupa le gaz sous la poêle, de l'autre, il releva le menton de Valentine pour l'embrasser. Un baiser d'abord tendre et léger, puis plus impérieux. Au bout d'un moment, il souleva son sweat-shirt, effleura ses seins, et elle fut parcourue d'un frisson. Elle adorait la douceur avec laquelle il la touchait, exactement là où elle le souhaitait. Il dégrafa le soutien-gorge, s'attarda pour le lui ôter en faisant lentement glisser les bretelles sur ses épaules. Il frôla son ventre, ouvrit les boutons de son jean.

— Alban, chuchota-t-elle.

Mais elle ne voulait pas qu'il s'arrête, elle le lui montra en laissant échapper un petit soupir d'impatience. Il baissa le jean, aida Valentine à l'enlever, puis s'agenouilla devant elle et la prit par les hanches. La tête renversée en arrière, elle sentit sa bouche sur elle, sa langue, et cette fois elle ne put retenir un gémissement. Il allait un peu la faire attendre, il était assez patient pour ça, attentif à la conduire au bord du plaisir puis à le différer. Il lâcha ses hanches pour caresser ses jambes, ses reins, avec une sensualité qui la mit au supplice. Elle ferma les yeux, perdit pied et s'abandonna, se laissant submerger.

— Tu vas avoir froid, mon amour, murmura-t-il quelques instants plus tard.

Il s'était redressé et la tenait contre lui, enfermée dans ses bras.

— Tu as le don de me rendre folle.

— Tant mieux !

— Tu veux faire l'amour ?

— Oui ! Mais plutôt tout à l'heure, là-haut et au chaud. Je croyais que tu mourais de faim ?

Tandis qu'elle se rhabillait, il ralluma le gaz, réchauffa la viande et la sauce tomate avant d'ajouter les spaghettis dans la poêle.

— L'interruption n'était pas prévue dans la recette, dit-il en souriant.

Elle posa un chandelier sur la table, des sets sous les assiettes, des couverts de service, puis elle fouilla le bas des placards et dénicha une bouteille de chianti qu'elle déboucha.

— Tu te souviens de ce dîner entre la Belle et le Clochard ? Ils ont une bougie et mangent des spaghettis, comme nous, et ils échangent un premier baiser, truffe contre truffe !

Dans un éclat de rire, elle se mit à chantonner :

— *Dou-ouce nuit, sous un ciel d'Italie…*

Il lui présenta le plat tout en l'embrassant dans le cou.

— Je t'aime, chuchota-t-il au creux de son oreille.

L'instant était parfait. Elle n'avait plus conscience de cette trop grande maison autour d'eux, ni des problèmes qui surgiraient dans les mois à venir. Tout ce qu'elle savait, c'était que son bonheur serait forcément lié à cet homme et à aucun autre. Elle eut brusquement envie de lui parler du bébé, malgré toutes ses résolutions.

— Je dois faire un saut à Paris la semaine prochaine, j'ai deux rendez-vous, annonça-t-il en s'asseyant face à elle. Tu viendras avec moi ? Si tu veux faire du shopping ou voir des expos, c'est l'occasion.

Elle dut ravaler la question qui lui brûlait les lèvres : rendez-vous avec qui et pourquoi ? Pour un travail ? Elle attendit en vain qu'il donne quelques précisions, mais il se montrait toujours très réservé dès qu'il s'agissait d'un éventuel emploi.

— Je pensais que tu cherchais plutôt dans la région ? demanda-t-elle d'un ton qu'elle espérait détaché.

— Chercher quoi ? Ah, non, ça n'a rien à voir, c'est…

Il s'interrompit, comme s'il n'était pas certain de devoir lui fournir une réponse.

— Cette histoire d'assurance, acheva-t-il. Expertises, contre-expertises, ça n'en finit pas.

Elle s'en voulut aussitôt de son manque de confiance. Alban devait se soumettre à d'innombrables examens médicaux, son dossier paraissant ne jamais devoir être bouclé. Chacune de ces démarches le renvoyait à l'évidence qu'il ne pourrait plus piloter un avion de ligne de sa vie entière.

— Tu as besoin de moi pour conduire, au retour ? dit-elle doucement.

— Peut-être. Avec ces tests d'ophtalmo, on sort parfois les pupilles dilatées et la vue brouillée.

Il eut un petit geste d'impuissance tout à fait bouleversant.

— D'accord, enchaîna-t-elle très vite, j'en profiterai pour passer voir mon éditeur.

Elle n'était pas en avance dans la traduction de son manuscrit mais elle ne voulait pas avoir l'air de l'accompagner uniquement pour lui rendre service. Baissant la tête vers son assiette, elle constata qu'elle était vide. Allait-elle se mettre à manger pour deux ?

Elle pensa à cet enfant qui grandissait en elle, encore minuscule mais tellement présent. Et si, comme la dernière fois, la nature décidait de…

— Quelque chose t'ennuie ? interrogea Alban.

Comprenant qu'elle avait dû changer d'expression, elle se força à lui sourire.

— Non, rien. Je reprendrais bien un peu de tes pâtes, elles sont grandioses !

— Celles de Sophia, ma copine italienne, étaient bien meilleures, affirma-t-il étourdiment.

Comme les hôtesses ne cuisinaient pas à bord des avions, Valentine en déduisit qu'il les avait dégustées dans un contexte plus intime. Mais elle ne tenait pas à gâcher la soirée avec sa maudite jalousie et ne fit pas de commentaire.

Le lendemain, en fin d'après-midi, David apporta comme promis un plein sac de coquilles Saint-Jacques à Joséphine. Puis il la laissa s'affairer dans sa cuisine et alla sonner à la villa.

— Tu tombes bien, affirma Alban en lui ouvrant, je suis en train de me noyer dans les devis ! Tu vas me donner ton avis sur tout ça.

Il entraîna David jusqu'à son bureau, où il avait étalé les courriers reçus le matin même.

— C'est un vrai casse-tête, je ne sais pas par où commencer. Mais toi qui es de la partie, tu…

— De la partie ? Alban, je suis agent immobilier, pas entrepreneur. Si tu veux refaire le paquebot des soutes à la vigie, je peux seulement te donner un ordre d'idée du prix au mètre carré pour ce qu'on appelle une « réhabilitation ». Le problème de cette maison, c'est la surface. Tout est trop grand, vous allez vous ruiner tes frères et toi.

— Dans un premier temps, c'est moi qui finance. J'avais un peu d'économies, je trouve logique de les investir ici.

— Logique ? Pas vraiment. D'après ce que je sais, Gilles pourra te suivre, mais pas Colas. Vous comptez en faire le parent pauvre ? Non, ce serait plus malin de prendre un crédit à trois pour les travaux. Sauf que la villa ne vous appartient pas, elle est à Joséphine. Bien sûr, elle a la possibilité de vous en faire donation, mais il y aura des droits à payer.

Déçu, Alban dévisagea David avant de se laisser tomber dans un vieux fauteuil club au cuir fatigué.

— Tu n'es pas très encourageant, soupira-t-il.

— Tu préférerais que je te dore la pilule ? Le paquebot est un gouffre, nous le savons tous.

— À combien estimes-tu sa valeur ?

— En l'état ? J'aurais besoin de quelques critères de comparaison pour te répondre précisément. Il ne s'en vend pas tous les jours, tu sais ! D'ailleurs, quand une de ces villas Belle Époque arrive sur le marché, c'est toujours un promoteur qui fait la meilleure offre, pour la transformer en appartements qui s'arrachent. La vôtre n'est pas en bord de mer, c'est un moins, mais elle possède un très beau terrain, c'est un plus. Pour une résidence de copropriété, on pourrait envisager une piscine et un tennis comme valeur ajoutée. Mais dans tous les cas de figure, que tu fasses des travaux ou pas ne changera rien, tu imagines.

— Et les particuliers ?

— Ils ne sont pas nombreux à pouvoir s'offrir ce genre de baraque, la restaurer, l'entretenir ensuite… Bon, on finit toujours par trouver l'oiseau rare. Peut-être un émir ou un milliardaire américain ?

— Nous ne sommes pas milliardaires et on s'en est sortis jusqu'ici, protesta Alban que ce discours démoralisant agaçait.

— Parce que vous laissez tout aller à vau-l'eau !

— Donc, on en revient à ma première idée : je vais retaper.

De manière incongrue, David éclata de rire.

— Plus têtu que toi, on meurt ! Si je ne te connaissais pas par cœur, j'essaierais de te convaincre, mais avec toi ça ne sert à rien.

— Comme tu dis.

David se remit à rire avant de se diriger vers le bureau pour examiner les devis.

— D'abord, ne prends pas ce chauffagiste-là. Il y en a un formidable à Villers, je te donnerai son téléphone. Pour le couvreur, je n'ai rien à redire, son devis me paraît raisonnable.

— Le toit n'est pas en mauvais état.

— Ton grand-père rabâchait que la ruine vient du ciel et il surveillait ses tuiles !

Alban jeta un coup d'œil à sa montre. Il était à peine sept heures et ils pouvaient bavarder encore un peu.

— Je n'ai pas souvenir que papa se soit beaucoup occupé de la maison, confirma-t-il, c'était plutôt Antoine qui s'en chargeait.

— Oui, il l'adorait, il la choyait. Enfin, jusqu'à la mort de tes parents… Après, il s'en est désintéressé.

Redevenu sérieux, presque grave soudain, David planta son regard dans celui d'Alban.

— Et tu devrais faire comme lui. Comme Jo, qui a quitté les lieux. Je suis d'autant plus honnête de te donner ce conseil que ton retour me fait sacrément plaisir ! Mais, de toi à moi, tu commets une erreur.

Il parcourut la pièce du regard puis leva les yeux vers le plafond et resta quelques instants songeur.

— Quand nous étions jeunes, soupira-t-il enfin, il y avait une bonne ambiance ici. C'était gai, chaleureux, rassurant. Aujourd'hui, c'est le contraire…

— David ! Tu ne vas pas te mettre à répéter les bêtises de Jo ? Tu n'es pas une vieille dame craintive, et moi non plus.

— Jo n'est pas « craintive », elle a seulement beaucoup d'instinct, et parfois des prémonitions. Tu le sais très bien.

Haussant les épaules avec désinvolture, Alban désigna les devis.

— Restons dans le concret, veux-tu ?

Vexé d'être ainsi rappelé à l'ordre, David s'absorba un moment dans le dossier du plombier.

— Ce type s'imagine rénover Versailles ou quoi ? marmonna-t-il en repoussant les papiers d'un geste méprisant.

— Il y a des kilomètres de canalisations, rappela Alban.

— Adresse-toi à un autre, celui-là est trop cher. Tiens, fais-en même venir plusieurs, ça t'occupera !

— À savoir ? Est-ce que tu me trouves oisif ?

Le ton montait entre eux, comme lorsqu'ils étaient jeunes, chacun voulant absolument avoir raison. David s'éloigna du bureau, alla jusqu'à l'une des fenêtres obscures, hésita, puis revint se planter devant Alban.

— Je peux te parler franchement ?

— Oui.

— En ami ?

— Je t'en prie.

— Eh bien, je crois que tu as besoin de faire quelque chose, n'importe quoi d'assez prenant pour te permettre d'oublier la fin brutale de ta carrière. Tu n'es plus commandant de bord, alors tu prends ici les commandes du paquebot, ça te donne une raison de t'agiter, de prendre des décisions. Mais quand tu auras fini ce chantier, tu en seras toujours au même point, sauf que tu n'auras plus un sou. La fuite en avant ne mène jamais nulle part.

Interloqué, Alban demeura silencieux une ou deux minutes.

— Tu n'y vas pas de main morte, finit-il par lâcher.

— C'est dans ma nature, souviens-toi…

— Oui, le tact n'est pas ton fort.

— Si je ne te dis pas tout ça, qui te le dira ?

— Il y a peut-être du vrai dans ton raisonnement, mais tu oublies le principal, David. J'aime cette maison, je l'aime pour de bon. Il n'y a aucun autre endroit où j'ai envie de vivre.

La porte étant restée ouverte, ils entendirent un bruit de pas dans l'escalier, puis dans la galerie.

— Ce n'est pas un fantôme, ironisa Alban, c'est Valentine qui descend nous rejoindre. À propos, ne lui répète pas notre conversation, tu veux ?

— Inutile de me le demander. Mais…

Il se tut à l'entrée de la jeune femme et se retourna pour lui adresser un large sourire.

— Voilà la plus belle. Ah, il en a de la chance, Alban !

Le regard que David posait sur Valentine était sincèrement admiratif, et déjà amical.

— Je n'ai pas vu le temps passer, s'excusa-t-elle, j'étais plongée dans mon manuscrit. Joséphine doit nous attendre, non ?

Elle portait un long pull bleu pâle souligné d'une ceinture, avec des bottes de mousquetaire sur un jean ajusté. Ses cheveux acajou, à peine relevés d'un côté par une barrette en strass, tombaient librement sur ses épaules et lui donnaient une allure de jeune fille. Sous le charme, Alban la rejoignit, écarta une mèche et l'embrassa dans le cou.

— J'adore ton parfum, murmura-t-il en l'étreignant.

— Allez, allez, intervint David d'un ton rieur, on file chez Jo !

Il éteignit et les poussa hors de la pièce. La galerie, faiblement éclairée par les veilleuses, leur parut sinistre après l'atmosphère désuète mais sympathique du bureau. Leurs pas résonnaient sur le marbre blanc à cabochons noirs, tandis que leurs silhouettes glissaient le long des murs. Et comme par un accord tacite, ils ne prononcèrent pas un mot avant d'être dehors. Dans l'obscurité, à trente mètres de là, les fenêtres illuminées de la petite dépendance brillaient autant qu'un phare de la côte. Presque malgré lui, Alban jeta un coup d'œil en arrière, par-dessus son épaule, englobant d'un regard perplexe la silhouette massive du paquebot.

3

Sophie s'était réveillée de mauvaise humeur, émergeant d'une série de rêves confus qui lui laissaient un goût amer. Alban avait dû traverser ses songes car elle pensa plusieurs fois à lui dans le courant de la matinée. En début d'après-midi, elle appela Gilles pour lui suggérer de passer le week-end en Normandie, arguant que les enfants seraient fous de joie, d'autant plus que la Toussaint tombait le lundi et qu'ainsi ils auraient trois jours. Ravi, Gilles s'empressa d'accepter, cependant il avait des rendez-vous très tardifs et il proposa de les rejoindre en train le lendemain matin.

Un peu avant cinq heures, Sophie se rangea en double file devant l'école. Les sacs de voyage étaient empilés dans le coffre, le réservoir plein, elle n'aurait plus qu'à gagner l'autoroute. De son portable, elle prévint Alban de leur arrivée pour le dîner, précisant qu'elle avait tout prévu.

— J'apporte le pique-nique, je suis passée chez Hédiard !

Pas question que Valentine leur concocte quoi que ce soit. À la villa, Sophie était *chez elle*, une étrangère n'allait pas l'y recevoir en maîtresse de maison.

Dès qu'Anne, Paul et Louis furent installés sur la banquette arrière, ceintures bouclées, elle se lança dans la circulation plutôt dense du vendredi soir. Elle n'aimait pas beaucoup conduire, surtout pas ce gros break familial que Gilles avait cru bon d'acheter pour elle, néanmoins elle éprouvait une agréable sensation de liberté. Elle n'était pas obligée d'écouter le bruyant bavardage des trois enfants, il lui suffisait de hocher la tête de temps en temps, à la rigueur d'intervenir dans les disputes. Quand Gilles était au volant et qu'il se lançait dans le récit d'un de ses dossiers – ou, pis, d'une de ses plaidoiries –, elle ne pouvait pas laisser vagabonder son esprit comme maintenant.

— Paul, tu ne touches pas à la fenêtre ! lança-t-elle en jetant un coup d'œil sévère dans son rétroviseur.

Ils étaient évidemment surexcités à l'idée de ces trois jours normands dont elle venait de leur faire la surprise. Comme leur père, ils raffolaient du paquebot où ils disposaient d'une énorme liberté. Pour sa part, Sophie préférait dire « la villa ». Elle la désignait ainsi lorsqu'elle la décrivait à ses amies, achevant de les rendre vertes de jalousie avec une ou deux photos à l'appui. Rien que pour cette satisfaction d'amour-propre, elle estimait judicieux de conserver la maison. Où les enfants pourraient-ils mieux se dépenser et s'amuser que dans une grande propriété de famille située à deux heures de Paris ? Impossible de les faire tenir tranquilles dans l'appartement durant les week-ends, certains dimanches soir, elle en avait la migraine.

Elle s'engagea sous le tunnel menant à l'autoroute, tout étonnée de ne trouver qu'un léger ralentissement au lieu du bouchon habituel. Pour quelqu'un qui n'aimait pas l'imprévu, elle se félicita d'avoir su organiser ce départ au pied levé. Non seulement elle faisait plaisir à son mari et à ses enfants, mais elle-même se réjouissait comme une gamine de ces trois jours à venir. Malgré les affligeantes prévisions météo, malgré la nuit qui tombait à cinq heures en novembre, malgré le retour du lundi soir qui serait sûrement une épreuve, elle était ravie. Ravie d'étrenner un superbe cachemire noir – la meilleure teinte pour les blondes – et un jean fantaisie achetés dans l'après-midi. Devant le miroir de la cabine d'essayage, elle s'était trouvée parfaite pour affronter la campagne en cette fin d'automne.

— Arrêtez de vous chamailler ! Je ne veux plus vous entendre, ou bien je fais demi-tour.

Une vaine menace, mais qui eut le mérite de calmer momentanément les trois petits.

— Il vient aussi, Colas ? risqua Anne de sa voix fluette.

— Je ne sais pas, ma chérie. Peut-être.

Les enfants adoraient avoir tout leur monde autour d'eux. En tant que seuls gamins de la famille, ils monopolisaient l'attention de leurs oncles, leur tante et leur arrière-grand-mère.

« Et je ne tiens pas à ce que ça change ! Malaury n'a aucune envie de faire des bébés, tant mieux, quant à Valentine… »

Cette éventualité lui parut intolérable. Alban n'allait pas devenir un de ces ridicules papas poules à quarante ans ? Elle ne l'imaginait pas en père, et pas davantage en mari.

« Si cette garce se fait faire un gosse, ce sera pour le piéger, évidemment ! »

Pas un instant, elle ne s'interrogeait sur les raisons de son antipathie envers Valentine. À ses yeux, personne ne méritait Alban qui devait rester le beau-frère célibataire, disponible et charmeur, sur lequel elle se chargeait de veiller.

— … mais Jo dit qu'on doit pas y aller ! hurla Paul.

Ils étaient encore en train de se disputer et Sophie intervint sèchement :

71

— Aller où ?

— Tout en haut, au-dessus des petites chambres.

— Dans le grenier, quoi ! précisa Louis.

— Et pourquoi iriez-vous dans le grenier ? Si Joséphine l'interdit, obéissez-lui. Il y a assez de place ailleurs pour jouer !

— Quand c'est cache-cache, c'est partout, s'entêta Louis, sinon c'est pas drôle.

Il était l'aîné, donc le premier à inventer des bêtises.

— Moi, ça me fait peur, se plaignit Anne. Parce que Jo veut qu'on laisse les fantômes en paix.

— Les fantômes ! ricana Sophie. Où va-t-elle chercher ça ? Vous savez, Joséphine est une très vieille dame, et les personnes âgées…

Elle s'interrompit, réalisant que Jo s'était sans doute servie de cet argument pour empêcher les enfants d'aller piller les vieilles malles, et surtout d'emprunter le dangereux escalier en fer qui conduisait juste sous le toit.

— Bon, vous devez respecter votre arrière-grand-mère, se ravisa-t-elle. Pas de grenier dans vos parties de cache-cache. C'est compris ?

— Tu crois à ces trucs-là, maman ? railla Louis. Les revenants, les morts vivants, les…

Anne se mit à hurler, terrorisée, tandis que ses frères éclataient de rire.

— Si vous ne vous calmez pas, on rentre à Paris ! explosa Sophie.

Elle mit son clignotant pour prendre la sortie de Deauville, ce qui fit taire les enfants. Ils attendirent qu'elle s'engage sur la bonne route, soulagés de voir qu'elle ne prenait pas le chemin du retour.

— J'ai faim, murmura Anne.

— Nous sommes presque arrivés, ma chérie.

Au moins, la maison allait être chaude, éclairée, accueillante. C'était l'un des avantages de l'installation d'Alban, il n'y aurait plus de draps humides ni de frigo vide. Au lieu de ne s'animer que par intermittence, désormais la villa revivait.

Valentine imprima les pages traduites dans la journée afin de pouvoir les relire le lendemain matin. Elle commençait toujours par vérifier son travail de la veille et le corrigeait au besoin avant de se remettre dans l'histoire. Celle-ci était vraiment palpitante, un thriller à faire dresser les cheveux droit sur la tête, aussi toute la difficulté consistait-elle à rendre la même atmosphère d'angoisse en français, sans jamais trahir l'auteur. Parfois, et uniquement si le besoin s'en faisait sentir, elle ajoutait une touche plus personnelle ou plus littéraire à la forme du texte. Mais là, elle essayait juste d'être à la hauteur du talent de celui qui avait écrit ça.

Elle éteignit l'ordinateur, se leva, s'étira. Il était temps de rejoindre Alban et de l'aider à mettre le couvert. D'après lui, Sophie avait tout prévu pour le dîner. Néanmoins, Valentine avait hâtivement préparé une tarte aux pommes lorsqu'elle était allée se faire une dernière tasse de thé, vers six heures. Il faudrait d'ailleurs qu'elle pense à monter une bouilloire électrique avec des sachets de thé si elle ne voulait pas passer sa vie dans les escaliers et dans les couloirs.

Après un petit crochet par la salle de bains pour se rafraîchir, elle dévala les volées de marches des deux étages et fonça à la cuisine d'où provenait un grand chahut. Sophie et les enfants étaient déjà là, au milieu d'un désordre de sacs de voyage et de produits d'épicerie fine étalés sur la table.

— Je ne vous ai pas entendus arriver ! s'exclama Valentine avec un grand sourire. Bonne route ?

— Comme un vendredi soir, mais j'ai l'habitude, répliqua Sophie d'un ton narquois.

Les deux femmes se toisèrent une seconde, puis Sophie désigna ses provisions.

— J'ai apporté le dîner, j'espère que vous aimez la charcuterie ?

— Et si on se tutoyait ? proposa Valentine sans se départir de son amabilité.

— Ce sera plus sympathique, en effet !

Sophie restait ironique et distante, mais lorsqu'elle s'adressa à Alban, son expression changea radicalement.

— Gilles arrivera demain par le train de onze heures. Tu voudras bien aller le chercher ? Je rêve d'une grasse matinée…

— D'accord, j'irai, et on vous rapportera des fruits de mer pour le déjeuner.

Il semblait ravi par l'arrivée d'une partie de sa famille et, une fois de plus, Valentine se demanda s'il ne s'ennuyait pas lorsqu'il était seul avec elle. À longueur de journée elle s'absorbait dans son manuscrit, mais lui ? David l'avait traîné de force à l'aéroport de Saint-Gatien deux jours plus tôt, toutefois il n'avait rien raconté de précis à son retour, pas moyen de savoir s'il avait quelque chose en vue là-bas.

— Colas et Malaury nous rejoindront demain soir, annonça-t-il. Sûrement assez tard parce qu'ils ne partiront qu'après avoir fermé le magasin.

— On pourra les attendre pour dîner ? demanda Anne d'un ton plein d'espoir.

— Non, vous mangerez avant ! répliqua sèchement sa mère.

Valentine vit que la petite fille était sur le point de se mettre à pleurer, mais Alban la souleva du sol et la fit tournoyer.

— En tout cas, ce soir, on grignote tous ensemble ! Alors dis-moi, ma coquine, tu travailles bien à l'école ?

Avec les enfants, il semblait toujours à l'aise, Valentine l'avait déjà remarqué. Il allait faire un père formidable, elle en était certaine. Elle rejoignit Sophie près des placards tandis que les petits racontaient leurs exploits scolaires à leur oncle.

— Tiens, je vais mettre ces assiettes-là, décréta Sophie. Vous voulez bien… pardon, *tu* veux bien prendre les verres tulipes ? Ce sont mes préférés !

— Tout dépend de ce qu'on boit. Ceux-là sont beaux aussi.

Fronçant les sourcils, Sophie toisa Valentine.

— Tu ne devrais pas t'en servir, ils sont très fragiles. Surtout entre les mains des enfants !

La déclaration de guerre semblait imminente. En quelques mots, Sophie venait de faire comprendre qu'elle était chez elle et que les petites amies d'Alban n'avaient pas voix au chapitre. Afin d'éviter un affrontement inutile, Valentine se détourna et traversa la cuisine pour aller couper du pain. Elle finissait de remplir la corbeille quand Sophie surgit derrière elle.

— Je ne t'ai pas vexée, au moins ? Il faut du temps pour s'habituer à une maison, et ici, chaque membre de la famille a ses petites manies…

Une famille dont Valentine ne faisait pas partie, c'était clair.

— Alban, j'ai pensé à toi, enchaîna Sophie, je t'ai acheté de la tapenade et des gressins !

— Dans ce cas, je sers l'apéritif, répondit-il joyeusement.

— J'ai aussi apporté des fruits exotiques et des macarons. Tu vois que je te connais bien.

— Et moi, j'ai cuisiné une bête tarte aux pommes, marmonna Valentine.

— Pourquoi « bête » ? La pomme, c'est l'emblème de la Normandie, non ?

— ... avec le camembert, le livarot et le pont-l'évêque. Mais pour accompagner une tarte, c'est moins bien.

Insensible à l'ironie de Valentine, Sophie ne daigna pas sourire. Elle alla se poster près d'Alban qui servait une goutte de cassis au fond des verres tulipes.

— Tu nous prépares des kirs ? Tu es gentil...

En le disant, elle lui posa affectueusement une main sur l'épaule.

— Au fond, je suis contente que tu habites ici, je crois que nous allons venir plus souvent.

La pensée qui traversa l'esprit de Valentine à cet instant n'avait rien de charitable : moins elle verrait Sophie, mieux elle se porterait. Sa tendresse un peu trop appuyée envers Alban était exaspérante, qu'avait-elle besoin de minauder avec son beau-frère ? Et lui, bien sûr, ne se rendait compte de rien, habitué à être cajolé par toutes les femmes. Avec un soupir résigné, elle les rejoignit et prit le verre qu'Alban lui tendait.

— On a faim ! s'impatienta Louis, qui eut droit au regard courroucé de sa mère.

— Eh bien, rends-toi utile, finis donc de mettre le couvert, lui lança-t-elle.

Elle but une gorgée, sa main toujours abandonnée sur l'épaule d'Alban.

— Parfois, lui dit-elle sur le ton de la confidence, je me demande si je ne devrais pas songer à l'internat, au moins pour les garçons. Gilles me raconte toujours qu'il a adoré ses années de pension, mais bizarrement, il ne veut pas en entendre parler pour Louis et Paul.

— En ce qui nous concerne, répondit Alban, c'était justifié parce que nous étions un peu loin de tout. Vous, à Paris, vous avez toutes les écoles que vous voulez à proximité de chez vous. Moi aussi, j'ai bien aimé la pension, mais j'avais des copains qui ne la supportaient pas. Tout dépend des parents...

Une ombre passa sur son visage et il baissa les yeux, comme perdu dans ses souvenirs d'adolescence.

— Les enfants d'aujourd'hui sont tellement durs à tenir, si tu savais ! Ils me harcèlent, ils m'épuisent. Ne te presse pas d'en avoir, crois-moi, ce n'est pas une sinécure.

Elle eut un petit rire artificiel avant d'ajouter, plus bas :

— Au fait, tu en voudrais ?

Cette question, qui semblait anodine dans la bouche de Sophie, était exactement celle que Valentine n'osait pas poser à Alban, et elle attendit sa réponse le cœur battant.

— Je ne sais pas, dit-il lentement.

Il semblait hésitant, embarrassé, presque fuyant. Valentine eut l'impression qu'il venait de la gifler, et lorsqu'il tourna la tête vers elle, comme pour guetter une quelconque approbation, elle refusa de croiser son regard. Ainsi, il *ne savait pas*. Et elle qui s'efforçait d'imaginer, le soir en s'endormant, la réaction de joie qu'il allait avoir dès qu'elle lui annoncerait la nouvelle ! Avec précaution, parce que sa main tremblait, elle reposa son verre. De toute façon, elle ne comptait pas le boire en entier, elle avait pris le matin même de grandes résolutions pour sa grossesse. Aucune cigarette, très peu d'alcool, de longues marches en bord de mer.

— Allez, on mange ! s'exclama Sophie.

D'autorité, elle s'installa au bout de la longue table. C'était la place de Joséphine, qui présidait toujours les repas, mais, en son absence, Sophie se l'adjugeait volontiers. Valentine sentit le bras d'Alban se refermer autour de sa taille.

— Tu n'as pas faim, mon amour ?

— Si, si…

Elle se dégagea, ébaucha un sourire contraint et alla s'asseoir près des enfants. Toujours debout là où elle l'avait laissé, Alban lui adressa un regard d'incompréhension.

Joséphine tira les rideaux de sa chambre après avoir longuement observé la façade de la villa. Les nombreuses lumières indiquaient la présence des enfants qui n'éteignaient jamais rien, et ces fenêtres éclairées avaient quelque chose de gai malgré tout.

— Gai ! Tu es folle, ma pauvre vieille, dit-elle à voix haute.

Elle aimait bien parler toute seule, elle en avait pris l'habitude après la mort d'Antoine. Avant, c'était à lui qu'elle s'adressait, même s'il n'était pas dans la même pièce.

— Rien ne peut être gai là-bas, mon Dieu, non !

Après avoir déposé sa robe de chambre sur le dossier de la bergère, elle quitta ses pantoufles et alla se coucher. Demain, elle préparerait un gâteau pour les enfants. Paul et Louis raffolaient de son quatre-quarts, mais Anne préférait son fondant au chocolat.

— Eh bien, je ferai les deux, voilà tout. Avec Gilles et Colas qui arrivent, ce sera à peine suffisant.

Bien calée sur ses oreillers, elle mit ses lunettes.

— Lecture ou télévision ?

Elle ne se souvenait plus du programme qu'elle avait pourtant étudié en dînant.

— Si j'ai oublié, c'est que ça ne me disait rien. En revanche, je voudrais bien savoir ce qui arrive à cette femme. Où en étais-je ?

Depuis toujours, elle aimait les romans, mais pas les histoires à l'eau de rose. Colas l'avait abonnée à deux clubs par correspondance où elle pouvait commander ce qu'elle voulait, et Malaury lui rapportait souvent des livres de Paris. Quand elle n'avait plus rien à lire – mais vraiment plus rien –, elle se décidait à faire une incursion à la villa. Dans son ancienne chambre, sur les étagères d'acajou, des dizaines de volumes prenaient la poussière. Des lectures d'une autre époque, quelques classiques, des titres dont elle ne se souvenait plus. Elle en prenait un au hasard et s'enfuyait vite.

Ôtant le marque-page, elle ouvrit son livre mais son esprit vagabondait ailleurs. Elle se faisait du souci pour Alban, et aussi pour Valentine. Cette jeune femme lui plaisait beaucoup malgré ses cachotteries. Pourquoi ne disait-elle pas qu'elle était enceinte ? Joséphine l'avait deviné en un seul regard, mais, bien sûr, Alban ne voyait rien. Que craignait donc Valentine ?

Concentrée, Joséphine ferma les yeux, fit le vide en elle. Valentine avait peur de perdre le bébé, peur de perdre Alban. Pourtant, son silence ne l'aiderait en rien et ne la protégerait pas.

— Elle sera une bonne mère, rien à voir avec Marguerite, murmura-t-elle.

Marguerite que personne n'avait pu secourir, enfermée dans sa démence. De toutes ses forces, Félix avait essayé et échoué.

— Mon Félix, mon petit, tu t'es damné pour rien…

La perte de son fils lui était toujours aussi odieuse, comme un trou béant au fond de ses tripes, un drame contre nature.

— Antoine, c'était son heure, mais pas toi, mon garçon, pas toi !

Elle ravala ses larmes, s'obligea à se calmer avant de relever les paupières. Autour d'elle, la chambre était paisible, baignée d'une lumière douce. Ce havre de paix lui permettait de continuer à vivre pour le temps qui lui restait sur terre. Dans la villa, elle serait morte de désespoir parmi les ombres du passé.

— Il faudrait que je les oblige à vendre.

Mais elle n'en avait pas le courage, pas plus qu'elle n'avait su leur dire la vérité. Et puis, dans ce paquebot, ainsi qu'ils l'appelaient, ils se réunissaient, se retrouvaient, formaient une famille.

— Sophie est ce qu'elle est, mais elle nous a fait trois beaux petits Espérandieu. Eux aussi adorent la maison. Comment se fait-il que personne ne se sente mal à l'aise là-dedans ?

Joséphine et Antoine s'étaient contraints à faire bonne figure jusqu'au départ de Colas, le dernier à quitter la maison pour s'établir à Paris. Ensuite, Antoine avait peu à peu lâché prise, ne s'occupant plus de la villa ni de la maladie qui le rongeait. Durant ses derniers jours, alors que le cancer le tirait vers la tombe, il avait demandé pardon à Joséphine. « Tu vas rester seule, vends tout, va-t'en ! » Elle n'était pas allée bien loin, sous la pression de ses trois petits-fils acharnés à l'empêcher de bazarder leur paquebot. Ils avaient cru bien faire, évidemment. « Ne leur dis rien,

Jo, surtout ne leur dis rien ! » Se taire n'était pas toujours la solution, mais que répondre à un mourant qui voulait partir en paix ? « Tu leur en mettrais trop sur les épaules, Jo, tu comprends ? » Elle comprenait, mais ses épaules à elle seraient-elles assez solides ? « Promets-le-moi. » Elle avait promis, bien sûr, et elle ne trahirait pas son serment.

— Alban aurait pu supporter le choc, c'est le plus solide des trois.

Elle le pensait depuis toujours, même si elle aimait autant les deux autres. Certes, Gilles avait les pieds sur la terre, et Colas se sauvait de tout par sa fantaisie, néanmoins, Alban possédait une personnalité plus forte que ses frères.

— Et alors ? Tu ne vas pas soulager ta conscience en l'empêchant de dormir ! Il a assez de problèmes en ce moment, laisse-le donc tranquille. D'ailleurs, tu n'as pas le droit de te parjurer, sinon Antoine viendra te tirer par les pieds…

Cette idée la fit sourire, puis elle remit le marque-page à sa place et ferma son livre. Le sommeil arrivait, il était temps d'éteindre.

— Tu ne peux pas continuer à te balader dans cette voiture, fit remarquer Gilles.

— Pourquoi ? s'insurgea Alban.

— Parce qu'elle est violette et qu'elle perd ses boulons.

— Tu veux rire ? Elle sort du contrôle technique !

Gilles mit son attaché-case dans le coffre et en profita pour jeter un coup d'œil au plateau de fruits de mer qu'Alban avait fait préparer par le poissonnier.

— En plus, elle va sentir la crevette…

Il se tourna vers son frère et, cessant de plaisanter, lui demanda :

— Tu vas bien, vieux ?

— Oui, vraiment bien. Je suis heureux avec Valentine, heureux d'être ici et d'avoir retrouvé David…

— Ah, David ! Tu l'as invité, j'espère ?

— Il vient demain, il se réjouit de voir tout le monde.

Une fois installés dans la Twingo, ils quittèrent le parking de la gare.

— Ta femme voulait une grasse matinée, voilà pourquoi ce n'est pas ton superbe break qui t'attendait !

— Sophie n'est pas une lève-tôt, soupira Gilles. Conduis-nous à la pâtisserie, je vais nous payer des gâteaux.

— Tu ne vas rien payer du tout, Jo a tout prévu.

Gilles hocha la tête avec une petite mimique d'excuse. Alban ne ratait jamais l'occasion de relever son expression favorite – « Je vais payer » – et de s'en moquer.

— Tu comptes vraiment garder cette caisse ? Je t'ai connu au volant de voitures plus confortables.

— Parce que je les louais, Gilles. Je n'en avais pas souvent besoin à Paris, j'étais tout le temps en voyage.

Dans le silence qui suivit, Gilles finit par risquer :

— Est-ce que ça te manque ?

— Évidemment.

— Les voyages ?

— Non, piloter. J'essaie de ne pas y penser.

— Et comment envisages-tu l'avenir ?

— Là, je *n'arrive pas* à y penser. Tout ce qui me vient à l'esprit me paraît stupide, et tout ce qu'on me propose me révulse. Conseiller technique, directeur d'aéroclub… Non, il faut que je fasse une croix sur

82

l'aviation, que je change de voie, mais je ne sais pas comment m'y prendre.

— Bon, tu n'es pas aux abois pour l'instant, tu as le temps de réfléchir. Quant à ton dossier avec l'assurance, je ne laisserai pas les choses traîner indéfiniment, tu peux me faire confiance.

Pour éviter le conflit d'intérêts, en tant que frère, Gilles avait confié le dossier à l'un de ses confrères spécialisé dans ce genre d'affaire.

— Je serai content de toucher de l'argent, admit Alban, mais ce n'est pas tout, tu le sais très bien. Il faut que je fasse quelque chose de mon existence ! Rien que de voir Valentine travailler sur ses manuscrits, je culpabilise, je me trouve inutile.

— Épouse-la.

— Quel rapport ? On ne se marie pas pour s'occuper ! Et je ne suis pas persuadé qu'elle en ait envie. Il y a des partis plus intéressants qu'un chômeur réfugié à la campagne, non ? D'ailleurs, pour tout te dire, je le lui ai déjà proposé, avant mon accident, et elle a balayé ma demande d'un revers de main amusé. Je n'ai pas forcément envie d'essuyer un autre refus. Valentine est une femme indépendante, qui n'a pas eu un parcours facile.

— Raconte.

— En gros, elle s'entendait mal avec sa mère, et pas du tout avec son beau-père. Elle est partie de chez elle très tôt, ensuite elle a beaucoup galéré et accumulé les petits boulots pour se payer des études. Par la suite, elle a eu un fiancé qui s'est barré comme un voleur à l'annonce d'une grossesse, puis elle a fait une fausse couche. Quand je l'ai rencontrée, elle était sur la défensive, et je crois qu'elle l'est toujours. Ce n'est pas en la harcelant que j'arriverai à fonder une famille avec elle. En fait, j'ai bien peur qu'elle ne se méfie de tout ce qui est famille.

— On va la mettre à l'aise, lui montrer que c'est génial ! affirma Gilles en envoyant une bourrade affectueuse sur l'épaule d'Alban.

— À ce propos, Sophie n'est pas toujours très…

— Sophie est odieuse avec toutes les femmes. Surtout quand elles sont aussi jolies que ta Valentine ! En plus, Sophie a un faible pour toi.

— Ta femme ? se récria Alban, horrifié. Tu plaisantes, j'espère ?

— Bien entendu.

Il éclata de rire tandis qu'Alban s'engageait sur le chemin menant à la villa. En descendant de voiture, ils se séparèrent, car Gilles voulait d'abord embrasser Joséphine. Selon une tradition bien établie, chaque fois qu'un des trois petits-fils arrivait de Paris, son premier soin était d'aller dire bonjour à Joséphine avant de franchir la porte du paquebot.

Chargé du plateau de fruits de mer, Alban gagna directement la cuisine. S'être un peu confié à son frère aîné lui apportait une sorte de soulagement. D'une part, il avait besoin du soutien de Gilles pour se lancer dans le programme de travaux qu'il s'était fixé, d'autre part, il cherchait à mettre de l'ordre dans ses angoisses. Valentine restait son principal souci, il s'en était aperçu en parlant à Gilles. Depuis quelques jours, il avait l'impression de ne plus savoir comment s'y prendre avec elle. Il la sentait nerveuse, sans doute déstabilisée par sa nouvelle vie, par les inconnus qu'il lui présentait, par le silence de cette maison bien trop grande pour deux. Peut-être regrettait-elle de l'avoir suivi en Normandie ? Il n'osait pas lui poser directement la question et se contentait d'essayer de la distraire. Mais la veille, boudeuse, elle s'était endormie loin de lui, réfugiée au bout du lit. « Ta belle-sœur ne m'aime pas du tout », avait-elle marmonné avant de sombrer dans le sommeil. Un mois plus tôt, ils auraient ri ensemble des petites piques de Sophie, sans y attacher d'importance.

Constatant que le plateau ne rentrait pas dans le réfrigérateur, il gagna l'office, ouvrit une fenêtre et le déposa sur l'appui, au-dehors. Durant quelques instants, il s'absorba dans la contemplation du paysage. Les arbres perdaient leurs feuilles et, désormais, entre les branches dénudées on voyait mieux la mer à l'horizon.

— Alban, on gèle ! protesta Valentine qui venait de pousser la porte. Je te cherchais, j'espérais que tu serais rentré…

Elle le rejoignit, se glissa dans ses bras.

— Impossible de travailler, les enfants mènent une sarabande infernale à travers toute la maison.

— Ils te gênent ?

— Non, pas du tout ! Je les trouve adorables, et ils ont bien le droit de chahuter un peu. À propos, je suis désolée d'avoir boudé, hier soir.

— Tu boudais ? dit-il en riant.

— Sophie m'a exaspérée à me regarder de si haut !

— Tu es plus grande qu'elle, chérie.

— Eh bien, c'est une petite bonne femme trop autoritaire pour moi. Avec toi, elle minaude, elle accapare ton attention, et elle fait comme si je n'existais pas.

— C'est sa façon d'être. Quand vous vous connaîtrez mieux, elle changera d'attitude envers toi.

— Tu crois ? Moi, je suis persuadée qu'elle n'a aucune envie de mieux me connaître, elle espère au contraire que je vais débarrasser le plancher.

— N'y pense même pas, répliqua-t-il en l'embrassant sur les cheveux.

— Je ne veux pas critiquer ta famille, ni te mettre mal à l'aise, mais je prends Sophie pour une pimbêche, voilà.

Quand elle disait « voilà » sur ce ton, pour elle l'incident était clos, elle n'y reviendrait pas. Il la serra contre lui et sentit qu'elle riait.

— Tu dois me trouver odieuse, non ?

— Je te trouve ravissante.

Cette fois, il l'embrassa sur la bouche, avec toute l'infinie tendresse qu'il éprouvait pour elle.

Dans la cuisine, Sophie s'était figée. Elle avait entendu la fin de la conversation, et le mot « pimbêche » l'ulcérait. Cette punaise de Valentine se moquait d'elle, et Alban ne réagissait même pas !

Comme la porte de l'office était toujours ouverte, elle se racla la gorge afin de signaler sa présence, puis elle remua bruyamment de la vaisselle.

— Bien dormi, ma Sophie ? lança Alban en entrant.

Suivi de Valentine qu'il tenait par la main, il souriait d'un air innocent. Sophie chercha une réplique cinglante, mais alors qu'elle ouvrait la bouche, les enfants se ruèrent dans la cuisine, parlant tous les trois en même temps.

— Vous devenez fous ou quoi ? s'énerva-t-elle aussitôt. Calmez-vous immédiatement et arrêtez de crier. Je vous préviens, votre père vient d'arriver.

Au lieu de se taire, ils poussèrent des hurlements de joie et se bousculèrent pour sortir. Seul Louis, à l'instant où il franchissait le seuil, se ravisa.

— Tiens, dit-il en revenant vers Alban, on a trouvé ça…

Il lui tendait un vieux portefeuille de cuir grené, tout usé. Alban s'en empara, le retourna entre ses doigts, vit deux initiales : F. E.

— Où l'as-tu pris ? demanda-t-il d'une voix intriguée.

— Je ne l'ai pas pris ! se défendit le gamin.

— D'accord, mais d'où vient-il ?

— On jouait à cache-cache, et moi, j'ai aidé Anne à entrer dans l'armoire de la grande chambre, tu sais, celle du bout qui a les rideaux avec les oiseaux et qui donne…

— Je vois, oui.

— Bon, alors Anne a raclé le bois de l'armoire avec ses pieds pour se glisser tout au fond, et elle a senti ce truc qui était coincé entre les lattes.

— Eh bien, merci, Louis, dit Alban en ébouriffant les cheveux du gamin. Tu as regardé ce qu'il y avait dedans, je suppose ?

Troublé, l'enfant commença par rougir avant de hocher la tête.

— La curiosité est un vilain défaut, lui rappela Sophie.

— C'est que des vieux bouts de papier, expliqua Louis sans regarder sa mère. Y avait pas d'argent, ni billets, ni pièces, rien.

— Dommage pour toi, s'amusa Alban, tu aurais eu droit à une récompense ! Allez, va…

Louis détala tandis que Sophie se penchait sur le portefeuille.

— À l'époque, la maroquinerie était vraiment de bonne qualité.

Elle tendit la main, comme si elle voulait l'examiner de plus près, mais Alban le rangea dans la poche arrière de son jean.

— Il appartenait à mon père. Je me le rappelle très bien parce qu'il le posait solennellement devant lui avant la distribution de notre argent de poche. C'est un souvenir, je suis content que les enfants l'aient trouvé.

Il ne mettait jamais les pieds dans l'ancienne chambre de ses parents et n'aurait sûrement pas eu l'idée d'ouvrir l'armoire.

— En tout cas, conclut Sophie, ils ne devraient pas fouiller partout, ils ont le diable au corps.

— Comme tous les gamins de leur âge.

Alban lui souriait gentiment mais ce ne fut pas suffisant pour l'amadouer.

— Tu es tolérant, large d'esprit, bravo ! En ce qui me concerne, je dois me charger de leur éducation, et je suis une *pimbêche* très perfectionniste.

Elle se tourna vers Valentine qu'elle toisa d'un air ironique, guettant sa réaction.

— Allons, temporisa Alban, c'était juste une blague, rien de méchant…

Avec une habileté consommée, Sophie changea brusquement de registre.

— Peut-être, murmura-t-elle, mais ça m'a fait de la peine d'entendre ça.

Drapée dans sa dignité, elle fit volte-face et quitta la cuisine sans claquer la porte.

— Oh, là, là…, soupira Alban.

Un rapprochement entre Valentine et Sophie semblait dorénavant tout à fait improbable.

— Veux-tu que j'aille m'excuser ? proposa Valentine à contrecœur.

Il la dévisagea, surpris, avant de hausser les épaules.

— Tu plaisantes ?

— Non. Si elle doit faire la tête tout le week-end, autant crever l'abcès.

— Elle va bouder un peu, et alors ? Les femmes aiment bien bouder !

Sa réflexion prit Valentine de court. Est-ce qu'il la renvoyait dos à dos avec Sophie ? Peut-être n'était-ce qu'une blague destinée à dédramatiser la situation, toutefois elle n'appréciait pas de se voir ainsi rangée dans la catégorie trop vague des *femmes*.

— Bonjour, belle dame ! s'exclama Gilles en entrant. Je meurs de faim, est-ce qu'on mange bientôt ?

Il embrassa Valentine sur les deux joues et en profita pour lui glisser à l'oreille :

— C'est vous qui avez traité mon épouse de pimbêche ? Soyez-en remerciée…

Interloquée, Valentine le dévisagea mais n'eut pas le loisir de répondre car Sophie revenait avec les enfants. Ils apportaient les gâteaux préparés par Joséphine pour le déjeuner et pour le dîner.

— Jo est décidément infatigable, elle a fait de la pâtisserie toute la matinée, annonça Sophie.

Elle semblait de meilleure humeur, allant même jusqu'à sourire à la ronde.

— Cet après-midi, ajouta-t-elle, j'emmènerai les enfants faire une grande balade en bord de mer. Qui m'aime me suive !

Gilles déclara qu'il irait volontiers, tandis qu'Alban consultait Valentine du regard.

— Bonne idée, dit-elle d'un ton résolument enthousiaste.

Pour ne pas envenimer la situation, autant ne pas faire bande à part. De toute façon, se promener sur la plage main dans la main avec Alban la réjouissait vraiment. Elle se rapprocha de Sophie et lui proposa son aide pour préparer le déjeuner.

Alban ne se souvint du portefeuille qu'en fin d'après-midi, lorsqu'il changea de jean. Le sien avait été trempé par l'écume des vagues durant une course poursuite avec Gilles et les enfants, tout au bord de l'eau. Ils avaient chahuté gaiement sur la plage jusqu'au coucher du soleil, malgré un vent froid qui les avait fait pleurer et renifler. Réfugiées dans une crêperie où elles s'étaient offert des bolées de cidre, Valentine et Sophie avaient finalement préféré les attendre au chaud.

En ramassant le portefeuille tombé sur le carrelage de la salle de bains, Alban réalisa qu'il aurait pu le perdre dans le sable. Pourquoi l'avait-il oublié au fond de sa poche depuis ce matin ? Un acte manqué ? Tout ce qui concernait son père l'intéressait, mais le mettait aussi vaguement mal à l'aise sans qu'il en comprenne la raison. Avoir perdu ses parents le même jour, de manière si soudaine et dramatique, restait probablement un traumatisme d'adolescence qu'il avait enfoui tout au fond de sa mémoire et ne voulait pas déterrer.

Comme l'avait déclaré Louis, à l'emplacement des billets il n'y avait que deux papiers jaunis. Alban s'assit sur le bord de la baignoire et déplia le premier. Il eut d'abord du mal à saisir de quoi il était question et dut relire plusieurs fois le formulaire dont les termes lui échappaient. Enfin il comprit, stupéfait, qu'il s'agissait d'une demande de placement volontaire dans un établissement psychiatrique. Un asile, aurait-on dit autrefois. La date, 1981, était tout aussi surprenante. Deux ans avant le suicide de sa mère, la famille voulait l'envoyer chez les fous ? Son état civil s'étalait en toutes lettres : *Marguerite Espérandieu, née Gamilly*. Et la recommandation des médecins était formelle. Ne manquait que la signature de l'époux qui, à la place, avait rageusement écrit au stylo à encre : « Je ne le permettrai pas ! Jamais, je te le jure ! »

— Mais qu'est-ce que ça veut dire ? bredouilla Alban.

Personne n'avait fait mention d'une quelconque maladie mentale de sa mère devant lui. Avec ses frères, ils s'étaient toujours imaginé que son suicide était dû à une dépression passagère, un geste de folie accompli dans un moment d'égarement. On le leur avait dit et ils l'avaient cru.

Toujours sous le choc de sa découverte, il déplia en hâte l'autre papier. C'était une simple feuille à l'en-tête de la fabrique de porcelaine, couverte de la même écriture, celle de Félix, et considérablement raturée.

— *Mes pauvres parents,* déchiffra-t-il, *il faudra me pardonner... mais ça ne peut pas continuer... un malheur va arriver... je ne pourrai pas supporter de la perdre malgré tout ce qu'elle nous a... ne dites rien aux garçons, Colas n'en a aucun souvenir...*

Ce brouillon de lettre, décousu et confus, restait inachevé. Ni Antoine ni Joséphine n'avait dû l'avoir entre les mains.

— Pardonner quoi ?

Secoué d'un long frisson, il replia les deux documents avec soin et les rangea dans le portefeuille. Avant d'aller interroger Jo, il devait parler à Gilles et à Colas. Il prit une douche brûlante, termina par un jet d'eau froide puis se rhabilla. Comme presque toutes les salles de bains du paquebot, la sienne était très vaste, équipée de nombreuses penderies, de miroirs en pied, et même d'une commode décorée au pochoir. Il finissait d'enfiler un gros pull irlandais lorsque Valentine entra, un peu étonnée de le trouver encore là.

— Tu avais froid ? demanda-t-elle en désignant la buée, sur les vitres. Tu as pris un bain chaud ?

91

— Non, juste une douche, répondit-il distraitement.

Il était toujours perdu dans ses pensées, et il la regardait sans la voir.

— Gilles est en bas ? demanda-t-il nerveusement. Il faut que je lui parle.

— Il regarde la télé avec les enfants.

Elle commença à se déshabiller car elle voulait se changer pour le dîner. En sous-vêtements, elle ouvrit la porte d'une des penderies, amusée à l'idée qu'il allait forcément venir la prendre dans ses bras. Jamais il ne pouvait résister au spectacle de sa nudité, elle savait qu'elle le rendait fou dès qu'elle déboutonnait un chemisier ou enlevait un tee-shirt. Mais, à sa grande surprise, elle l'entendit marmonner :

— À tout à l'heure, chérie.

Quand elle se retourna, il était déjà sorti. Déçue, elle fouilla dans ses affaires et choisit une courte robe de lainage chiné. Dans combien de temps sa silhouette allait-elle se modifier ? À quel moment ne serait-il plus possible de taire sa grossesse ? Deux mois, trois ?

Elle s'observa dans un des miroirs, de face, de profil. Alban adorait son ventre plat, ses hanches étroites et ses longues jambes. D'ici peu, qu'adviendrait-il de ce désir insatiable qu'il avait d'elle ?

— Insatiable ? Pas ce soir, on dirait ! Et puisque c'est comme ça...

Le décolleté en V de sa robe était très échancré, cependant elle renonça à le fermer par la broche qu'elle utilisait parfois. Elle ajouta un sautoir fantaisie, des boucles d'oreilles, puis elle maquilla ses yeux avec soin et termina par une touche de parfum. L'image que lui renvoyait à présent le miroir lui parut vraiment séduisante, pourtant, au moment de sortir, elle s'immobilisa un instant sur le seuil. Comme n'importe quelle femme, elle était coquette, elle voulait plaire à

Alban, provoquer son envie, l'affoler au besoin, mais au-delà de ce jeu de conquête toujours recommencé, elle avait désespérément besoin qu'il l'aime. D'un amour durable, serein, constructif. Le genre d'amour qui pousse à se marier, à faire des enfants, à souhaiter vieillir ensemble.

— Il faut que j'arrête d'avoir peur, il faut que je lui dise…

Était-ce si difficile d'avouer qu'elle était enceinte, et heureuse de l'être ? Elle se promit d'aborder le sujet le soir même, lorsqu'ils seraient couchés l'un contre l'autre, profitant de l'intimité de leur chambre et de l'obscurité.

— D'ici là, descendons dans la fosse aux lions !

De gré ou de force, elle devait trouver sa place parmi la famille Espérandieu.

À deux heures du matin, les trois frères discutaient encore, serrés devant la cheminée de la cuisine. Vers minuit, Malaury était montée la première, fatiguée par sa journée de samedi au magasin. Sophie l'avait suivie peu après, puis Valentine, qui tombait de sommeil. Gilles et Colas étaient docilement restés pour un dernier verre, ainsi qu'Alban le leur avait demandé en aparté, avant le dîner.

La lecture des documents trouvés dans le porte-feuille de leur père les sidérait, et aucun d'entre eux ne parvenait à avancer une explication logique ou seulement plausible. En comparant leurs souvenirs, ils constataient qu'ils savaient peu de chose de leurs parents, or l'éloignement dû à la pension n'expliquait pas tout.

— J'ai l'impression d'avoir beaucoup mieux connu Antoine et Jo. Ils étaient plus proches de nous malgré la différence d'âge, plus présents, plus…

Gilles s'interrompit, songeur, cherchant à comprendre pourquoi leurs grands-parents leur semblaient tellement familiers, comme si les deux générations avaient été inversées.

— Papa travaillait beaucoup, rappela Colas, il était toujours à la fabrique, y compris le samedi.

— Et nous n'étions pas là dans la semaine, renchérit Alban.

— C'est vrai, mais il y avait les vacances et les dimanches.

— Souviens-toi, Gilles, on voulait toujours rester seuls tous les trois pour se raconter nos histoires. Les profs, les filles… Quand je suis allé m'installer au second, on y passait tout notre temps libre.

— Tu parles des années d'adolescence ! Moi, je te demande, que faisions-nous quand nous étions enfants ?

— On était dans les jupes de Jo, pas dans celles de maman.

Alban se leva et ajouta une bûche sur les braises.

— Donne un coup de soufflet, lui conseilla Gilles, sinon ça va fumer.

Accroupi devant la cheminée, Alban s'exécuta tandis que ses frères continuaient à réfléchir en silence. Au bout d'un moment, Colas murmura :

— On le boit, ce verre ? J'ai besoin d'un remontant, je déteste parler de tout ça.

Alban se retourna, croisa le regard de Gilles qui fronça les sourcils en répétant :

— Tu *détestes* ? Pourquoi ?

— Je ne sais pas. Je me sens coupable de ne pas les avoir beaucoup pleurés. Pour moi, à l'époque, c'était un chagrin de commande, ou alors j'étais trop sonné pour réaliser, mais au cimetière, je n'ai pas eu de larmes et j'en ai eu honte. Voilà quelque chose dont je me souviens très bien !

Gilles se pencha vers Colas et lui tapota affectueusement l'épaule.

— Ne t'en fais pas, tu avais treize ans, c'est l'âge bête et borné. À propos de mémoire, as-tu une idée de ce que peut bien signifier « Colas n'en a aucun souvenir » ?

— Si j'avais une idée, je n'aurais pas attendu le milieu de la nuit pour te la donner, répondit Colas en étouffant un bâillement.

Obstiné, Gilles reprit le document posé entre eux. Il avait été le seul à pouvoir en déchiffrer la majeure partie malgré les ratures, pourtant l'ensemble restait assez incompréhensible.

— Qu'est-ce qu'il voulait se faire pardonner ? Apparemment, les ennuis venaient de maman, pas de lui. Et j'ai beau être l'aîné, je ne me rappelle aucun fait marquant. S'il existe un quelconque secret, il a été bien gardé.

— Alors, soupira Alban, on en revient toujours à la même chose, posons carrément la question à Jo.

— On va foutre la paix à Jo ! explosa Colas. Vous croyez vraiment qu'elle a envie de se replonger dans son passé ? Qu'elle n'en a pas assez bavé ? Elle a perdu son fils, sa belle-fille, son mari, au bout du compte elle a fui le paquebot pour ne plus penser à tous ces deuils. Et vous voudriez lui en reparler, encore et toujours, avec des pourquoi, des comment, des souviens-toi ! Laissez donc les morts tranquilles, ils ont emporté leurs mystères avec eux, tant mieux !

Abasourdis par son éclat inattendu, Gilles et Alban le considérèrent avec stupeur. Le doux Colas, rêveur et fantaisiste, ne se mettait quasiment jamais en colère, alors pourquoi s'énervait-il soudain ? Gilles se cala contre le dossier de sa chaise puis choisit ses mots avec soin, s'adressant au benjamin d'un ton docte :

— Je ne suis pas persuadé que Jo ait beaucoup aimé sa bru. À mon avis, lui parler de Marguerite ne devrait pas la traumatiser.

— Mais tu t'entends ? hurla Colas. *Marguerite !* Voilà de quelle façon tu désignes ta mère ! D'ailleurs, aucun d'entre nous n'arrive à dire « maman » spontanément…

Sa fureur s'éteignit d'un coup. Il baissa son menton sur sa poitrine, comme s'il voulait se soustraire à la curiosité de ses frères.

— Désolé d'avoir crié. La semaine a été dure, j'ai besoin de repos, je monte me coucher.

— Trinque d'abord, lui intima gentiment Alban.

Il venait de servir trois calvados dans les petits verres de cristal taillé qu'affectionnait Antoine. Le vieux monsieur avait initié ses trois petits-fils à la dégustation de l'alcool de pomme les soirs de fête, mais il avait scrupuleusement attendu leurs quinze ans respectifs pour le faire.

— Résumons-nous, dit Gilles qui n'arrêtait pas de se passer la main dans les cheveux, signe d'une intense réflexion. Il est probable que… maman ait souffert d'une maladie mentale. Les médecins ont dû suggérer son internement, et papa n'a pas pu s'y résoudre. Que personne n'ait jugé bon d'en parler aux trois gamins que nous étions me semble très raisonnable. Et je pense qu'il est inutile, en effet, de chagriner Jo avec ces vieilles histoires. Mon unique souci, plus égoïstement, concerne l'aspect héréditaire de certaines formes de démence.

Il hésita un peu avant de conclure, avec un petit sourire d'excuse :

— Chaque fois qu'un de mes enfants piquera une crise de rire ou de larmes, je ne veux pas avoir à me demander s'il est normal.

— Ne sois pas stupide, Gilles, maugréa Alban en levant les yeux au ciel.

— Je suis avocat, rétorqua son frère, pas médecin, encore moins psychiatre ! Mais s'il y a le moindre doute, la plus infime possibilité, il faut que je le sache.

Une fois de plus, il reprit le formulaire de placement et l'étudia.

— La signature du toubib est illisible, évidemment… Pourtant, on devrait pouvoir le retrouver.

— À condition qu'il exerce encore, argumenta Alban, qu'il ne soit pas parti à l'autre bout de la France, ou carrément décédé. Ce papier a été rédigé il y a vingt-sept ans !

Colas vida son verre d'un trait et le tendit à Alban.

— Encore une goutte, s'il te plaît. Écoutez, vous ne m'enlèverez pas de l'idée qu'on ferait mieux d'oublier toute cette histoire. Tes enfants sont parfaitement normaux, Gilles, et tu le sais très bien.

— Pas sûr. Je suppose que maman était « normale » quand papa l'a demandée en mariage. Certaines déficiences peuvent apparaître très tard, j'ai lu ça quelque part… Et j'en aurai le cœur net, je vais me renseigner, comptez sur moi !

Adossé au linteau de la cheminée, Alban observa ses frères l'un après l'autre, intrigué par la différence de leur attitude. Gilles semblait décidé à en apprendre davantage, quitte à mener une véritable enquête, alors que Colas, à l'évidence, voulait qu'on referme au plus vite la boîte de Pandore. Et lui-même ? Désirait-il savoir ce qui s'était passé entre les murs de cette maison tant d'années auparavant ? Savoir *qui* étaient vraiment ses parents ?

— Bon, dit Colas qui venait de se lever. Nous sommes d'accord, on laisse Jo en paix ? Et tant qu'à faire, on n'en parle pas à nos nanas, on garde ça pour nous.

Il titubait un peu, à cause de l'alcool ou de la fatigue, et il salua ses frères d'un geste vague. Gilles attendit que s'éloigne le bruit de ses pas, dans la galerie, puis il fit signe à Alban de se rasseoir.

— Pourquoi réagit-il comme ça ? demanda-t-il à voix basse.

— Parce qu'il aime que tout aille bien, que tout soit clair. Tu le connais, il faut que le monde tourne rond.

— Heureuse nature ! railla Gilles. Mais moi qui ne vis pas sur un petit nuage rose, cette histoire me préoccupe. Pas toi ?

— Oui… Enfin, oui et non. J'éprouve un mélange de curiosité et de crainte. Je ne tiens pas à découvrir des horreurs sur ma propre famille, tu comprends ?

— Des horreurs, n'exagère pas ! En attendant, si ça ne t'ennuie pas, je conserve ces papiers. Tu veux garder le portefeuille ?

— J'irai le remettre là où Louis l'a trouvé.

— Pourquoi donc ? Le paquebot n'est pas un sanctuaire, Alban, les objets ont le droit de changer de place. La preuve, tu vas faire des travaux et tout casser !

— Pas casser, réparer.

Ils échangèrent un sourire, heureux de se sentir complices. Puis ils décidèrent d'aller se coucher eux aussi. Sur le palier du premier, ils se souhaitèrent une bonne nuit et Alban gagna le second. Son étage, ainsi qu'il le désignait.

Valentine dormait à poings fermés lorsqu'il la rejoignit, mais elle lui avait laissé un petit mot sur son oreiller.

— *Réveille-moi quand tu monteras. Je t'aime...*

La réveiller en pleine nuit, pourquoi ? Elle était si jolie dans son sommeil qu'il resta un moment à la contempler, debout à côté du lit. Ses cheveux brillants s'étalaient en corolle, et la petite chaîne d'or qu'elle ne quittait jamais était remontée en travers de sa joue. Sa position abandonnée lui donnait l'air jeune, presque fragile. Alban se pencha, effleura son front, puis fit glisser la chaîne à sa place. Ensuite, il ramassa un roman anglais tombé sur le parquet, le referma, éteignit la lampe de chevet. Jamais, de son existence entière, il n'avait éprouvé pour une femme des sentiments d'une telle intensité. Valentine lui était devenue nécessaire, il n'imaginait plus l'avenir sans elle. Mais il ne voulait pas l'effrayer, ni lui donner l'impression de l'enfermer ici avec lui, alors il se forçait à rester léger, à ne pas prononcer des mots définitifs. S'il lui reparlait trop vite de mariage, n'aurait-elle pas envie de fuir ? Il était plus âgé qu'elle, il n'avait même plus de métier, et il l'avait déracinée en lui faisant quitter Paris. Bien sûr, elle prétendait adorer la villa, mais il voyait bien qu'elle s'y sentait un peu perdue. À moins d'être né dans ces murs, comment s'approprier une maison si gigantesque ? Elle y aurait froid cet hiver, peut-être peur s'il s'absentait. Au fond, vouloir remettre le paquebot à flot était un projet égoïste et déraisonnable.

Il contourna le lit, se coucha à sa place. Face à lui, la fissure du mur lui parut plus importante.

« Tu la vois depuis trente ans, elle a grandi avec toi. »

Combien y en avait-il, à travers toutes les pièces de tous les étages ? Était-ce cette lente détérioration des peintures, des papiers peints, des huisseries, que sa mère n'avait pas supportée au fil du temps ? D'après Jo, elle s'étiolait en attendant que leur père rentre de la fabrique, pourtant, elle ne quittait presque jamais la maison.

« J'interrogerai Jo à ma manière, en douceur, sans lui poser de questions directes… »

Finalement, comme Gilles, il avait envie de savoir. Il lui revint brusquement en mémoire une confidence faite par un steward lors d'un vol de nuit sur un long-courrier. « *Les plus mauvaises surprises viennent toujours de nos proches. Les gens qu'on croit connaître par cœur se révèlent de parfaits étrangers capables de tout, y compris du pire.* » Le type était déprimé, sa femme venait de le quitter, toutefois il y avait du vrai dans ces paroles. Que sait-on des siens, hormis ce qu'ils ont bien voulu laisser voir ?

Il éteignit sa propre lampe et fut surpris par la densité de l'obscurité. Le ciel devait être bien chargé de nuages pour ne pas laisser passer le moindre rayon de lune, la plus infime lueur. Dans ce noir d'encre, les yeux ouverts, il imagina la maison autour de lui. La longue pente abrupte des toitures abritait l'étage des combles et celui du grenier. La dernière fois qu'il y était monté, pour vérifier l'état de la charpente, il avait pensé à sa mère et à sa fin tragique, mais de manière fugitive. « Oubliez ça, mes garçons », répétait Jo sur tous les tons. Ils avaient obéi parce que c'était une solution de facilité. Le deuil, Jo et Antoine l'avaient porté seuls.

Fermant les yeux, Alban essaya de penser à autre chose. Au cockpit d'un Boeing, par exemple, ou d'un Airbus. À quoi ressemblait celui du fabuleux A 380 qui venait enfin de sortir des usines de Toulouse ? Et que ressentait le pilote aux commandes d'un tel avion ?

« Mon Dieu, ça non plus, n'y pense pas ! »

Alors sur quoi fixer son esprit pour trouver le sommeil ? Doucement, il se rapprocha de Valentine, la prit dans ses bras sans la réveiller. Était-il devenu vulnérable au point d'avoir besoin d'une femme contre lui ? Où donc étaient passés sa confortable indépendance, sa volonté farouche de ne pas s'engager dans des histoires sentimentales, son plaisir de dormir tout seul, étalé en travers de son lit ? Parce qu'il n'était plus le commandant Espérandieu, il se transformait en amoureux transi ?

« Non, c'est faux, je l'aimais avant l'accident, je l'aimais déjà pour de bon, je crois bien que, dès le premier jour, j'ai su que j'allais l'aimer. »

Sans y prendre garde, il s'était mis à la serrer un peu trop fort, et elle grogna dans son sommeil. Il relâcha son étreinte, respira profondément. L'avenir était en forme de point d'interrogation et, depuis aujourd'hui, le passé l'était aussi. S'il devait trouver la sérénité un jour, ce but semblait hors de portée pour l'instant, même à l'abri du paquebot où il avait cru trouver refuge.

4

— Allez, Jo, sois gentille, insista David.

— Je n'aime pas ça !

— Mais, à moi ?

— Oh, toi…, soupira-t-elle.

Elle lui jeta un petit coup d'œil indulgent puis se décida à ouvrir le tiroir de la table. Le paquet de cartes qu'elle en sortit était tout usé, corné, décoloré.

— Veux-tu que je t'en offre un nouveau ? proposa-t-il avec un grand sourire. Dix paquets neufs, si ça te fait plaisir !

— Tu plaisantes ? Ce sont mes cartes fétiches, elles me parlent.

Après les avoir battues, elle les étala devant David, faces cachées.

— Choisis-en sept.

Il s'exécuta et les retourna lentement, l'une après l'autre.

— Couvre celle-ci, et celle-là.

La tête penchée, Jo examina les figures en silence.

— Encore une ici… Décidément, non, rien de significatif dans ton jeu, mon pauvre. C'est une femme que tu cherches, n'est-ce pas ? Une rencontre ? Eh bien, ce n'est pas pour tout de suite, désolée.

— Quelle injustice ! Pourquoi Alban a-t-il déniché une fille formidable et pas moi ?

En riant, il la menaça du doigt.

— Je sais ce que tu fais, Jo ! Tu envoies toutes tes bonnes ondes à Alban et il ne reste rien pour moi.

— Tu crois que ça se passe comme ça, hein ? s'amusa-t-elle, les yeux pétillants de malice. En d'autres temps, tu m'aurais fait arrêter pour sorcellerie et brûler sur la place publique avec des idées pareilles…

— Recommence, juste une fois.

— Non. Les cartes ont donné leur avis, elles ne radotent pas. On reposera ta question le mois prochain. En tout cas, il n'y a rien de noir dans ton ciel, estime-toi heureux. Et même, tiens, ça m'intrigue, couvre ce dix de carreau… Oui, voilà ! Tu es sur une affaire importante ces jours-ci ?

— Une très grosse vente, pas très bien engagée.

— Ne t'inquiète pas, tu vas conclure.

— Génial ! Vraiment, Jo, je t'adore.

Un coup léger sur la porte les fit sursauter tandis qu'Alban entrait. Il se débarrassa de son ciré trempé puis vint se planter à côté de la table.

— Tu lui tires les cartes ? s'exclama-t-il, outré. Chaque fois que je te le demande, tu refuses !

— Pas à ma famille, répondit sobrement Jo. Avec vous, je ne vois rien.

— Dis plutôt que tu ne veux rien voir !

— Si tu préfères.

D'un geste prompt, elle ramassa les cartes et les rangea. Bras croisés sur la table, elle sourit à Alban.

— Ne fais pas cette tête-là. Prédire l'avenir, c'est pour s'amuser, ce n'est pas sérieux.

— Pourtant, intervint David, tout ce que tu m'as annoncé est toujours arrivé.

— Coïncidences, généralités…

— Tu es trop modeste, Jo. Si tu tenais un stand de cartomancienne, tu ferais fortune.

— Tu voudrais m'envoyer dans les foires, David ?

Ils se mirent à rire, mais pas Alban qui se sentait exclu de la complicité liant sa grand-mère et son meilleur ami.

— Si je suis de trop…, bougonna-t-il.

— Assieds-toi au lieu de dire des bêtises, lui intima Jo. Alors, comment se passe votre week-end ?

— Tu verras ça toi-même au dîner. Il y a juste un peu de tirage entre Sophie et Valentine.

— Quoi d'étonnant ? Pas besoin d'un paquet de cartes pour deviner qu'elles ne s'entendent pas.

— Ça s'arrangera ?

— Je ne lis pas dans le marc de café non plus, répliqua Jo.

Devant la mine déconfite d'Alban, elle lui tapota le bras.

— Ne t'inquiète donc pas, Valentine est une fille formidable.

— Je viens de le dire, rappela David. D'ailleurs, tu ne la mérites pas.

— Mais si, dit très doucement Jo. Il mérite tous les bonheurs, lui.

— Ah, ce favoritisme ! Tu l'aimes plus que moi parce que c'est ton petit-fils. La loi du sang, hein ?

— Non, en ce moment je l'aime plus que les autres parce qu'il n'est pas heureux.

Désemparé, Alban considéra sa grand-mère d'un air interrogateur.

— On guérit de tout, mon chéri, tu verras, murmura-t-elle. Des avions aussi…

David cessa aussitôt de plaisanter et s'absorba dans la contemplation de la table pour ne pas avoir à regarder Alban. En quelques mots, Joséphine venait de faire naître une émotion qui le prenait à la gorge. Certes, Alban avait Valentine, il avait aussi le paquebot, mais pour l'heure il ne savait plus où il en était, privé de ce qui avait constitué l'essentiel de son existence jusque-là. David le connaissait mieux que quiconque, il l'avait suffisamment envié puis admiré dans leur jeunesse pour l'observer sous tous les angles. Alban délégué des élèves et qui défendait ses copains lors des conseils de classe, Alban capitaine de l'équipe de rugby en pension, Alban qui n'avait peur de rien, entraînant les autres dans de folles histoires mais se dénonçant la tête haute. Alban et son inénarrable grand-mère, Alban et ses frères auxquels David s'était joint pour devenir le quatrième mousquetaire, même si le rôle de D'Artagnan était déjà pris. Leur amitié était née de ces moments d'adolescence, s'était confirmée à l'âge adulte et ne s'était jamais démentie depuis, malgré l'éloignement. Dix ans plus tôt, lorsque David était monté pour la première fois dans un appareil qu'allait faire décoller Alban – un Airbus à destination de Bangkok – et qu'il avait entendu : « Le commandant Espérandieu et son équipage vous souhaitent un agréable voyage », il s'était senti très fier, très exalté, avec l'envie de crier aux autres passagers que le pilote était son meilleur copain, son copain de toujours.

— David, tu rêves à ta grosse vente ?

Il se redressa, sourit à Joséphine.

— On t'a assez embêtée, décida-t-il, on va te laisser te reposer jusqu'au dîner.

— Je viendrai vers sept heures, j'ai promis à Valentine de lui montrer comment préparer une sauce aux câpres, pour le colin.

— Tu complotes avec Valentine ! s'esclaffa Alban.

— Elle vient parfois prendre une tasse de thé ici, l'après-midi, concéda la vieille dame. Elle dit que ça lui fait une pause dans son travail, mais en réalité, tout ce qu'elle veut, c'est que je lui parle de toi.

— Raconte-lui donc comment il collait ses chewing-gums partout sous les meubles, suggéra David d'un ton narquois.

— J'avais dix ans, protesta Alban. Et papa ne supportait pas de nous voir mâchonner, il trouvait que ça nous donnait une allure de vache normande !

David acquiesça tout en poussant Alban vers la porte. Il se souvenait surtout que Félix ne supportait pas grand-chose et n'était pas souvent là. Quant à Marguerite, jamais un mot et jamais un sourire. S'il y avait bien quelque chose que David n'enviait pas aux frères Espérandieu, c'était l'attitude de leurs parents à l'époque. Mais ils avaient fini tristement, d'une manière si dramatique et si choquante que tout le monde avait préféré les oublier. Pourtant…

— Bon sang, grommela Alban, tu es dans les nuages, aujourd'hui ! Te faire tirer les cartes ne te réussit pas.

— Je savais que tu dirais ça, tu ne peux pas t'empêcher d'être jaloux.

La pluie tombait encore dru et ils gagnèrent la villa au pas de course, Alban tenant son ciré au-dessus de leurs têtes, comme un parapluie. Dans le hall, ils croisèrent Gilles et Colas qui venaient de terminer une partie d'échecs.

— Vous tombez bien, vous deux ! les interpella Gilles. Venez avec nous dans le bureau, on va se faire une petite réunion informelle.

Alban fronça les sourcils, mais Gilles lui adressa un signe de connivence. En présence de David, il ne parlerait pas de leur découverte, n'évoquerait pas le passé de la famille.

107

— J'ai planché sur le devenir du paquebot, annonça-t-il dès qu'ils furent installés tous les quatre, et j'ai eu une idée. Nous pourrions créer une société civile immobilière, ce qui ne léserait personne. Jo conserve des parts et on se répartit les autres. À chaque investissement, on revoit les pourcentages en fonction de l'apport de chacun. Je vous passe les détails parce que tout ça demandera beaucoup de paperasserie, comme toujours, mais je peux me charger des formalités si vous êtes d'accord. Et puisque tu es là, David, tu vas nous donner ton avis, après tout, c'est toi l'expert en la matière !

Très content de lui, Gilles regarda alternativement Alban et Colas, puis se tourna vers David.

— La SCI est souvent une bonne solution. Sa constitution ne coûte pas cher, et Jo pourra commencer à vous donner des parts, ce sera toujours ça de moins à payer en droits de succession.

— Sans compter que chacun retrouvera ses billes le jour où on vendra. Alban n'investit pas à fonds perdus, et Colas n'est pas obligé de suivre. Qu'en dites-vous, les frangins ?

— Moi, ça m'arrange, affirma Colas. Et pour tout ce qui est administratif, tu es le mieux placé d'entre nous, alors je te fais confiance.

Comme Alban restait silencieux, Gilles dut l'interroger directement.

— Toi, Alban, ça t'irait ?

— Je suppose.

— Si tu as la moindre réticence, rien ne t'oblige à accepter !

Vexé, Gilles le toisait en attendant qu'il s'explique.

— Eh bien, disons que… jusqu'ici, bien que le paquebot appartienne en réalité à Jo, nous nous en sentons propriétaires tous les trois. Je ne voudrais pas que

Colas se retrouve minoritaire un jour à cause de *mes* initiatives. Si Gilles et moi mettons beaucoup d'argent dans la réfection de la maison, la part de Colas se rétrécira comme une peau de chagrin. Et il lui restera quoi ? Le grenier ? Tout ça parce qu'il n'avait pas les liquidités nécessaires au moment où *je* l'ai décidé ?

— Tu compliques les choses pour rien ! se récria Colas. Moi, c'est simple, tout me va. Je sais bien que vous n'êtes ni l'un ni l'autre des escrocs. Écoute, Alban, j'aurai peut-être moins de parts que vous, mais la maison aura été valorisée, ça revient au même pour moi.

Il y eut un petit silence, durant lequel chacun s'absorba dans ses pensées, puis David se leva.

— Je vous ai donné mon opinion, maintenant je vous laisse discuter entre vous. Je vais voir si vos femmes n'ont pas besoin d'aide !

— À propos de femme, déclara Colas lorsque David fut sorti, j'en ai touché un mot à Malaury et elle est tout à fait d'accord.

— En ce qui me concerne, soupira Gilles, je compte laisser Sophie en dehors de ça.

Ses deux frères lui jetèrent un regard surpris et il ajouta :

— Ce n'est pas la championne des histoires d'argent. Elle voudra discuter à perte de vue, ça me saoule d'avance.

Quelque chose alerta Alban dans l'expression désabusée de son frère.

— Tout va bien entre vous ? ne put-il s'empêcher de demander.

— Oui, oui…

L'air fuyant de Gilles dissimulait un problème, mais, apparemment, il ne souhaitait pas se confier.

— Je voudrais qu'on aborde une dernière question avant d'aller retrouver les autres. En tant qu'aîné, vous me connaissez, j'essaie de veiller à tout.

— Aîné ? ricana Colas. Il y a longtemps que tu ne nous avais pas chanté cet air-là ! Vas-y, ô sage aîné de la famille, on t'écoute religieusement.

— Si le mot ne te convient pas, s'énerva Gilles, disons que je suis le plus responsable, c'est mon métier qui veut ça. Et aussi, pour l'instant, le plus… le plus, euh, solvable.

— Je sens que la suite va être désagréable, dit Alban à Colas.

— Non, mais c'est justement à toi que je m'adresse.

Il croisa ses mains sous son menton, parut hésiter puis se lança.

— Je ne veux pas m'immiscer dans tes affaires, toutefois, je tiens à te mettre en garde. En ce moment, tu n'as pas de revenus. Tu as d'un côté tes économies, de l'autre la perspective du dédommagement de l'assurance, mais ça peut prendre un temps fou, tu le sais. Donc, à mon humble avis, ne te démunis pas trop. Investis, d'accord, mais garde de quoi voir venir. Si tu restes sans activité professionnelle deux ou trois ans, tu auras vite fait de…

— D'accord, Gilles, j'ai compris.

Le ton tranchant d'Alban surprit Gilles qui tempéra aussitôt :

— Je me mêle peut-être de ce qui ne me regarde pas ?

— Exactement. Je ne suis plus un gamin, et même sans avoir fait des études de droit, je suis capable d'évaluer ma situation actuelle telle qu'elle est. Et j'y réfléchis, crois-moi !

— Ne te vexe pas, murmura Colas pour désamorcer la colère d'Alban.

Ils se turent quelques instants tous les trois, évitant de se regarder, puis Alban reprit, plus posément :

— Je sais que tu prends très à cœur ton rôle de chef de clan, Gilles.

— Moi ?

— Tu as eu cette attitude à la mort des parents, et davantage encore après celle d'Antoine. Je ne te le reproche pas, tu cherchais à protéger tes deux petits frères, c'est normal. Mais aujourd'hui…

— Tu ne veux plus de mes conseils ?

— Je me les donne tout seul.

Gilles hocha la tête avec un petit sourire contrit. Il s'en voulait de sa maladresse et maudissait son habitude de faire la morale à tout le monde : à ses enfants, à sa femme, à ses clients comme à ses adversaires. Avec Alban, se montrer trop paternaliste ou donneur de leçons provoquait l'affrontement à coup sûr. De tous les Espérandieu, Alban était le plus indépendant, celui qui avait vécu seul le plus longtemps sans avoir besoin d'attaches. Qu'il ne soit plus pilote n'en faisait pas un imbécile dont on devait gérer l'argent.

— Bien ! lança-t-il d'un ton jovial. Je crois qu'on a fait le tour et qu'on peut aller dîner.

Colas se leva le premier, se frottant les bras pour se réchauffer.

— Il fait vraiment froid, non ?

— Vraiment, approuva Alban. Le chauffagiste vient après-demain, c'est le début des travaux !

Il l'annonça avec enthousiasme, afin d'éviter une nouvelle discussion, mais le chantier à venir lui donnait des insomnies. Contrairement à ce que semblait croire Gilles, il avait passé des heures à aligner des colonnes de chiffres, à peser chacune de ses décisions. Pour venir à bout de la réfection du paquebot, il se donnait six mois, et ce laps de temps lui permettrait de retomber sur ses pieds. Il avait besoin d'une parenthèse dans sa vie, d'une pause que ni ses frères, ni même Valentine, ne pourraient le convaincre de raccourcir.

Ils ne se décidaient pas à aller se coucher. Le dîner s'était déroulé dans une joyeuse ambiance, puis Joséphine s'était discrètement éclipsée, les laissant à leurs fous rires et à leur chahut. Malaury avait alors suggéré de rapprocher la lourde table de la cheminée, et dix fois déjà, l'un ou l'autre des hommes avait remis une bûche sur les braises pour faire repartir la flambée.

— Vous savez ce qu'on fera quand on aura remis le paquebot à flot ? s'écria Gilles en tapant sur son verre avec un couteau pour obtenir le silence. Je paierai une caisse de champagne et on fracassera les bouteilles sur la façade comme pour le lancement d'un navire !

— Ah, tu te décides à payer quelque chose ? ironisa Colas.

Alban s'esclaffa, imité par Sophie. Depuis le début du repas, elle avait beaucoup bu et ses yeux brillaient. Assise près d'Alban, elle s'appuyait familièrement sur lui, ignorant les regards agacés de Valentine qui se trouvait de l'autre côté de la table.

— Mon mari est généreux, renchérit-elle. C'est une qualité, non ?

— Une qualité qui t'arrange bien, répliqua Gilles à mi-voix.

Ignorant sa réflexion, elle s'adressa à Alban.

— Tu ne sais pas la chance que tu as de ne pas devoir rentrer à Paris. S'il n'y avait pas l'école, je resterais volontiers quelques jours de plus… En tout cas, nous serons là deux semaines au moment des fêtes. Je vais nous organiser un super-Noël !

— J'ai quelques idées de décoration, ajouta Malaury.

C'était son domaine, que nul ne pouvait songer à lui contester. Le menu du réveillon serait l'affaire de Joséphine, bien entendu, et Valentine se sentit de nouveau exclue des habitudes de la famille. Sur quel territoire pouvait-elle s'affirmer, trouver un rôle défini ?

— Je me chargerai de remplir les bottes, annonça-t-elle.

— Quelles bottes ? s'enquit Sophie d'un ton dubitatif.

— Des bottes en feutre rouge qu'on accroche au dossier des chaises. En passant à table, chacun y découvre plein de petits présents, comme un cornet-surprise.

— Jamais entendu parler de ce genre de tradition, bougonna Sophie.

— Nous la suivions quand j'étais enfant, répliqua Valentine.

Elle venait de l'inventer, car ses souvenirs d'enfance ne comportaient rien d'aussi plaisant. Entre un beau-père brutal et une mère indifférente qui préférait s'intéresser au fond de son verre qu'à sa fille, les Noëls étaient plutôt sinistres, chez elle.

— Va pour les bottes, s'enthousiasma Colas que toutes les idées inédites séduisaient.

— Il faudra que j'explique cette nouveauté païenne aux enfants, ricana Sophie.

— Hormis Jésus dans la crèche, toutes les coutumes de Noël sont païennes, fit remarquer Valentine sans se départir de son sourire.

— Elle a raison ! approuva Gilles. Quant aux enfants, je crois qu'ils se moquent éperdument de la signification ou de la provenance des cadeaux. Plus il y en a...

Il picorait dans le plat où restait une part de tarte, et Sophie en profita pour lui lancer :

— Arrête, ou tu vas encore te plaindre de grossir.

Elle n'avait pas apprécié qu'il soutienne Valentine qu'elle continuait à considérer comme une intruse. Boudeuse, elle posa sa tête sur l'épaule d'Alban en murmurant :

— Je tombe de sommeil.

Son gros pull torsadé sentait le feu de bois et l'after-shave, elle se surprit à respirer cette odeur avec un plaisir trouble qui la fit se redresser, à regret. À l'autre bout de la table, Malaury et Colas cherchaient à convaincre David de venir visiter leur boutique à Paris.

— Tu n'as jamais eu la curiosité de pousser la porte ! se plaignit Colas. Il t'arrive bien de craquer pour une petite virée dans la capitale ?

— Je n'ai pas le temps, et pas l'envie.

— Tu ne croules pas sous le travail l'hiver, j'imagine ?

— Détrompe-toi. Il y a une vie, ici, de vraies gens, pas uniquement des vacanciers. La moitié de mon acti-vité concerne des maisons rurales, dans les terres, et des maisons traditionnelles, dans les zones pavillon-naires. Le deux-pièces-front-de-mer-avec-balcon fait moins recette et je m'en réjouis. Si c'est pour voir des volets fermés toute la semaine comme à Deauville...

David n'avait jamais quitté la région et s'en trouvait bien. Il s'était contenté de reprendre l'affaire immobi-lière de son père, déjà florissante, pour la faire prospérer. Sa parfaite connaissance du terrain, ses amis notaires connus sur les bancs de l'école, ainsi que son caractère joyeux en faisaient un agent idéal.

— Mais c'est promis, Colas, j'irai voir ton magasin un de ces jours. Alban a eu beau me le décrire, je ne vois pas à quoi il peut ressembler.

— Il est assez original pour ne ressembler à aucun autre, heureusement ! s'exclama Malaury. C'est ce qui nous différencie et qui nous sauve. La concurrence est tellement rude…

Elle le disait avec un grand sourire comme si, en réalité, elle ne redoutait personne.

— J'ai fait rentrer quelques trucs formidables pour les fêtes, annonça-t-elle en s'adressant à Sophie. Passe, à l'occasion, tu vas craquer !

— Est-ce que je remets une bûche ? demanda Alban.

Avec délicatesse, il repoussa Sophie pour se lever.

— Non, allons nous coucher, soupira Gilles. Demain matin, le réveil sera dur.

Ensemble, ils débarrassèrent la table, la remirent à sa place, rangèrent la cuisine. Sophie monta la première pour aller jeter un coup d'œil sur les enfants qui dormaient sagement. Anne avait laissé ouverte la porte de communication avec la chambre de ses frères, et sa lampe de chevet était allumée. À Paris, elle n'avait pas peur de l'obscurité, mais ici elle faisait toujours des histoires, prétendant que la maison l'effrayait. Elle était pourtant la première à réclamer d'y venir.

Quand Sophie rejoignit Gilles, elle remarqua avec agacement qu'il ne portait pas de pyjama, signe évident qu'il comptait sur un câlin.

— Tu n'as pas sommeil ? lui demanda Sophie avec un petit sourire crispé.

— Si, mais je t'ai trouvée bien jolie pendant tout le dîner…

Il avait effectivement remarqué ses yeux brillants, ses poses alanguies, son pull qui la moulait. La prenant par les épaules, il l'attira à lui.

— Jolie et très désirable.

Elle n'avait aucune envie de faire l'amour mais ne voyait pas comment y échapper. Gilles la connaissait bien, il ne goberait pas n'importe quel prétexte. Quand elle sentit ses mains qui commençaient à la caresser, elle se raidit. Les dents serrées, elle attendit d'éprouver quelque chose. Son mari n'était pas un mauvais partenaire, et si elle se prêtait au jeu, dans un quart d'heure ce serait terminé. De toute façon, avec lui, elle simulait une fois sur deux. Et elle imaginait qu'il en allait de même pour toutes les femmes mariées depuis longtemps.

— Tu aimes ? murmura-t-il.

Pas vraiment, néanmoins elle répondit par un grognement qui pouvait passer pour de la satisfaction, puis elle ferma les yeux. Tout à l'heure, appuyée contre Alban, la joue sur son pull, quelque chose avait vibré au plus profond d'elle-même. Un élan, une *envie*. Parcourue d'un frisson, elle se demanda comment Alban faisait l'amour. Avec douceur, sensualité, passion ? Est-ce qu'il parlait, pendant ? De quelle manière regardait-il celle qu'il désirait ? Il possédait une grande expérience des femmes, et toutes ses maîtresses semblaient beaucoup le regretter. Sophie avait vu défiler des tas de filles plus belles les unes que les autres, qui s'étaient accrochées en vain. Valentine ne pouvait pas être celle qui allait le garder, le rendre fidèle !

Au-dessus d'elle, Gilles s'agitait. Dix ans plus tôt, elle aurait mieux participé. Elle avait été amoureuse de lui mais ne l'était plus aujourd'hui car il ne la faisait plus rêver. L'affection, la tendresse et les habitudes cimentaient leur couple, sans rien d'exaltant. Si, au lieu d'épouser Gilles, elle avait épousé Alban, se serait-elle lassée aussi ? Non, un homme comme lui devait savoir se renouveler, ça se lisait dans ses yeux sombres, des yeux pailletés d'or qui donnaient envie de s'y noyer.

Elle croisa ses bras sur le dos de Gilles, alla à sa rencontre. Au diable la culpabilité, dans le fond de sa tête elle avait bien le droit de penser à ce qu'elle voulait, de fantasmer en silence, ça ne faisait de mal à personne. Et songer carrément au sourire d'Alban, à ses lèvres, à ses mains, à l'odeur de son pull libérait des démons salvateurs.

Un peu plus tard, alors que Gilles reprenait son souffle, effondré à côté d'elle, il chuchota d'un ton réjoui :

— Eh bien, dis donc, l'appétit vient en mangeant, ma chérie…

La lassitude qui s'empara d'elle avait un goût amer. Elle se sentait fautive, frustrée, et lorsqu'elle se décida à rouvrir les yeux, le sourire satisfait de son mari lui parut odieux.

Blottie contre Alban, Valentine somnolait. Demain, les Parisiens seraient partis et le paquebot retrouverait son calme. Bien sûr, les ouvriers allaient semer le désordre partout en faisant du bruit, mais au moins il n'y aurait plus d'interminables repas, de montagnes de vaisselle, ni cette chipie de Sophie pour se vautrer sans complexe sur Alban ! Plus de réflexions acerbes, de coups d'œil assassins. Durant trois jours, Valentine avait eu l'impression d'être épiée, jugée, rejetée. Quand Malaury faisait l'effort de venir lui parler, Sophie surgissait immanquablement et accaparait l'attention de sa belle-sœur sous un prétexte futile. Colas et Gilles s'isolaient pour jouer aux échecs, ou bien réquisitionnaient Alban pour d'interminables conciliabules. Que pouvaient bien avoir à se raconter de si secret les trois frères Espérandieu ? Seul David se montrait vraiment amical, malheureusement, il ne faisait pas partie de la famille.

Une heure plus tôt, lorsqu'ils étaient enfin montés se coucher, Alban l'avait suivie dans la salle de bains, prêt à lui savonner le dos sous sa douche, et ils avaient fait l'amour en laissant ruisseler l'eau chaude sur eux. Un moment de pur bonheur, comme toujours avec lui. Ensuite, il l'avait séchée des pieds à la tête et portée dans leur lit. L'instant semblait propice pour lui parler, mais le temps qu'elle prépare ses phrases, il s'était endormi.

Pourquoi n'arrivait-elle pas à le lui avouer ? Pourquoi remettait-elle toujours au lendemain ? Il n'allait pas lui dire de faire ses valises ! Bon, elle ne laisserait pas passer une autre semaine sans annoncer la nouvelle, et advienne que pourra.

Elle posa une main sur son ventre, songeant au bébé. Quelques millimètres de vie qui s'organisait sans signe extérieur. Une invisible révolution de tout son organisme qui allait fabriquer un enfant. Le sien, celui d'Alban.

« Si tu continues à te taire, tu te marieras grosse comme un tonneau ! Ou alors, Alban sera obligé de reconnaître le bébé à la maternité. Tu te mets toi-même dans les ennuis pour une trouille stupide et injustifiée. Peut-être même qu'il t'en voudra de l'avoir privé du plaisir d'attendre la naissance, qu'il sera blessé par ton silence… »

Mais elle ne parvenait pas à croire à cette version idyllique. Elle se battait encore contre ses mauvais souvenirs, qui lui gâchaient le présent. Comment croire à la famille et à l'amour quand on a été une enfant mal aimée, puis une femme abandonnée ?

« Cet homme-là est différent des autres. Si tu ne crois pas en lui, pourquoi es-tu couchée là ? »

Elle se blottit davantage, se fit toute petite entre les bras d'Alban.

« En me dépêchant un peu, j'aurai fini ma traduction vers le 15 décembre, il me restera dix jours pour me consacrer à Noël et prouver à cette *pimbêche* de Sophie que je ne suis pas une potiche ! »

Peut-être pourrait-elle aller passer une journée à Paris et y dénicher de jolies petites choses dans les boutiques de son ancien quartier de Montmartre. Elle en profiterait pour jeter un coup d'œil au studio. Tant qu'elle n'aurait rien arrêté de définitif avec Alban, elle préférait conserver cet endroit comme pied-à-terre, cependant c'était une dépense stupide.

« Le prix de ta lâcheté… »

Rien ne l'empêchait de réveiller Alban tout de suite, de lui dire d'allumer, de s'asseoir et d'écouter ce qu'elle avait à lui annoncer. Elle caressa cette idée un moment avant de sombrer dans le sommeil à son tour.

— Je sais que ça paraît fou, s'entêta David, mais tout ce que Jo m'a prédit s'est toujours réalisé !

Il alla fermer la porte de communication avec le reste de l'agence et fit signe à Alban de s'asseoir.

— Franchement, cette vente aurait dû m'échapper, nous étions plusieurs sur le coup et je n'étais pas le mieux placé. Dans ma tête, j'avais fait une croix sur l'affaire, et voilà que la propriétaire, une espèce d'originale comme j'en ai rarement vu, se prend de sympathie pour mon client ! Alors qu'elle avait deux propositions plus intéressantes, c'est avec lui et personne d'autre qu'elle a voulu signer, parce qu'ils sont natifs du même hameau perdu ! Tu te rends compte ?

— Et Jo savait tout ça ? s'enquit Alban avec un sourire incrédule.

— Pas les détails, non. Quand je vais la voir, je ne lui parle pas de mes soucis professionnels, figure-toi. C'est elle qui m'a demandé si j'étais sur un gros coup, et elle m'a affirmé que j'allais conclure. À ce moment-là, ça n'en prenait pourtant pas le chemin !

— Peut-être a-t-elle voulu te faire plaisir ?

— Arrête, Alban. Ta grand-mère a un don, voilà tout. Faut-il que je te rafraîchisse la mémoire ? Tu ne te souviens pas de cette course d'orientation ?

Alban acquiesça, un peu à contrecœur. Oui, Joséphine avait parfois des prémonitions, comment aurait-il pu le nier ? L'incident auquel David faisait référence s'était produit un dimanche, alors qu'ils étaient adolescents. Ils devaient tous repartir en pension le lendemain matin, et Jo était arrivée dans la chambre d'Alban, un peu essoufflée d'avoir grimpé les deux étages en vitesse. Elle avait demandé aux quatre garçons, lancés dans une partie de cartes, si une sortie était prévue en forêt durant la semaine à venir. David et Alban avaient répondu que leur classe organisait une course d'orientation, alors Joséphine était devenue toute pâle et leur avait fait promettre solennellement de ne pas y aller. « Trouvez un prétexte, les garçons, n'importe quoi, mais ne vous parjurez pas ! » Quand elle parlait sur ce ton-là, personne ne cherchait à la contredire. David et Alban s'étaient inclinés, passant la matinée du mardi à l'infirmerie de la pension, prétendument atteints d'une intoxication alimentaire. Pendant ce temps-là, en forêt, un orage avait surpris les vingt-trois élèves et les deux professeurs d'éducation physique. Un arbre était tombé juste à l'endroit où ils se trouvaient, blessant grièvement un garçon de quinze ans.

— Depuis ce jour, rappela David, je n'ai jamais mis en doute les avertissements de ta grand-mère. Jamais !

— Je sais, soupira Alban. Mais elle ne me dit rien, il n'y a qu'à toi qu'elle…

Il s'interrompit, se ravisa.

— Remarque, elle avait bien essayé de me joindre le jour où j'ai eu mon accident. Il n'y avait pas de message, j'ai trouvé la trace de son appel en absence quelques jours plus tard, à l'hôpital. De toute façon, j'étais déjà en vol à ce moment-là. Et puis, peut-être voulait-elle tout autre chose. Nous n'en avons jamais reparlé.

L'esprit rationnel d'Alban n'appréciait pas l'inexplicable, et les dons de Joséphine le mettaient mal à l'aise. Pour changer de sujet, il regarda autour de lui avant d'émettre un petit sifflement admiratif.

— Tu prospères ou je rêve ?

— L'agence se porte bien, admit David avec un sourire.

— Elle se portait déjà bien du temps de ton père, mais la déco laissait un peu à désirer. Maintenant, ton bureau est magnifique !

— Ce mobilier m'a coûté les yeux de la tête. Tu as vu la qualité du bois, l'épaisseur de la moquette ? De nos jours, les clients ont besoin de ça pour être rassurés. La profession est envahie de filous et d'incompétents, ce qui commence à se savoir, alors les gens se méfient, ils retournent chez les notaires ! Heureusement pour moi, je connais tout le monde et tout le monde me connaît. L'agence Leroy existe depuis soixante ans, elle est toujours à la même place, et nous ne traînons pas une seule casserole derrière nous. Qui dit mieux ?

— Pas moi, tu peux cesser ton numéro de bateleur.

David se mit à rire avant de lever les yeux au ciel.

— Tu ne m'as jamais pris au sérieux, Alban. Pourquoi ?

— Parce que tu es gai.

La réponse intrigua David qui médita quelques instants.

— Être gai ne m'empêche pas d'avoir les pieds sur terre. Je me fais du souci pour toi, tu le sais ?

— Oui.

— Tu t'en fiches ?

— Pas du tout. Mais je vais très bien, je ne suis ni convalescent ni déprimé. Pourquoi n'aurais-je pas le droit de prendre une année sabbatique pour souffler sans que ce soit suspect ?

— Pas suspect, juste casse-gueule. Tout a changé dans ta vie, absolument tout, ne me dis pas que c'est sans conséquence. Même si ça doit déboucher sur un mieux, la période de transition est toujours difficile.

— Mieux que quoi ? ricana Alban.

— Oh, écoute, devenir pilote de ligne, c'était un rêve de gosse ! Tu l'as réalisé, parfait, maintenant tu n'as qu'à passer à autre chose. Et à ce propos, tiens, j'ai une question à te poser.

— Vas-y. Au point où on en est…

— Qu'est-ce que tu attends pour épouser cette adorable Valentine ?

— D'avoir autre chose à lui offrir qu'un mec au chômage et une baraque en chantier. D'ailleurs, je t'ai déjà expliqué que je ne la sens pas très motivée pour des noces.

— Tu crois ?

— Ce n'est pas une fille conventionnelle, David. Par exemple, elle a conservé son studio à Montmartre.

— Et alors ?

— Alors, ça me donne l'impression d'être à l'essai. Mais je veux bien subir la période probatoire, pas de problème.

— En tout cas, ne perds pas cette femme, tu n'es pas près d'en trouver une autre de ce calibre !

— Tu prêches un convaincu.

Ils échangèrent un nouveau sourire, puis David ébaucha un geste d'excuse en désignant l'agenda ouvert sur son bureau.

— J'ai un rendez-vous, mon client doit être arrivé.

Alban se leva aussitôt, conscient d'avoir abusé du temps de son ami en pleine matinée.

— Fais de bonnes affaires ! lui lança-t-il avec un petit signe de la main.

Lorsqu'il traversa l'agence, il vit du coin de l'œil la secrétaire pendue au téléphone, deux négociateurs qui travaillaient sur leurs ordinateurs, un couple qui discutait avec entrain dans le coin salle d'attente. Beaucoup d'animation pour une journée de fin novembre à Trouville. David réussissait bien dans son métier, même s'il avait juré ses grands dieux, à l'époque de la pension, qu'il ne serait *jamais* agent immobilier. Alban avait effectivement réalisé son rêve d'enfance, pas David, mais qui était le plus heureux des deux aujourd'hui ?

« Il a suivi le chemin paternel, il est rentré dans le rang, et au bout du compte ça lui convient très bien. Pour les frangins et moi, il n'y avait rien à suivre, la fabrique de porcelaine était passée à la trappe depuis longtemps quand nous avons choisi nos métiers. »

Colas n'avait rien choisi, en réalité, il s'était laissé porter par les hasards de la vie. Mauvais élève aux Beaux-Arts, il avait intégré une école de stylisme et rencontré Malaury. Avec davantage de moyens, il aurait adoré faire un tour du monde, s'imprégner d'autres cultures. Alban lui avait offert plusieurs voyages grâce à ses facilités sur les vols d'Air France, et Colas en était toujours revenu ébloui, l'esprit ouvert et des idées plein la tête. Longtemps, Gilles avait dit du benjamin : « Il mûrira. » En avait-il besoin ? Doux rêveur, éternel curieux, il avait fait frémir ses frères en décidant d'ouvrir cette improbable boutique. Quelques années plus tard, tout le monde s'en félicitait.

Alban se dirigea vers le port où il resta un moment à observer les bateaux de pêche. Il faisait froid mais un rayon de soleil éclairait le quai et argentait le dos des poissons dans les caissettes. Il acheta de quoi faire une petite friture d'éperlans puis regagna la Twingo. Au moment où il démarrait, son téléphone portable sonna et il se remit au point mort.

— Alban ! s'exclama la voix surexcitée de Gilles. Devine à qui je viens de parler ?

— Aucune idée. Au garde des Sceaux ?

— Au toubib dont le nom figurait sur le formulaire de placement !

— Tu l'as retrouvé ? s'étonna Alban.

— Pas facilement, crois-moi. Il est un peu gâteux, mais par miracle il se souvenait des parents parce que le nom d'Espérandieu l'avait frappé. Bref, d'après lui elle aurait vraiment dû être internée. Comme j'ai pris des notes, je te le cite mot pour mot : « C'était un couple étrange. Le mari semblait à peine plus équilibré que sa femme. »

— Quoi ?

— Textuel. Mais les psychiatres sont souvent plus atteints que leurs patients. Il avait quitté la région pour s'installer dans le Sud quand le drame s'est produit et il ne l'a su que bien plus tard, par un confrère.

— Il t'a donné d'autres détails sur elle ?

— Pas grand-chose. Il a tout de même évoqué la schizophrénie. Une division de la personnalité…

— Et on nous aurait caché ça ?

— Apprendre qu'on avait une mère barge nous aurait avancés à quoi ?

À travers son pare-brise, Alban regardait distraitement le quai. Des mouettes tournaient au-dessus des bateaux tandis que des nuages s'amoncelaient, masquant le soleil.

— J'ai pris rendez-vous avec un ami médecin, ajouta Gilles. Il faut vraiment que je sache si… Bon, je te laisse, j'ai du boulot par-dessus la tête. Le chantier avance ?

— Ils viennent de commencer.

— On ne viendra pas ce week-end, mais sûrement le suivant.

— D'accord. Tiens-moi au courant.

— Toi aussi. Salut, commandant !

L'expression lui avait échappé et il marmonna une phrase incompréhensible avant de raccrocher. Lâchant un soupir, Alban rangea son portable. Toute cette histoire le dérangeait, comme beaucoup d'autres choses en ce moment. Il s'aperçut qu'il n'avait pas vraiment envie de rentrer au paquebot, il aurait préféré une promenade sur la plage à marée basse, mais l'heure du déjeuner approchait et Valentine devait l'attendre. Après un dernier regard en direction de la mer, il se décida à démarrer.

La bonne nouvelle de l'après-midi fut annoncée par le chauffagiste : il suffirait de remplacer le brûleur pour que la chaudière, après une bonne révision, tienne encore quelques années. De leur côté, les électriciens coupaient et remettaient le courant sans prévenir, arrachaient des baguettes de bois d'où pendaient des fils en tissu effiloché, s'affairaient sur les tableaux de fusibles hors d'âge. À l'idée que, dès le lendemain, le plombier viendrait se joindre à cette activité de ruche, Alban se sentait à la fois découragé et très excité. Surveiller ce chantier qu'il avait initié lui faisait prendre possession de la villa de façon concrète. Il regardait d'un œil neuf des papiers peints qu'il avait toujours connus mais pas choisis, découvrait des détails ignorés jusque-là, s'émerveillait de l'imagination de l'architecte qui avait conçu la villa à son origine. Aucune fenêtre n'était exactement semblable à une autre, chaque parquet possédait un dessin différent, toutes les cheminées étaient savamment décorées. En se promenant de pièce en pièce, des images de son enfance lui revenaient, tandis que la liste de tout ce qu'il aurait voulu faire s'allongeait.

À six heures, après le départ des ouvriers, il fila chez Joséphine qu'il trouva en train de se balancer dans son rocking-chair, face à la porte de la cuisine.

— Quelle agitation, aujourd'hui ! lui lança-t-elle. Es-tu bien sûr de toi, Alban ?

Contrariée, elle le toisait sans indulgence.

— Vous êtes vraiment des têtes de bois, tes frères et toi. Vous allez vous ruiner pour rien.

— On ne se ruine pas, Jo. On ne fait que l'essentiel, l'indispensable.

Il alla l'embrasser, la serra contre lui, proposa de faire chauffer de l'eau pour le thé.

— Qu'est-ce qui t'embête ? demanda-t-il en branchant la bouilloire. Il y a trop d'allées et venues, trop de bruit ?

— Non, je suis tranquille dans mon coin. Mais je maintiens que tu dépenses ton argent en pure perte. Tu veux vraiment habiter là pour toujours, *mourir* là ?

— Je n'en sais rien. J'y suis bien… Si tu n'es pas d'accord, explique-moi pourquoi je devrais m'y sentir mal.

Se retournant brusquement, il plongea son regard dans celui de sa grand-mère.

— Dis-moi, insista-t-il.

Ils restèrent une longue minute les yeux dans les yeux, comme s'ils se surveillaient mutuellement.

— Les maisons ne portent pas malheur, déclara enfin Alban, ce sont les gens qui font leur malheur eux-mêmes. Je me trompe ?

— Je ne sais pas de quoi tu parles, répliqua-t-elle d'un air buté. Ébouillante donc la théière.

Elle ne semblait pas en veine de confidences, pourtant il s'obstina.

— Vu ton acharnement à me décourager d'habiter le paquebot, y a-t-il quelque chose que j'ignore et que je devrais savoir, Jo ?

Il eut la nette impression d'avoir touché un point sensible. Joséphine secoua la tête, les lèvres serrées sur une réponse qu'elle ne voulait pas donner.

— Hello ! s'exclama Valentine en entrant. Tiens, nous avons eu la même idée, je viens pour une tasse de thé.

Déçu, Alban vit le sourire affectueux que les deux femmes échangeaient. Elles avaient pris l'habitude de bavarder un moment chaque jour, ce dont il se réjouissait, mais l'intrusion de Valentine à cet instant précis le privait d'une éventuelle réponse de Joséphine. La jeune femme dut le deviner car elle demanda, d'une voix hésitante :

— Je vous dérange, peut-être ?

— Pas du tout, ma jolie, affirma Jo.

Ses yeux brillaient de malice. Pour elle, l'arrivée de Valentine était un soulagement. Alban rajouta une tasse et posa le plateau sur la table.

— Je vous laisse bavarder, dit-il très vite.

Il s'en voulait de sa mauvaise humeur mais n'avait pas envie de rester entre elles deux.

— Puisqu'ils sont tous partis, je vais jeter un coup d'œil sur ce qu'ils ont fait aujourd'hui, ajouta-t-il en guise d'explication.

Évitant le regard de Valentine, il attrapa son blouson et sortit. Face à lui, le paquebot était éteint, sa silhouette massive se profilant sur le ciel étoilé. Par habitude d'économie, Valentine ne laissait aucune lumière allumée derrière elle, même si elle ne sortait que pour cinq minutes. Il pénétra dans le hall où il fut surpris par le froid, avant de se souvenir que le nouveau brûleur n'était pas encore monté, et qu'en conséquence il n'y avait pas de chauffage. Comment Valentine avait-elle pu travailler dans ces conditions, immobile derrière son bureau ? Pourquoi n'était-elle pas partie se promener, ou encore se réfugier bien plus tôt chez Joséphine ?

Il gagna l'office, ouvrit la porte extérieure et emplit le panier à bois. Puis il prépara une belle flambée dans la cheminée de la cuisine, sachant que Valentine aimait se tenir là, dos aux braises. Ensuite, il arpenta le rez-de-chaussée, détaillant distraitement les progrès du chantier. Peut-être aurait-il dû écouter Gilles et charger un entrepreneur de coordonner les travaux ? De toute façon, même en mettant les choses au mieux, il y en avait pour plusieurs semaines de bruit et de désordre, il aurait le temps de prendre conseil s'il se sentait en perdition.

Au pied de l'escalier, il se sentit vraiment gelé et il monta jusqu'à sa salle de bains pour enfiler un gros pull irlandais sur son col roulé. Le parfum de Valentine flottait dans l'air, ce qui le fit sourire. Au contraire de tout ce qu'il avait pu s'imaginer, vivre avec une femme le comblait. Il aimait voir des marques de sa présence comme son peignoir accroché à une patère ou ses innombrables flacons sur le bord de la baignoire. Il aimait se réveiller à côté d'elle, faire l'amour avec elle n'importe où dans la maison, partager un petit déjeuner au lit quand il avait le courage de monter un plateau. Et il devait bien s'avouer qu'aujourd'hui, il aurait du mal à se séparer d'elle, même pour quelques jours, s'il était encore pilote.

Il s'apprêtait à descendre, cependant il hésita sur le palier, soudain frappé d'une idée insolite. La tête levée vers le troisième étage, il resta immobile quelques instants. C'était là-haut que leur mère s'était suicidée, pourtant ni lui ni ses frères n'y faisaient jamais allusion. En fait, ils n'y *pensaient* pas, tout simplement. Certes, le drame était vieux de vingt-cinq ans, mais, en y réfléchissant, Alban s'étonna de leur étrange indifférence, à l'époque. Ils n'étaient plus montés au grenier les premiers temps, d'ailleurs, ils n'avaient eu aucune raison particulière d'y aller, puis l'oubli était venu.

Résolument, Alban gravit les marches jusqu'au troisième. Un couloir desservait les petites chambres de service transformées en débarras et, tout au bout, une porte ouvrait sur un escalier de fer conduisant au grenier. Pourquoi Marguerite était-elle allée sous les toits pour mettre fin à ses jours ? Quitte à se tirer une balle dans la tête, elle pouvait le faire n'importe où ! Sauf si, dans sa crise de démence, elle avait songé à se jeter dans le vide, ou bien à se pendre à une poutre de la charpente. Mais non, elle avait pris un revolver avec elle, l'une des armes de son mari, car Félix en possédait plusieurs. Après leur mort, Antoine s'était empressé de liquider cette maudite collection, bien entendu.

Devant la porte du grenier, Alban hésita de nouveau. Pourtant, il n'avait éprouvé aucune réticence lorsqu'il était monté ici la dernière fois, obnubilé par l'état des tuiles. Mais il faisait grand jour et c'était avant la découverte du portefeuille, avant de comprendre que leur mère était sans doute atteinte d'une maladie mentale.

Sous ses pieds, les marches de métal se mirent à vibrer de façon sinistre. Les enfants devaient se faire de grosses frayeurs en grimpant ici ! À tâtons, il trouva l'interrupteur. Une ampoule nue, couverte de poussière, éclaira chichement une partie du grenier. Le reste se perdait dans l'ombre, jusqu'au bout de la maison. Cet étage n'était pas aménageable car on ne pouvait se tenir debout qu'au milieu, en raison de la très forte pente des toits et de leurs différences de niveau.

— Vraiment tarabiscoté, ce paquebot, marmonna Alban.

Le son de sa voix lui parut plat et incongru. Il regarda autour de lui sans savoir ce qu'il cherchait ni pourquoi il était là. Colas avait fait remarquer qu'aucun d'eux trois ne parvenait à dire « maman » facilement, et il s'était aussi reproché son manque de chagrin réel le jour de l'enterrement.

Ne dites rien aux garçons, Colas n'en a aucun souvenir... À quoi leur père faisait-il référence dans son brouillon de lettre ? Une question à laquelle il faudrait bien trouver une réponse, malgré toute la mauvaise volonté de Joséphine. Il s'agissait de l'histoire de leur famille, de leurs parents, ils avaient le droit de savoir. Si Gilles se faisait du souci pour le facteur génétique, et si Colas préférait ne pas y penser, pour sa part, Alban commençait à ressentir une immense curiosité.

— Il va falloir tout nous raconter, Jo !

À quel endroit précis Marguerite s'était-elle donné la mort ? Subsistait-il une trace de son geste sur ce plancher de bois brut ? Et pourquoi désirait-elle en finir puisque Félix l'aimait comme un fou ?

Un grincement lui fit faire volte-face et il vit la tête de Valentine apparaître en haut de l'escalier de fer.

— Je t'ai appelé, reprocha-t-elle.

— On n'entend rien ici. Je jetais juste un coup d'œil au toit, mais il est en bon état, tout va bien.

— Et tu vois quelque chose avec cet éclairage lugubre ?

À l'évidence, elle ne croyait pas à son mensonge. Il la rejoignit et lui fit signe de descendre.

— Allons-nous-en, il fait plus froid ici que partout ailleurs.

Il n'avait pas l'intention de l'ennuyer avec ses doutes, avec ce qu'il prenait pour un secret peut-être inavouable. L'un derrière l'autre, ils gagnèrent le rez-de-chaussée en silence, et ce ne fut qu'une fois arrivée dans la chaleur rassurante de la cuisine que Valentine lâcha d'un ton sec :

— Tu es bizarre, aujourd'hui !

Oui, il devait l'être mais ne tenait pas à expliquer pourquoi. Devant l'évier, il enleva ses lunettes, les passa sous l'eau pour ôter une toile d'araignée qui s'était accrochée à l'une des branches.

— J'ai vraiment eu l'impression d'arriver comme un cheveu sur la soupe chez Jo, tout à l'heure.

— Non, penses-tu...

— Alban !

Il se retourna, vit qu'elle était en colère.

— Si on essayait de passer une bonne soirée ? proposa-t-il avec un sourire conciliant.

— Tu me prends pour une idiote, c'est très désagréable !

Remettant ses lunettes, il fit deux pas vers elle, lui ouvrit les bras.

— Viens, ma Valentine.

— Je ne veux pas que tu me câlines, je veux que tu me répondes. Pourquoi ne me parles-tu pas de tes soucis ? Tu es quelqu'un de très secret, Alban, et moi, j'ai besoin de partage. Ce n'est pas facile de vivre ici avec toi qui ne dis rien !

Il laissa retomber ses bras, consterné parce qu'elle venait de prononcer la phrase qu'il redoutait. *Pas facile de vivre ici.*

— Je n'aurais pas dû t'entraîner dans cette galère, murmura-t-il. Peut-être n'étions-nous pas prêts ?

Il disait « nous » pour ne pas avoir l'air de l'accuser mais elle réagit violemment.

— Pas prêts ? Tu te demandes pourquoi tu t'es encombré d'une femme, c'est ça ? Je ne prends pourtant pas beaucoup de place !

Elle avait les larmes aux yeux et son menton tremblait.

— Tu ne m'encombres pas, chérie, et tu peux prendre toute la place que tu veux, nous n'en manquons pas. Mais tu étais habituée à une existence de Parisienne avec les boutiques, les bistrots, les copains, des lumières partout dans les rues, un studio surchauffé, le cinéma au pied de l'immeuble… Je n'ai pas grand-chose de ce genre à t'offrir.

— Je ne te le demande pas !

— Tu ne demandes rien, tu n'es pas beaucoup plus bavarde que moi. Écoute, si on s'est trompés, n'en faisons pas un drame.

— Trompés de quoi ? s'écria-t-elle, de nouveau hors d'elle. Trompés de partenaire ?

— Valentine, soupira-t-il.

Il s'angoissait tellement à l'idée qu'elle pourrait faire ses valises, partir et disparaître, qu'il ne se rendait pas compte de sa maladresse, du malentendu dans lequel il s'enlisait.

— Laissons-nous encore une chance, plaida-t-il. Attendons un peu.

— Oh, mon Dieu, souffla-t-elle, c'est tout ce que tu me proposes ?

Elle quitta la cuisine à grands pas, claquant violemment la porte derrière elle.

5

Penché en avant, les coudes sur les genoux et le menton dans les mains, Gilles écoutait son ami Bertrand avec un intérêt grandissant.

— Une des définitions de la schizophrénie est : « psychose chronique altérant profondément la personnalité ». De façon plus simple, disons que le malade cesse de communiquer avec le reste du monde pour se perdre dans un chaos imaginaire.

— Alors on peut être normal à vingt ans et atteint à trente ?

— Certains facteurs favorisent l'éclosion de la psychose. Ensuite, elle évolue de façon progressive. Les troubles du comportement qui en découlent sont souvent mis sur le compte de l'originalité, de la contestation... Au début, l'entourage pense rarement à une véritable maladie psychiatrique.

— Le caractère se modifie ?

— Insidieusement. Des symptômes comme une humeur morose, une tendance à l'isolement ou encore une certaine hostilité au milieu familial n'ont rien de très alarmant. Pourtant, quand on en arrive à la crise de dépersonnalisation anxieuse et à l'incohérence affective, le geste suicidaire n'est pas loin.

Gilles se redressa, soupira, s'agita sur son fauteuil. Tout ce que lui disait ce médecin augmentait son anxiété, et il répugnait à lui poser la question fatidique.

— De toi à moi, dit-il en cherchant ses mots, peut-on considérer que… qu'il y a un risque si on est apparenté à un schizophrène ?

Le psychiatre le dévisagea longuement avant de demander, avec beaucoup de douceur :

— De qui me parles-tu, Gilles ? Depuis le début de cette conversation tu utilises des « si », des « supposons » qui ne trompent personne, tu le sais bien. Dis-moi de qui il est question, ça restera entre les murs de mon cabinet.

— De ma mère, avoua Gilles du bout des lèvres. Elle s'est suicidée quand j'avais dix-sept ans.

Bertrand hocha la tête et laissa passer un silence.

— Elle n'était pas soignée, à l'époque ?

— Il semble que mon père s'y opposait.

— Pourquoi ?

— Par amour, j'imagine. Il devait redouter la séparation, à moins que la perspective des traitements de choc…

— C'est caricatural, Gilles ! Les asiles d'aliénés étaient fermés depuis longtemps, plus de camisoles, plus d'électrochocs. En tout cas, sa maladie était donc détectée, identifiée ?

— Oui. Nous avons retrouvé récemment un formulaire de placement sur lequel figure l'avis des médecins.

— Je vois.

Bertrand le considérait sans expression particulière, conservant une neutralité très professionnelle.

— Et comment réagissiez-vous à son état, tes frères et toi ?

— Nous n'en avions pas conscience. Nous étions en pension tous les trois, personne ne nous a rien dit, on ne s'est rendu compte de rien. Mes grands-parents, et même mon père, nous protégeaient énormément, ils ont préféré garder le secret.

— Dommage, les secrets de famille sont les pires des poisons.

Un nouveau silence s'installa, plus long que le précédent.

— Qu'attends-tu de moi ? reprit enfin Bertrand.

— Eh bien… Ce qui me préoccupe est l'aspect héréditaire de la maladie.

Il avait réussi à le formuler d'une voix à peu près neutre mais son cœur se mit à battre plus vite en attendant la réponse.

— Le risque de schizophrénie est notablement plus élevé lorsqu'on est apparenté à un schizophrène. Sur l'ensemble de la population, la fréquence de la maladie est d'à peine un pour cent. On monte à environ dix pour cent chez les frères et sœurs. Pour les enfants d'un parent schizophrène, le risque varie de sept à seize pour cent.

— C'est énorme !

— Si c'est pour toi que tu t'inquiètes, précisa Bertrand avec un sourire rassurant, la maladie se révèle entre quinze et trente-cinq ans, or tu me sembles y avoir échappé.

— Et mes enfants ?

Le cri du cœur de Gilles trahissait toute son angoisse. Redevenu grave, Bertrand eut un geste vague.

— Difficile à dire. Avant tout, il te faudrait la certitude que le diagnostic, à l'époque, a été correctement établi. La psychiatrie évolue en permanence… Je ne peux te donner aucune certitude, n'ayant pas étudié le cas moi-même avec les techniques d'aujourd'hui. Tous les gens qui se suicident ne sont pas forcément des malades. D'autre part, ni toi ni tes frères n'avez de symptômes, et comme vous êtes arrivés à la quarantaine, c'est bon signe. Maintenant, à mon avis, tu devrais t'intéresser aussi à la famille de Sophie. Savoir s'il y a des antécédents de son côté, ce qui multiplierait le risque. Interroge-la à ce sujet.

— Tu es fou ? protesta Gilles.

L'expression les fit rire tous les deux, détendant l'atmosphère.

— Tu connais Sophie, elle me reprochera de lui avoir caché la vérité alors que je l'ignorais ! Avec elle, le problème est qu'elle pourrait revenir là-dessus cinquante soirs de suite. Pire encore, elle irait jeter ça à la figure de ma grand-mère paternelle, qui n'y est pour rien.

— Tu as toujours ta grand-mère ? s'étonna Bertrand.

— Oui, une femme formidable que nous adorons mais qui, à quatre-vingt-quatre ans, n'a pas besoin qu'on vienne l'embêter avec de vieilles histoires. Quoi qu'il en soit, en ce qui concerne Sophie, elle m'a raconté la vie de toute sa famille par le menu, il n'y a pas de cinglés chez eux.

— *Cinglés ?*

— Malades mentaux, si tu préfères.

— Le choix des mots est important dans ma profession.

— Dans la mienne aussi !

Ils rirent de nouveau, puis Gilles se leva.

— Je t'ai fait perdre assez de temps comme ça.

Bertrand se leva pour le raccompagner vers une porte qui n'était pas celle de la salle d'attente.

— Les gens ne se croisent pas, expliqua-t-il, c'est mieux.

En se serrant la main, ils échangèrent un regard plus sérieux.

— Si tu as d'autres choses à me demander, Gilles, n'hésite pas.

— Je le ferai.

Il sortit en hâte, soudain pressé de quitter l'endroit. Bertrand était un ami, mais désormais, ne le regarderait-il pas autrement ? Il regrettait presque de lui avoir confié son histoire, d'autant plus qu'il n'avait obtenu que des réponses vagues.

« Tous les psys sont fumeux ! »

Qu'avait-il espéré de cet entretien ? Entendre que Louis, Paul et Anne ne craignaient strictement rien ? Il ne s'agissait pas d'un virus ni d'un microbe, il n'existait pas de vaccin. C'était plus compliqué, plus insidieux, et Gilles allait devoir apprendre à vivre avec ce petit doute au fond de sa tête.

« Mais sans surveiller mes enfants à la loupe, sinon c'est moi qui les rendrai fous ! »

Marchant à grands pas vers la station de taxis, il essaya de se concentrer sur l'affaire qu'il devait plaider dans moins de deux heures au Palais de justice.

Assise tout au bord du canapé transformable, Valentine se sentait en visite dans son propre studio. En entrant, elle l'avait trouvé minuscule, sombre, glacial. Après avoir allumé le radiateur électrique et l'halogène, elle était restée un moment à tourner entre les quatre murs comme un hamster dans sa cage. Parce qu'elle n'avait laissé que le strict minimum, la pièce ressemblait à une impersonnelle chambre d'hôtel. Comment avait-elle pu s'y plaire, vivre et y travailler durant des années ?

Elle se leva et passa derrière le comptoir qui dissimulait la kitchenette. Sur une étagère, des sachets de thé et de café soluble voisinaient avec deux bols. Elle mit de l'eau dans la bouilloire, la brancha.

Que faisait-elle ici ? Pourquoi cette subite crise de colère ? La veille, lorsqu'elle était montée se coucher après avoir laissé Alban tout déconfit dans la cuisine, elle avait pleuré. Réfugiée sous la couette, elle s'était répété tous les détails de leur dispute sans parvenir à se consoler. Il avait dit des choses effrayantes, dont la pire était : « Si on s'est trompés, n'en faisons pas un drame. » Cette petite phrase avait été une véritable douche froide pour elle. Voyait-il leur histoire comme une simple erreur de parcours ? À force de se tourner et de se retourner, certaine qu'elle ne parviendrait jamais à s'endormir, elle avait pourtant fini par sombrer dans un sommeil sans rêve. Vers minuit, elle s'était réveillée en sursaut, toujours seule dans le grand lit. Alban dormait-il dans une autre chambre ? Elle avait failli descendre le chercher mais s'était ravisée. S'il préférait ne pas la rejoindre, elle n'allait pas le supplier ! Une réconciliation sur l'oreiller ne changerait rien au fait qu'il regrettait de l'avoir « entraînée dans cette galère » et qu'il n'avait « rien à lui offrir ».

Repenser à ces mots la rendit de nouveau triste. Elle versa l'eau bouillante sur la poudre de café et mit ses mains autour du bol. D'où elle était, elle voyait que la fenêtre aurait eu besoin d'être nettoyée. Quelques semaines d'absence avaient complètement changé sa perception du lieu et elle se demandait pourquoi elle continuait à payer un loyer. Si elle restait avec Alban, elle n'avait pas besoin de ce studio, et si elle le quittait, elle ne voudrait plus vivre ici.

En se réveillant, ce matin, elle avait vu qu'il était à côté d'elle et qu'il la regardait. Son sourire inquiet, presque intimidé, aurait dû la faire fondre, au lieu de quoi elle s'était levée d'un bond, annonçant qu'elle partait *souffler* deux jours à Paris.

— Il n'a rien fait pour m'en empêcher ! marmonna-t-elle.

À présent, elle était là, dans ce qui aurait dû être son refuge, mais elle s'y sentait très mal. Elle retourna vers le canapé, fouilla dans son sac. L'écran de son portable n'affichait aucun message en attente.

— Il s'en fout, en plus…

Mais elle n'y croyait pas vraiment. Pas Alban, pas lui, il n'avait pas pu mentir à ce point-là.

Elle retourna au comptoir, posa le portable à côté du bol. Puisqu'elle avait décidé de s'en aller, c'était à elle d'appeler, d'annoncer ses intentions. Il ne s'en moquait sûrement pas, non, il devait être triste et se faire du souci. Elle l'imagina errant dans sa trop grande maison. Une maison si vaste qu'elle réduisait ce studio à la taille d'un placard à balais.

« On s'habitue vite au luxe, hein, chérie ? » aurait dit sa mère de sa voix cynique. Valentine ne la voyait plus depuis longtemps, elle se contentait de lui envoyer une carte de temps à autre, sans jamais obtenir de réponse.

La sonnerie du portable la fit sursauter si fort qu'elle lâcha le bol. Il se fracassa sur le carrelage, dans une grande flaque de café qui éclaboussa ses mocassins. Affreusement déçue, elle constata que le numéro affiché était celui de son éditeur.

À la même heure, David et Alban sirotaient une coupe de champagne au *Normandy*. Installés dans deux fauteuils confortables, devant les boiseries mythiques du plus élégant des bars de Deauville, ils bavardaient à voix basse.

— Tu peux y réfléchir tant que tu veux, il n'y a pas d'urgence, répéta David. Mais au moins, promets-moi d'y penser.

— D'accord, d'accord…

— Parce que ce serait une bonne solution, et que tu n'en as pas beaucoup d'autres. Pas si proche, pas autant dans tes cordes !

En bon commercial, il savait se montrer persuasif, s'acharnant à forcer les défenses d'Alban.

— Mon beau-frère prend sa retraite dans six mois, c'est juste le délai qu'il te faut pour en avoir fini avec tes travaux et avec ton année sabbatique, par ailleurs bien méritée. À ce moment-là, tu verras, tu auras envie de bosser.

— J'en ai envie, David. Seulement ce n'est pas du tout le genre de travail…

— Le genre ? Tu serais dans les avions jusqu'au cou ! Entre les vols commerciaux et les vols privés, il y a eu cent cinquante mille passagers l'année dernière. Tu imagines ? L'aéroport de Deauville-Saint-Gatien n'est pas Roissy-Charles-de-Gaulle, je te l'accorde, mais ce n'est pas non plus un aéroclub de campagne. Il y a même une station météo satellite !

— Je sais tout ça. Les deux rendez-vous avec ton beau-frère ont été très cordiaux, il m'a fourni des données précises et s'est montré ouvert dans la discussion. Mais je ne suis pas forcément le candidat idéal aux yeux de la chambre de commerce et d'industrie qui gère la plateforme.

— Va les voir, mets-toi sur les rangs.

— Il faut des qualifications que je n'ai pas.

— Obtiens-les, alors !

David venait de taper du poing sur la table, et Alban retint de justesse sa coupe vide. Par chance, il y avait peu de clients, même le barman n'avait pas cillé derrière son comptoir d'acajou.

— Tu n'auras pas une aussi belle opportunité avant longtemps, conclut David. On reprend une tournée ?

— Non, je dois rentrer.

Ils se disputèrent encore pour savoir qui réglerait l'addition, puis ils gagnèrent la sortie.

— J'adore cet hôtel, soupira Alban. Le *Normandy* est vraiment l'âme de Deauville, j'en rêvais quand j'étais gosse mais les parents ne nous y ont jamais emmenés.

— Tu n'auras qu'à y passer ta nuit de noces avec Valentine !

La plaisanterie n'arracha pas l'ombre d'un sourire à Alban. Il salua David et se hâta vers sa Twingo. Depuis la veille au soir, Valentine occupait toutes ses pensées, il n'arrêtait pas de se demander pourquoi elle s'était mise en colère. Parce qu'il se montrait peu disponible entre son chantier et les innombrables questions soulevées par la découverte du portefeuille ? Oui, il avait parfois la tête ailleurs, il en était bien conscient, mais il ne voulait accabler personne avec ses soucis. Jusqu'ici, hormis à Joséphine lorsqu'il était jeune, il n'avait pas eu l'habitude de se confier. Trop indépendant et trop solitaire pour se livrer, il gérait seul ses problèmes et n'aurait jamais eu l'idée saugrenue d'y mêler une femme. Surtout pas la femme qu'il aimait, or c'était justement ce que Valentine lui reprochait.

Il roula lentement pour rentrer, profitant d'une éclaircie qui redonnait des couleurs au paysage. Parfois, il trouvait la région trop verte avec son herbe grasse, trop grise entre un ciel plombé et une mer ardoise, mais aujourd'hui tout était magnifique malgré l'arrivée de l'hiver.

Lorsqu'il s'engagea sur le chemin menant à la villa, il eut une curieuse sensation, faite d'une sorte d'allégresse mêlée d'angoisse. Le soleil et le champagne l'égayaient, mais l'absence de Valentine le perturbait.

— Deux jours… Elle a dit deux jours, elle devrait rentrer demain soir. Ou vendredi matin.

Il rangea la Twingo de manière à ne pas gêner les allées et venues des camionnettes des ouvriers puis, avant de descendre, il jeta un coup d'œil à son portable pour la dixième fois de la matinée.

— Appelle, murmura-t-il. S'il te plaît !

Derrière les carreaux de sa cuisine, Joséphine lui faisait signe, aussi se dirigea-t-il vers la petite maison.

— Je te guettais, expliqua-t-elle. J'ai besoin de toi, je ne m'en sors pas avec ces factures.

Sur la table, il vit des papiers étalés et un chéquier ouvert. Régulièrement, elle essayait de se débrouiller seule, mais finissait par s'y perdre. Depuis des années, c'était Alban qui l'aidait car elle refusait de discuter avec Gilles, le jugeant « assommant » dès qu'il s'agissait d'argent. Entre deux rotations, lorsque Alban venait passer un week-end au paquebot, il s'occupait de tout le courrier en retard, établissait les chèques, expliquait encore une fois comment les mettre avec les TIP dans les enveloppes.

— C'est vrai que je t'ai un peu oubliée, ma pauvre Jo ! Il fallait me le rappeler plus tôt, je suis désolé.

— Maintenant que tu habites ici, je remets toujours à demain, je me dis qu'on a le temps, avoua-t-elle avec un grand sourire.

Ils s'assirent côte à côte et il se mit à classer les courriers par ordre d'urgence.

— Pourquoi ne te débarrasses-tu pas de chaque facture le jour où elle arrive ?

— Parce que je ne sais jamais s'il y a assez d'argent sur mon compte. Je ne comprends rien aux lettres de la banque. Surtout depuis qu'ils ne mettent plus l'équivalence en francs !

Il prit le dernier relevé, l'examina, se référa aux talons du chéquier. Joséphine ne disposait que d'une modeste pension de veuve et n'avait aucun bien hormis cette folle villa. En étudiant ses comptes, Alban avait souvent le cœur serré. Aux yeux de la société, cette femme n'avait pas travaillé, pas cotisé, elle n'avait été que l'épouse d'Antoine Espérandieu, porcelainier en faillite. Pourtant Joséphine était le vrai pilier de la famille. Dissimulant de son mieux les carences de sa bru et de son fils, elle avait élevé ses trois petits-fils, puis, après le double deuil, elle avait porté tout le monde à bout de bras. Lorsque Antoine s'était retrouvé en difficulté financière, elle avait appris à se passer d'aide pour continuer à tenir sa maison. Avec trois grands adolescents qui mettaient du désordre partout, elle ne s'était jamais plainte et avait gardé son sourire indulgent. Fée du logis jusqu'à la mort d'Antoine, elle avait tout assumé sans attendre de reconnaissance de personne. Grandeur et décadence, celle qui avait été à dix-huit ans l'un des plus beaux partis de la région se retrouvait à quatre-vingt-quatre ans presque indigente.

— Jo, tu as toujours la calculette ?

Pour convertir les euros en francs, Alban lui en avait offert une avec de grosses touches.

— Sur ton relevé, tu prends le chiffre du haut, celui du solde, tu le tapes et tu sais de combien tu disposes. Mais ce qu'il voyait le consternait. Il chercha un moyen de l'aider sans qu'elle s'en aperçoive. Ses frères et lui réglaient tout ce qui concernait le paquebot, ils pouvaient bien y ajouter l'électricité et le téléphone de leur grand-mère, ça ne ferait pas beaucoup de différence.

— Bon, la taxe d'habitation est pour nous, ça aussi, et encore ça… Écoute, je prends tout, je le ferai à tête reposée.

— Ta tête est fatiguée ? railla-t-elle.

— Non, mais j'ai faim. C'est l'heure de déjeuner, tu m'invites ?

— Et Valentine ?

— Elle est à Paris pour deux jours.

Sa voix hésitante avait dû le trahir car Joséphine le scruta de son regard perçant.

— Vous ne vous seriez pas disputés, par hasard ?

— Disons qu'on a un peu de mal à se comprendre.

— Elle me paraît très compréhensive, Alban, et elle t'adore.

— Mais elle me trouve trop secret.

— Comme elle a raison ! s'esclaffa la vieille dame. Tu ne sais pas parler, tu gardes tout pour toi.

— Pas toi, peut-être ?

Il avait sauté sur l'occasion offerte et n'allait pas la lâcher.

— Pas toi ? répéta-t-il. Pourquoi ne nous as-tu jamais expliqué certaines choses à propos des parents ?

Sans lui répondre, elle se leva et se dirigea vers la cuisinière.

— Je vais te faire un soufflé au fromage.

— Jo…

— Quoi ? s'énerva-t-elle. Qu'est-ce que tu veux savoir, à la fin ? Ils sont morts, Alban, laisse-les donc en paix ! Et moi aussi, sois gentil.

Sur le point de raconter la découverte du porte-feuille de Félix, il se ravisa. Joséphine risquait d'en vouloir aux enfants, ce qui serait très injuste. Il pouvait toujours prétendre qu'il l'avait trouvé lui-même, mais au fond, pourquoi la harceler si elle avait décidé de se taire ? Avec un soupir de regret, il renonça.

— Tes ouvriers sont comme des fourmis labo-rieuses, dit-elle en regardant par la fenêtre.

Il y avait une trace inhabituelle de dureté dans sa voix. Était-ce à cause de ces travaux qu'elle n'approu-vait pas, ou bien parce qu'elle s'était sentie en danger avec les questions d'Alban ? S'approchant d'elle, il la prit par les épaules.

— Jo, tu me demandes d'être gentil mais je *suis* gentil. Puisque le sujet est tabou, je ne t'en parlerai plus, je ne veux pas te faire de peine.

Sans se retourner, elle leva la main, lui caressa la joue.

— Merci, mon chéri.

Maligne, elle n'avait pas raté l'occasion non plus. Il proposait de se taire, or c'était tout ce qu'elle voulait. En le remerciant, elle scellait leur accord de silence.

— Que fait-elle de beau à Paris, Valentine ? C'est pour son travail ?

— Je suppose.

Il se dirigea vers un placard, prit deux assiettes et commença à mettre le couvert.

— Quel dialogue de sourds, hein ? s'exclama Jo avec un rire très gai. Aucun de nous deux ne veut répondre aux questions de l'autre !

— En fait, elle est un peu contrariée, concéda Alban. Je crois qu'elle a besoin de souffler, de s'éloi-gner. Quand je pense que David me pousse à la demander en mariage…

— Ce serait très bien.

— Pas maintenant, elle m'enverrait promener.

— Sûrement pas.

— Mais si ! J'ai l'impression qu'elle étouffe avec moi, qu'elle s'ennuie ici, qu'elle s'interroge.

— Oui, elle s'interroge à propos de tes sentiments.

— Elle te l'a dit ?

— Entre les lignes.

Dubitatif, il leva les yeux au ciel, ce qui agaça considérablement sa grand-mère.

— Tu ne t'aperçois donc de rien, Alban ? Ma parole, les hommes sont tous aveugles !

— Moi, j'y ai échappé, ironisa-t-il.

— À quoi ?

— À la cécité.

Elle eut comme un haut-le-corps, abandonna sa casserole et fonça sur lui.

— Oh, mon petit, je ne voulais pas…

D'un geste spontané, elle lui ôta ses lunettes, le prit par la nuque pour l'obliger à pencher la tête et l'embrassa entre les deux yeux.

— Tu te trompes sur toute la ligne, chuchota-t-elle. Va chercher Valentine, je sais qu'elle t'attend. Elle attend autre chose, aussi.

— Quoi donc ?

Joséphine se mordilla les lèvres, parut hésiter, secoua la tête.

— Un enfant, lâcha-t-elle. Elle est enceinte de toi.

Durant deux ou trois secondes, il resta sans réaction.

— Comment le sais-tu ? finit-il par articuler. Elle te l'a dit à toi et pas à moi ?

— Non, elle ne m'a rien dit du tout. Ce sont des choses qui se voient.

— Que *toi*, tu vois ! Ou que tu crois voir !

— J'en suis certaine, Alban, voilà tout.

Elle lui rendit ses lunettes et retourna à ses fourneaux, le laissant complètement désemparé. Valentine, enceinte ? Pourquoi et depuis quand ? Était-ce la raison de ses sautes d'humeur ? Si vraiment elle attendait un bébé mais n'avait pas jugé bon de le lui annoncer, il n'y comprenait rien. Encore sous le choc, il finit par s'asseoir. Sa grand-mère ne se trompait *jamais*. Ses certitudes se concrétisaient, ses prémonitions se réalisaient. Il ne lui restait plus qu'à se demander ce que cette nouvelle provoquait en lui. De la joie ? De l'angoisse ? Presque un an auparavant, lorsqu'il avait proposé le mariage à Valentine, était-ce pour avoir des enfants ? Non, il voulait seulement lui prouver qu'il l'aimait et il avait été meurtri par son refus ironique, mais il n'avait pas envisagé de bébé à ce moment-là.

Un nouveau-né... Il songea à Sophie. Pour la naissance de Louis, d'Anne puis de Paul, il s'était rendu à la clinique avec des jouets premier âge plein les bras, heureux pour son frère et ravi de voir la famille s'agrandir. Il avait suivi ses neveux de loin mais avec une véritable affection, toujours content de les retrouver le temps d'un week-end. Pour eux, il était l'oncle-qui-conduit-les-avions, celui qui rapportait des cadeaux exotiques et se promenait autour du monde.

— À quoi penses-tu ? lui lança Joséphine. Tu n'es pas sûr de vouloir être père ?

Elle le connaissait trop bien, c'était décourageant.

— Je suis... assommé. J'aime Valentine, je vais aimer avoir un enfant avec elle, mais pourquoi ce mystère ? Elle n'a pas confiance en moi ?

— Elle a peur. Je le devine quand elle me parle d'elle, de la vie, de toi. C'est une jeune femme solide dans sa tête mais fragile dans son cœur.

— Qu'est-ce que je dois faire, d'après toi ? Filer à Paris et lui dire que je suis le plus heureux des hommes ?

— Mais enfin, Alban, tu n'es pas au courant !

L'air outré de sa grand-mère lui donna envie de rire.

— Tu me mets dans une situation impossible, Jo.

Une odeur agréable commençait à monter du four et il s'aperçut qu'il mourait de faim.

— Combien de temps, le soufflé ?

— Encore dix minutes.

— Parfait, je vais téléphoner.

Il sortit, son portable à la main. Les camionnettes étaient toujours là mais aucun bruit ne lui parvenait en provenance du paquebot. Les ouvriers devaient faire la pause et manger leurs casse-croûte. Et Valentine, que faisait-elle à cette heure-ci ? Une visite chez un obstétricien ?

S'éloignant de la petite maison, il se dirigea vers le haut du parc. Les arbres avaient tous perdu leurs feuilles qui formaient un tapis mordoré sous ses pieds. Quelques jours plus tôt, il avait commencé à ratisser mais le vent avait tout éparpillé.

Arrivé à l'endroit stratégique d'où l'on voyait le mieux la mer, au loin, il s'adossa au tronc d'un pommier. Au lieu de s'apaiser, son existence lui semblait se compliquer de jour en jour. Valentine portait leur enfant, mais elle avait fui le paquebot. Pendant ce temps-là, il engloutissait son argent dans un chantier que réprouvait Joséphine. Et au bout du compte, vivrait-il ici ? Avait-il envie d'y élever ses enfants ? De reproduire un schéma qui n'avait pas vraiment porté bonheur à ses parents, qui…

Il eut l'impression de recevoir un uppercut dans l'estomac. Cherchant sa respiration, il prit une longue inspiration. Qu'avait dit Gilles à propos du facteur héréditaire des maladies mentales ?

« Seigneur Dieu ! Je ne peux pas cacher ça à Valentine ! »

Mais elle était *déjà* enceinte, et lui avouer la schizophrénie de Marguerite Espérandieu ne ferait que l'affoler, la traumatiser.

« Est-ce que Gilles a vu son copain psychiatre ? »

Il essaya en vain de joindre son frère et lui laissa le message de rappeler d'urgence. Toujours adossé à son arbre, il poussa un profond soupir. Joséphine refusait de parler du passé. Pour une obscure raison, Valentine ne voulait pas avouer sa grossesse. Tous ces silences enfermaient Alban dans une exaspérante toile d'araignée. Il se laissa glisser et s'assit sur la terre humide.

« Prends les problèmes un par un, n'attends pas qu'ils te débordent. »

C'était le genre de conseil que lui avaient donné ses instructeurs, à Toulouse. Baissant les yeux sur son portable, il sélectionna le numéro de Valentine et attendit, mais comme pour Gilles, il n'obtint que la messagerie. Après une seconde d'hésitation, il se racla la gorge.

— Je t'appelle parce que je suis très malheureux sans toi, très triste. Je sais que tu veux souffler un peu mais s'il te plaît, respire plus vite l'air de Paris et reviens, tu me manques affreusement. Et puis une dernière chose, la plus importante, même si tu dois m'envoyer encore une fois sur les roses, je te redemande ta main.

Il ferma son portable, releva la tête et regarda de nouveau vers la mer.

Valentine piaffait mais il y avait encore au moins trois clients devant elle. Pour prendre son mal en patience, elle regarda les téléphones accrochés au mur du fond. Il y en avait pour tous les goûts, à tous les prix, cependant elle avait fait son choix en cinq minutes, et depuis, elle attendait.

Dehors, les gens se hâtaient le long des trottoirs, frileusement abrités sous leurs parapluies et sans doute pressés de rentrer chez eux.

« Quelle poisse ! » songea-t-elle en sortant de la poche de son manteau les débris de son portable. À force de le consulter sans cesse, en quête d'un message d'Alban, elle l'avait fait tomber en haut d'un escalier, dans le métro, et il avait rebondi de marche en marche avant de finir quelques mètres plus bas en morceaux. Coincée par un rendez-vous chez son éditeur, elle avait dû remettre à plus tard le remplacement du téléphone et, comble de malchance, une grève des transports rendait Paris à peu près impraticable. Maintenant, il était presque six heures, son impatience atteignait des sommets.

Pourtant, qu'allait-elle faire quand elle aurait réglé son problème de téléphone ? Sans nouvelle d'Alban, elle n'aurait plus qu'à rentrer chez elle, dans ce studio sans âme où il n'y avait rien à manger, et dormir en chien de fusil sur le canapé convertible qu'elle aurait la flemme de déplier.

« Tu te comportes comme une gamine ! Prends donc l'autoroute, va retrouver Alban et explique-toi avec lui pour de bon. »

Mais comment serait-elle accueillie ? Elle mourait d'envie d'être dans ses bras, ou même d'être assise en face de lui sur le long banc, dos aux flammes de la cheminée. Le voir sourire, remonter ses lunettes sur son nez, tendre la main vers elle. Contrairement à ce qu'il semblait croire, la vie sur le paquebot plaisait beaucoup à Valentine. Si seulement il avait su parler d'avenir, elle aurait été comblée.

« Nous avons vraiment un problème de communication ! Et si tout ça n'était qu'un malentendu ? »

— C'est à nous ! claironna un vendeur qui venait de s'arrêter devant elle.

Ouvrant la main, elle lui montra ce qui restait de son téléphone.

Malgré l'heure tardive, le plombier et son apprenti épongeaient toujours. La canalisation, percée par erreur dans une salle de bains du premier étage, avait déversé des flots sur le carrelage puis sur le parquet du couloir avant que quelqu'un arrive à couper l'arrivée générale de l'eau.

Effaré par les dégâts, Alban s'était joint aux deux hommes pour passer une serpillière et la tordre au-dessus d'un seau pendant plus d'une heure. Le plombier se frappait les cuisses en répétant qu'il ne comprenait pas, que le schéma des tuyaux était dément dans cette maison, et qu'il aurait du mal à boucler un pareil chantier dans les délais.

— En tout cas, faites comme vous voulez mais je ne reste pas sans eau jusqu'à demain ! avait décrété Alban.

En ronchonnant, le plombier s'était décidé à entreprendre une série de soudures au chalumeau qui avaient laissé de grandes traînées noirâtres sur les murs. À huit heures du soir, il était enfin parti, flanqué de son apprenti épuisé.

Resté seul dans la salle de bains dévastée, Alban ouvrit les portes des penderies. Par chance, elles étaient à peu près vides et rien ne traînait sur le sol humide. Avec une pointe de nostalgie, il regarda autour de lui. Cette salle de bains et la chambre attenante avaient été celles de Joséphine et d'Antoine. Il se souvenait très bien de Jo refaisant son chignon, assise sur un tabouret devant sa coiffeuse. Ses cheveux étaient déjà blancs, du plus loin qu'il s'en souvienne, car elle n'avait jamais voulu les teindre. Que seraient-ils devenus, ses frères et lui, sans la tendresse de leur grand-mère, sans toutes ces images rassurantes qui avaient rythmé le quotidien de leur enfance ?

Il franchit la porte de communication et pénétra dans la chambre. Il n'y avait pas mis les pieds depuis des années et fut surpris de constater que Joséphine avait laissé des livres sur les étagères, une paire de sublimes lampes chinoises sur une commode Empire, à côté d'un coffret à bijoux vide et poussiéreux. L'atmosphère de la pièce était surannée, désolée.

« Tant que Jo est de ce monde, je ne toucherai à rien, c'est toujours chez elle. En revanche, on devrait faire quelque chose de la chambre des parents. »

Située à l'opposé, tout au bout de la galerie, elle était aussi à l'abandon.

« Le paquebot n'est pas un musée, il faut chambouler tout ça. »

Surtout si… si vraiment Valentine attendait un bébé ! Oh, bon sang, pourquoi ne le rappelait-elle pas ? Était-elle fâchée à ce point ? Il retourna dans la salle de bains, entrouvrit la fenêtre pour que tout sèche plus vite. Alors qu'il allait éteindre, son regard fut attiré par un seau de métal où le plombier avait jeté des déchets en vrac. Au milieu des morceaux de tuyaux tordus et des bouts d'étoupe détrempée, un objet lui parut bizarre. Il se pencha, le prit entre le pouce et l'index, le retourna. À première vue, il s'agissait d'un petit missel, sans doute très ancien, avec une couverture de nacre et un fermoir rouillé. Le genre de livre de prières qu'on offrait aux enfants pour leur communion solennelle. Il était évidemment mouillé et avait dû être emporté par l'eau. Lorsque Alban l'ouvrit, la reliure céda, des feuilles s'éparpillèrent. Après les avoir ramassées et remises en ordre selon les numéros de page, il examina une image pieuse qui avait dû servir de signet. D'un côté, la reproduction d'un vitrail, et, sur l'autre face, quelques phrases écrites à la main.

Ne vous reprochez rien, Antoine, c'est le Seigneur qui nous juge tous, et Lui seul. Vous avez agi pour ce que vous pensiez être le mieux, soyez en paix avec Dieu, avec les vôtres et avec vous-même. Père Éric.

Alban relut le texte trois fois, à voix haute, puis il replaça l'image dans le missel et le referma tant bien que mal.

— Eh bien, voilà un mystère de plus, c'est formidable !

Antoine avait donc des choses à se reprocher lui aussi ? Des choses suffisamment graves pour s'être confié à un prêtre ? L'écriture était élégante, assurée, mais qui pouvait bien être le père Éric ? Fouillant ses souvenirs, Alban n'y trouva pas trace d'une grande assiduité à la messe. Si la famille Espérandieu était catholique, elle pratiquait peu et les visites à l'église se limitaient au jour de Pâques, aux mariages et aux enterrements. Les trois frères étaient baptisés, ils avaient eu droit à quelques leçons de catéchisme dispensées par Joséphine, leur éducation religieuse s'arrêtait là.

Songeur, Alban essaya d'imaginer son grand-père dans un confessionnal. Non, décidément, les choses ne cadraient pas.

— S'il vit encore, je vais trouver ce prêtre. Au moins, c'est simple, et ça, je peux le faire tout seul !

Quittant la salle de bains, il descendit au rez-de-chaussée, le missel dans la main. Sur la dernière marche, il vit un marteau oublié, ce qui le fit sourire. Au milieu du désastre de cette journée, l'un des ouvriers avait pensé à réparer la barre de cuivre sur laquelle tout le monde trébuchait depuis des années.

Dans la cuisine, il déboucha une bouteille de bordeaux et se servit un verre, luttant contre l'impression de solitude qu'il éprouvait soudain. Il posa son téléphone sur la table, le considéra quelques instants puis finit par le reprendre et sélectionna le numéro de Valentine. La harceler était sûrement très maladroit mais il n'en pouvait plus d'attendre son appel. D'autre part, le message qu'il lui avait laissé aurait dû la faire réagir, quel que soit son état d'esprit.

Au bout de quelques instants, il entendit une voix désincarnée lui annoncer que le numéro qu'il demandait n'était plus attribué. Stupéfait, il réécouta, raccrocha. Que lui avait-il donc fait pour qu'elle juge nécessaire de changer de numéro ? Était-ce une façon de lui signifier la fin de leur histoire ?

Il vida son verre d'un trait, toujours incrédule. Joséphine avait affirmé que Valentine attendait un enfant de lui, que Valentine l'aimait ! Mais les certitudes de Joséphine n'étaient pas paroles d'Évangile, peut-être se trompait-elle pour une fois.

La tête entre les mains, il s'obligea à réfléchir calmement. Valentine lui avait raconté son passé, la manière dont elle avait été quittée alors qu'elle était enceinte. Une grossesse pouvait très bien la faire paniquer. Ou alors, et plus probablement, elle s'était lassée de lui. Même si aucune femme, jusqu'ici, ne lui avait infligé de rupture, il existait un début à tout. Car enfin, il n'était pas irrésistible, pas drôle à vivre en ce moment, pas disponible, pas…

— Alban ?

Sa surprise fut si absolue qu'il resta sans voix et sans réaction. Valentine se tenait sur le seuil, belle comme une apparition. Elle portait un gros col roulé blanc sous son caban, une jupe et des bottes, un petit béret posé de travers. Elle s'avança jusqu'à la table, sortit un téléphone de sa poche et le posa à côté de celui d'Alban.

— J'ai cassé l'autre. Pour en avoir un nouveau sans me ruiner, il a fallu que je change d'opérateur, d'abonnement, de numéro.

— Alors, souffla-t-il, tu n'as pas eu mon message ?

— Si. Mais ça n'a pas été simple. En revanche, ça valait la peine.

La table toujours entre eux, ils se dévisagèrent longuement. Puis elle tendit la main vers lui, dans un geste un peu théâtral.

— Tu me l'as demandée, je crois ? dit-elle en bafouillant, sous le coup de l'émotion. Je te la donne, bien sûr.

— Sans te forcer ? Pas pour une mauvaise raison ? Juste parce qu'on s'aime ?

La voyant acquiescer avec un merveilleux sourire, il se leva d'un bond, heurta le coin de la table en la contournant. Lorsqu'il ouvrit les bras, elle se jeta contre lui.

Sophie vérifia d'un coup d'œil qu'il n'y avait pas de clientes dans la boutique, puis elle lança, d'une voix furieuse :

— Tu connais la nouvelle ?

Juchée sur un escabeau, Malaury accrochait des décorations de Noël minimalistes : des boules de verre transparent et irisé, semblables à des bulles de savon.

— Oui, Alban a appelé Colas.

— Je n'arrive pas à y croire ! Cette garce est arrivée à ses fins plus vite que prévu, non ?

— Ils sont ensemble depuis deux ou trois ans, rappela Malaury d'un ton apaisant.

— Mais à quoi ça ressemble, ce mariage précipité ? À un coup de tête, un caprice !

— Ce sera toujours une occasion de faire la fête.

— Au contraire, ça va nous *pourrir* les fêtes ! Se marier le 30 décembre est une pure ineptie, ça m'étonnerait que l'idée vienne d'Alban. Elle est donc si pressée ?

Malaury descendit de son escabeau, le replia et alla le ranger dans le petit bureau attenant dont la porte était dissimulée par une tenture de velours. Plantée au milieu de la boutique, Sophie regarda distraitement autour d'elle. Une robe blanche était drapée sur un mannequin d'osier, quelques objets en argent trônaient sur une table, deux écharpes de cachemire, écru et gris acier, étaient savamment emmêlées sur un énorme chandelier d'église. Malaury semblait avoir misé sur l'absence de couleur, pourtant, sa décoration parvenait à être chaleureuse.

— En tant que belles-sœurs, on devrait se réjouir, dit-elle en revenant.

— Eh bien, j'en suis incapable !

— Pourquoi ?

Conciliante, comme toujours, Malaury regardait Sophie gentiment, sans la mettre en accusation.

— Cette fille me sort par les yeux, c'est tout. S'il faut chercher une raison, je te dirais qu'on ne sait pas d'où elle vient ni qui elle est. Tu te rends compte que je l'ai entendue me traiter de pimbêche ? J'étais dans la pièce à côté, ça m'a flanqué un choc, je t'assure. Quand je pense qu'elle minaude avec Jo, qu'elle prend le thé chez elle tous les jours... Tu ne me feras pas admettre qu'elle apprécie à ce point la compagnie d'une vieille dame de quatre-vingt-quatre ans ! C'est une séductrice, elle aime bien embobiner les gens, mais moi, elle ne m'aura pas. Tu es dans mon camp, Malaury ?

— Oh, ton camp... Nous ne sommes plus des gamines, Sophie.

Elle s'interrompit car deux clientes venaient d'entrer. Malaury les laissa déambuler dans la boutique sans aller vers elles. À voix basse, Sophie en profita pour reprendre :

— Tout de même, tu n'aurais pas préféré un mariage au printemps ?

— Peut-être qu'il y a urgence, suggéra Malaury en souriant.

Bouche bée, Sophie la dévisagea.

— Tu crois qu'elle est enceinte ? articula-t-elle avec effort. Elle lui aurait fait le coup du bébé ? Alors, tout s'explique !

Incapable de rester en place, elle se dirigea vers un des comptoirs, fit mine d'examiner un sautoir en or blanc. La rage folle qu'elle éprouvait pouvait difficilement se justifier, elle devait se calmer. Derrière elle, Malaury avait enfin rejoint ses clientes. Elle allait sans doute leur vendre des trucs déments et hors de prix, tant mieux pour elle ! Mais comment pouvait-elle rester indifférente à cette histoire qui concernait toute la famille ?

Belle-sœur... Valentine allait devenir sa *belle-sœur* ? Et l'enfant de Valentine serait le nouveau petit Espérandieu devant qui bêtifier ? Imaginer Alban tenant un bébé dans ses bras rendait Sophie malade, mais l'imaginer passant un anneau au doigt de Valentine était encore plus insupportable. Fallait-il qu'il soit toqué de cette femme pour tomber dans le panneau de la grossesse ! Au milieu de tous ses soucis, il n'avait vraiment pas besoin qu'on l'accule de force au mariage et à la paternité.

Le délicat carillon japonais annonça le départ des clientes. Sophie se retourna et vit que Malaury, derrière la caisse, rangeait une liasse de billets.

— Il y a encore des gens qui paient en espèces ? s'étonna-t-elle.

— Du moment qu'ils paient…

Malaury se mit à rire et eut un geste insouciant.

— Les affaires marchent bien, je suis contente !

Quoi qu'il arrive, elle était *toujours* contente. Et elle allait sans doute se dépêcher de dépenser cet argent avec Colas.

— Tu n'as jamais eu envie d'en avoir, toi, des enfants ? lui demanda Sophie de façon abrupte.

De nouveau, Malaury fit entendre son rire cristallin.

— Longtemps, nous nous sommes dit que nous n'avions pas encore l'âge, mais bientôt, nous n'aurons plus l'âge. Colas n'est pas demandeur, et moi, je considère que notre vie est déjà très pleine. Où trouverions-nous le temps ? Il faudrait déménager, s'organiser, tenir la boutique à tour de rôle… Non, décidément, je veux encore profiter de notre liberté. On voyage quand on veut, on sort le soir, on s'amuse, on est bien tous les deux.

— C'est votre droit, répliqua Sophie d'un ton pincé, mais c'est peut-être de l'égoïsme.

— Ah bon ? Il faut absolument repeupler la planète ? Nous sommes déjà trop nombreux sur cette terre, il me semble.

Sophie haussa les épaules, contrariée. Ce que disait Malaury ramenait le rôle de mère de famille à quelque chose d'inutile.

— Et puis, ajouta sa belle-sœur avec sa désinvolture habituelle, en ce qui concerne l'avenir de la famille Espérandieu, tu as fait ce qu'il fallait. Avec Valentine qui s'y met, en plus, on est paré !

— Mais tu es sûre qu'elle est enceinte ? s'écria Sophie.

— Pour programmer son mariage entre Noël et le jour de l'an, il faut avoir un bon motif.

Abandonnant sa caisse, Malaury rejoignit Sophie.

— Ne fais pas cette tête-là, il ne s'agit pas d'un enterrement. Tu étais venue chercher une tenue ? Veux-tu qu'on regarde ensemble si quelque chose te plairait ?

Sophie n'osa pas répondre qu'elle était venue trouver un réconfort qu'elle n'avait pas chez elle. Au fond, Malaury se fichait de tout ce qui ne les concernait pas elle et Colas. De mauvaise grâce, Sophie suivit sa belle-sœur au premier étage, peu disposée à s'extasier.

À côté du plus grand des pommiers, dépouillé de la moindre feuille, Joséphine gardait le visage levé vers le froid soleil d'hiver. Les yeux fermés, elle adressait une prière muette à ses morts, son mari et son fils, qu'elle espérait en paix. Elle pensait volontiers que, de là-haut, ils continuaient tous deux à veiller sur elle et sur la famille.

Elle rouvrit les yeux, les plissa pour apercevoir la mer. Prise d'un léger vertige, elle s'appuya d'une main au tronc du pommier. Cet arbre-là, elle l'avait connu tout frêle, lorsqu'elle était elle-même une gamine. Son père l'avait planté à l'endroit du parc d'où l'on jouissait du meilleur point de vue, et il disait en riant qu'il viendrait s'asseoir ici, sur un pliant, pour croquer des pommes tout en observant les navires au loin.

Joséphine soupira et fit demi-tour. Comme son enfance lui semblait lointaine, presque effacée ! Une autre époque, une autre existence que la sienne. Dans ses plus anciens souvenirs, elle revoyait parfois le visage de sa marraine, une femme d'une grande douceur, qui lui avait un jour chuchoté à l'oreille : « Tu as un petit don, toi… Ne t'en sers pas à tort et à travers. »

Un étrange conseil mais, dans les années trente, et surtout à la campagne, il existait toutes sortes de croyances irrationnelles. Par ailleurs, le conseil était superflu car Joséphine se méfiait de ses rêves prémonitoires qui se vérifiaient trop souvent. Comme ce matin de printemps où elle avait *su* d'avance que son père allait lui parler d'un lointain cousin Espérandieu, un certain Antoine, convié à déjeuner.

Secouée d'un rire léger, elle se mit en marche. Un panier d'osier pendait à son bras, inutile. Pourquoi l'avait-elle emporté ?

— Ah oui, pour les champignons, mais il n'y en a pas…

Elle regagna sa petite maison à pas lents, le regard irrésistiblement attiré par l'imposante silhouette de la villa qui se dressait devant elle.

— Il va y avoir un nouveau mariage ici !

Alban exultait, Valentine resplendissait de bonheur, les ouvriers poursuivaient la toilette du paquebot. Tout cela serait-il suffisant pour conjurer le mauvais sort ?

Songeuse, Joséphine s'arrêta, les yeux rivés sur la haute façade. Elle observa les fenêtres l'une après l'autre. Puis elle frissonna, resserra son châle autour de ses épaules et se détourna.

6

— Je n'en peux plus ! s'exclama Gilles en se laissant tomber lourdement sur l'herbe.

— Si tu étais moins sédentaire…, persifla Colas.

À eux trois, et depuis le début de l'après-midi, ils n'avaient ratissé qu'une petite partie du parc. Alban planta sa fourche dans le sol et s'écarta du tas de feuilles mortes qui brûlait lentement tout en dégageant une épaisse fumée.

— On change, proposa-t-il à Gilles. Passe-moi ton râteau et va surveiller le feu.

— Tu ne veux pas que je te paie un jardinier pour quelques heures ?

Alban et Colas éclatèrent de rire et, beau joueur, Gilles finit par se joindre à eux.

— On continue tant qu'il ne pleut pas, suggéra Alban. Pour une fois que j'ai de l'aide *gratuite*, j'en profite !

Se dépenser physiquement lui faisait beaucoup de bien. Durant toutes ses années à Air France, il avait été inscrit dans une salle de sport où il s'astreignait à aller le plus souvent possible. Nager ou passer une heure sur un appareil de musculation lui permettait alors de garder une bonne condition, mais depuis son accident, il avait lâché le sport et il commençait à le regretter.

— Tiens, je vais prendre un abonnement à la piscine de Deauville, déclara-t-il. C'est un bassin olympique et c'est de l'eau de mer, on ne peut pas rêver mieux !

Colas, qui maniait son râteau énergiquement, s'interrompit un instant.

— On appelle ça un vœu pieux, je crois ? Tu iras deux fois et puis…

— Non, s'interposa Gilles, s'il décide d'y aller, il fera son kilomètre de crawl chaque matin pour mieux nous culpabiliser le week-end en nous traitant de Parisiens paresseux et dodus !

De nouveau, ils rirent ensemble, parfaitement heureux d'être là, tous les trois à s'escrimer sur les feuilles mortes comme lorsqu'ils étaient adolescents.

— Le ciel est de plus en plus menaçant, on devrait se dépêcher, fit remarquer Alban.

— N'y compte pas, répliqua Gilles. J'ai le dos en compote, des ampoules à chaque main, vivement la pluie !

Il n'avait pas terminé sa phrase que de grosses gouttes commencèrent à tomber.

— On remballe ! cria Colas.

Il partit en courant vers l'abri où étaient rangés les outils de jardin. Alban le suivit avec la brouette, et Gilles arriva bon dernier. Réfugiés sous l'auvent, ils virent l'averse prendre de l'ampleur, jusqu'à devenir diluvienne. Peu désireux de tremper son col roulé en cachemire, Gilles proposa d'attendre, et en profita pour sortir de sa poche le petit missel que lui avait confié Alban.

— Et au diocèse, on n'a rien voulu te dire ?

— Non. Je n'ai qu'un prénom, Éric, pas d'année précise, et je ne connais pas la paroisse. Trouville ? Deauville ? Villerville ? À l'époque, il y avait des curés partout. Où Antoine a-t-il bien pu aller pour parler à un prêtre et pour se confesser ? Il n'était pas bigot, il n'avait pas d'habitudes.

— Le mystère s'épaissit, maugréa Gilles. À croire qu'ils ont tous eu des choses à se reprocher. Papa, grand-père…

— Oh, laissez tomber, à la fin ! s'écria Colas.

Ses deux frères le considérèrent en fronçant les sourcils.

— Vraiment, ça ne t'intéresse pas ? lui demanda Alban, incrédule.

— Sans plus.

Il regardait ses pieds, l'air buté. Dans le silence qui s'ensuivit, Alban se remémora une fois encore la phrase écrite par leur père : « *Colas n'en a aucun souvenir…* » S'il parvenait à comprendre la signification de ces mots, peut-être découvrirait-il en même temps pourquoi Colas se sentait si peu concerné, si mal à l'aise et si réticent.

— Regardez ce que j'ai trouvé !

Gilles brandissait un parasol d'enfant, couvert de toiles d'araignée et de taches de moisissure.

— S'il fonctionne encore, nous voilà sauvés.

Il parvint à l'ouvrir et à le bloquer.

— Avec moi les frangins, mais en toutes petites foulées, hein ?

Serrés sous leur parapluie de fortune, ils filèrent vers le paquebot en riant comme des fous.

Dans la cuisine, où ronflait un feu d'enfer, Sophie avait installé les enfants à un bout de la longue table pour une partie de Monopoly. À l'autre bout, Joséphine épluchait une montagne de pommes de terre, et, au milieu, Malaury était plongée dans un magazine de décoration.

Quand les trois hommes firent bruyamment irruption, par la porte de l'office, Sophie se précipita vers eux.

— On crève de froid dans toute la maison ! Je croyais que la chaudière était réparée ?

— Oui, mais plusieurs radiateurs ont été déposés parce qu'ils sont pleins de rouille, et le temps de les nettoyer, tout le circuit de chauffage est coupé.

— Oh, mon Dieu, ces travaux, quelle plaie ! s'exclama-t-elle. Il y a du désordre partout, des fils qui pendent… Chaque fois que je touche un interrupteur, j'ai peur de m'électrocuter !

— Les choses seront redevenues normales pour Noël, affirma Alban d'un ton conciliant.

— Tu y crois vraiment ? Tu sais bien que les délais ne sont jamais respectés ! Il y a les mauvaises surprises, les impondérables, un ouvrier en arrêt de travail et j'en passe. Comment fais-tu pour garder le moral dans ce chaos ? Tu devrais repousser la date de ton mariage, ce serait plus prudent.

— Pourquoi ? s'étonna Valentine qui venait d'entrer.

Elle s'approcha de la cheminée, tendit ses mains vers les flammes.

— J'avais froid là-haut, dit-elle à Alban avec un sourire d'excuse.

— Ah, tu vois ! triompha Sophie. Pourquoi ne pas attendre que le paquebot soit flambant neuf ? Ce serait tout de même plus agréable pour vous et vos invités, ça vous laisserait le temps d'organiser une belle réception, d'ailleurs, au printemps, les journées sont plus longues et…

— On ne peut pas attendre, déclara Valentine.

Elle regarda Alban, son sourire s'élargit et elle ajouta, très sereinement :

— Un bébé est en route.

— On s'en doutait ! lança Malaury. Toutes nos félicitations.

Sophie réussit à se composer une expression aimable tandis qu'elle s'approchait d'Alban. Elle le prit par le cou, l'embrassa sur les deux joues.

— Pourquoi ne nous l'as-tu pas annoncé plus tôt ?

— C'était à Valentine de le faire.

En le disant, il posa sur la femme qu'il aimait un regard d'une infinie tendresse.

— Neveu ou nièce ? demanda Gilles en les rejoignant devant la cheminée.

— Trop tôt pour le dire, murmura Valentine.

Elle resplendissait, ce qui la rendait vraiment belle. Sophie la détailla d'un coup d'œil aigu. Pour l'instant, sa silhouette n'avait rien de changé, toujours mince et élancée, tandis qu'un maquillage discret soulignait ses grands yeux verts. Encadrée de Gilles et Colas qui lui posaient des questions, elle paraissait très à l'aise, tout à fait *chez elle*.

— Il y a de quoi faire une montagne de frites, dit Malaury qui aidait Jo à transporter les pommes de terre dans l'évier pour les laver.

Profitant de l'animation qui régnait, Sophie tira Alban par la manche.

— Viens avec moi une minute dans le bureau, j'ai des chèques à te donner.

Elle l'entraîna hors de la cuisine et récupéra son sac sur une console de la galerie.

— Gilles a préparé la moitié des acomptes que te demandent les artisans, mais il aimerait bien que tu lui fasses une photocopie des devis. Tu sais comment il est, il veut son petit dossier personnel !

Ils entrèrent dans le bureau que le froid et l'humidité rendaient inhospitalier, néanmoins Sophie referma la porte.

— Tiens, dit-elle en sortant une enveloppe de son sac.

Il la rangea au fond d'un tiroir avant d'allumer l'ordinateur.

— J'ai tout ça dans mes fichiers, je vais te faire un tirage pour Gilles.

Sophie l'observa tandis qu'il manipulait la souris puis lançait l'imprimante.

— Alban, je peux te parler franchement ?

— Bien sûr.

— Ce n'est pas très facile à exprimer… Sauf qu'en tant que femme, je sais comment fonctionne la tête d'une femme.

— Et alors ? Qu'y a-t-il dans ta jolie tête bouclée ?

— Pas dans la mienne. Oh, écoute, tu m'en voudras peut-être, mais je me lance ! La question que je vais te poser est purement affectueuse, car je t'aime comme un frère et je m'inquiète pour toi. Es-tu bien certain de ne pas te faire piéger ? Tu sais, le coup du bébé est vieux comme le monde.

Il la contempla d'un air ébahi, puis il se mit à rire.

— Non, tu n'y es pas du tout, Sophie. C'est moi qui lui aurais fait le coup si j'avais pu ! C'est moi qui veux l'épouser depuis longtemps, mais jusqu'ici, elle avait refusé. Sans cet accident de contraception, je crois qu'elle aurait continué à dire non.

— « Accident » ? Elle t'a raconté ça ? Les hommes gobent vraiment n'importe quoi. Et tu prétends qu'elle ne voulait pas se marier ? Rien de mieux pour ferrer le poisson !

Devinant qu'elle allait un peu loin et qu'Alban risquait de se braquer, elle s'empressa de tempérer ses propos.

— Valentine est une femme ravissante, je comprends que tu sois fou d'elle. En plus, elle est intelligente, je suis persuadée qu'elle sait très bien ce qu'elle fait. À mon avis, elle avait un but unique, te mettre la corde au cou, de préférence sans que tu t'en aperçoives. Mais ça se conçoit, ce n'est pas répréhensible ! Après tout, tu as le profil du mari idéal, elle a juste été plus maligne que les autres, on ne peut pas le lui reprocher.

— Tu parles d'un mari idéal…, grommela-t-il.

— Oh, Alban, tu t'es regardé ? Tout est séduisant chez toi. Même ton accident, c'est glamour ! Tu n'imagines pas à quel point les femmes adorent soigner et consoler. Avec tes lunettes, tu as ajouté la petite touche de vulnérabilité qui te manquait. N'importe quelle femme se damnerait pour que tu lui passes la bague au doigt.

Silencieux, il récupéra les feuilles dans le bac de l'imprimante et les lui tendit.

— Je ne t'ai pas vexé, au moins ? Tu ne m'en veux pas ?

— Non.

Sa réponse, laconique et sèche, alarma Sophie.

— Je t'ai parlé du fond du cœur, comme si j'étais ta sœur. Et, crois-moi, je te souhaite tout le bonheur possible, avec Valentine ou une autre.

— Avec elle, Sophie. Pas avec une autre.

— Oui, bien entendu, c'est ce que je voulais dire.

— En fait, depuis cinq minutes, je ne comprends pas tout à fait ce que tu cherches à me dire.

Elle se mordilla les lèvres, fit semblant d'hésiter, puis lâcha enfin :

— On peut être amoureux sans être aveugle. Ne laisse personne te manipuler. Voilà.

Les yeux sombres d'Alban la scrutèrent quelques instants.

— Je m'en souviendrai, répondit-il d'un ton indéfinissable.

Il traversa la pièce, ouvrit la porte et fit signe à Sophie de sortir la première.

Après avoir mis un jean propre, le sien étant décidément trop sale et humide après cet après-midi de ratissage, Colas en profita pour faire le tour du premier étage. Moins concerné que ses deux frères par les travaux du paquebot, il commençait pourtant à se prendre au jeu lui aussi. Surtout depuis qu'Alban avait déclaré que chacun pouvait à sa guise changer de chambre, réaménager n'importe quelle partie de la maison, s'approprier tel ou tel endroit. Au fil du temps, et surtout depuis que Joséphine s'était installée dans l'annexe, les trois frères avaient pris leurs aises et élargi leur territoire, cependant, ils occupaient toujours leurs chambres d'adolescents.

En longeant les couloirs, il en profita pour reviser les ampoules des veilleuses que les enfants s'amusaient à mettre hors service pour se faire peur dans l'obscurité. Parvenu au bout de la galerie qui traversait toute la villa, il jeta un coup d'œil à l'ancienne chambre de Jo et à la salle de bains mitoyenne où s'était produite l'inondation. Comme Alban, il resta un moment songeur, submergé par des images d'enfance. Vieillir l'angoissait, il voyait arriver la quarantaine avec horreur. Deviendraient-ils, Malaury et lui, un *vieux couple* ? Un vieux couple sans enfants… Certes, ils n'en avaient voulu ni l'un ni l'autre, et pourtant, la prochaine paternité d'Alban avait quelque chose d'enviable. D'ailleurs, en ce moment, la vie d'Alban, si chaotique qu'elle soit, faisait un peu rêver Colas.

Tout recommencer devait donner l'impression qu'on avait encore l'avenir devant soi.

Il repartit dans la galerie, dépassa le domaine de Gilles, Sophie et les enfants qui colonisaient plusieurs pièces. Après une chambre inoccupée mais sans grand intérêt se trouvait la sienne, sa salle de bains, puis une coquette chambre d'amis, et enfin la dernière, très vaste, qui avait été celle de leurs parents. Il y entra avec réticence, alluma le plafonnier et regarda autour de lui. Les dimensions étaient vraiment superbes, le parquet en excellent état, la cheminée de marbre rose surmontée d'un trumeau ancien. Si Malaury s'en donnait la peine, elle pourrait faire une décoration magnifique ici… mais il n'en avait aucune envie. Il avança de quelques pas, en direction d'une des fenêtres. Pourquoi se sentait-il aussi mal à l'aise, avec une irrépressible envie de s'enfuir ?

Contrairement à ce que croyaient ses frères, le passé de la famille l'intriguait beaucoup lui aussi mais, dès qu'il y pensait, il était saisi d'une sourde angoisse.

Son regard glissa sur la grande armoire où les enfants avaient trouvé le portefeuille de Félix, puis s'égara sur les rideaux. Le tissu damassé était chargé d'oiseaux de toutes les couleurs. Colas les détailla avec curiosité, surpris de si bien les reconnaître. Pourtant, il ne se souvenait pas d'être souvent allé dans la chambre de ses parents lorsqu'il était enfant. Autant Joséphine et Antoine se montraient accueillants, leur porte étant toujours ouverte dans la journée, autant Félix et Marguerite refusaient qu'on mette les pieds chez eux. « Vous n'avez rien à faire ici, ouste ! »

Néanmoins, ces oiseaux lui étaient étrangement familiers, il aurait pu les dessiner les yeux fermés. Et même…

Il s'approcha, se pencha vers le bas des rideaux et chercha des yeux un martin-pêcheur orange et bleu.

Celui-là avait une aile un peu bizarre car, à cet endroit, le tissu présentait un défaut. Il le découvrit sans peine au milieu des autres, l'examina et resta perplexe. Comment pouvait-il se souvenir de *ça* ?

Dans la galerie, Malaury l'appelait pour le dîner. Il se dépêcha de sortir et d'éteindre, peu désireux que sa femme le rejoigne. Décidément, la meilleure des chambres était la sienne, il n'en changerait pas.

— Non, Alban n'était pas le pire, répondit Joséphine avec un sourire indulgent. En fait, ils étaient plutôt gentils tous les trois. Pas vraiment sages, toujours affamés, et surtout très désordonnés, mais gentils. Gilles était le plus têtu, Colas le plus distrait, et Alban le plus sérieux.

— Têtu ? s'indigna Gilles. Tu pourrais dire obstiné ou…

— Buté ? suggéra Colas.

Valentine avait posé quelques questions à Joséphine, en aparté, mais à présent, toute la tablée l'écoutait avec plaisir.

— On n'arrivait pas à te sortir une idée de la tête, rappela Joséphine. En plus, tu voulais toujours avoir raison.

— Il n'a pas changé ! s'écrièrent Alban et Colas en chœur.

— Vous non plus, mes chéris.

— Je ne suis plus dans les nuages, protesta Colas. Je fais même de la comptabilité !

— Oh, de ce côté-là…, murmura Malaury.

Ils se mirent à rire de la moue vexée de Colas, jusqu'à ce que Joséphine ajoute :

— Et Alban est resté sérieux, un peu trop sérieux.

— À bord d'un avion, fit remarquer Sophie, le commandant ne peut pas être le comique de service.

— Sérieux et secret, précisa Joséphine, négligeant l'interruption.

— C'est pour ça qu'il est allé se planquer au second, ironisa Gilles.

— Donc, ce sera un père sérieux, en déduisit Valentine avec un sourire amusé.

Alban la prit par la taille et l'attira vers lui, la faisant glisser le long du banc. Face à eux, Sophie les observa un instant puis détourna les yeux.

— J'ai feuilleté les albums de photos, reprit Valentine, et je trouve qu'ils avaient l'air de petits garçons modèles.

— Uniquement sur les photos !

Joséphine eut un rire léger, puis son regard parut se brouiller.

— Comme ça me semble loin…

Voyant qu'elle devenait nostalgique, ils la bombardèrent de questions tous ensemble.

— Est-ce qu'on travaillait bien ?

— On t'aidait un peu ?

— Pourquoi nous habillait-on pareil ?

— Pour des raisons pratiques, répondit-elle, de nouveau gaie. Et puis, c'était souvent Antoine qui vous emmenait à Caen, avant la rentrée scolaire, et je dois reconnaître qu'il n'avait pas beaucoup d'imagination pour les vêtements de petits garçons ! Des polos blancs, des bermudas bleu marine, de grandes chaussettes…

— Est-ce qu'on se tenait bien à la messe ? risqua Alban d'un ton désinvolte.

— À la messe ? Nous n'y allions pas souvent.

— Mais Antoine était très croyant, non ? Très proche de l'Église…

— Pas que je me souvienne, répondit Joséphine en fronçant les sourcils.

Elle scruta Alban quelques instants.

— Pourquoi dis-tu ça ?

— J'avais cru.

Gilles et Colas regardaient ailleurs, curieux de savoir jusqu'où Alban allait s'aventurer.

— Le père Éric, ça te rappelle quelque chose ? demanda-t-il d'une voix douce.

Joséphine pinça les lèvres et son visage parut se fermer.

— Rien du tout. Et à toi ?

Elle le toisait d'une telle manière qu'il se sentit mal à l'aise.

— Non.

— Eh bien, tu vois ! Allez, je vais me coucher, il est très tard pour une vieille dame comme moi.

— Je t'accompagne, décida Alban.

Ils sortirent par la porte de l'office, Joséphine marchant devant d'un pas raide. Dehors, un vent glacial soufflait autour du paquebot.

— D'où viennent toutes ces questions tordues, Alban ? gronda Joséphine dans l'obscurité. Tu avais dit que tu ne m'ennuierais plus, et je comptais sur ta parole.

— Jo…

— Je suis fatiguée !

— Donne-moi le bras.

Manquant de trébucher, elle s'accrocha à lui de mauvaise grâce.

— Qu'est-ce que tu cherches, à la fin ?

Sa colère était perceptible, avec quelque chose d'autre qui ressemblait à de la peur.

— Tu es là, tu éventres la villa, tu l'inondes, tu farfouilles… Après quoi cours-tu ? Tu n'as rien à y gagner, et de toute façon, il n'y a rien à savoir. Rien !

— Écoute, Jo, c'est vraiment important pour nous de…

— Quelle sorte d'importance ? Tu as promis !

Ils étaient arrivés devant la porte de la petite maison. Elle ouvrit, alluma, se tourna vers Alban.

— Je vais te dire une bonne chose. Moi aussi, dans le temps, j'ai fait des promesses. Je m'y tiendrai.

L'espace d'un instant, elle ne fut plus l'adorable grand-mère qu'il connaissait mais une dame âgée intraitable, déterminée à emporter ses secrets dans la tombe. Désemparé, ému, il tendit la main vers elle, caressa sa joue parcheminée.

— Je t'aime, Jo.

Aussitôt radoucie, elle lui adressa un sourire triste, secoua la tête, puis ferma lentement sa porte, le laissant seul dans le noir.

Après avoir traîné près d'une heure sur le marché, d'étal en étal, Gilles et Alban étaient allés vers l'église où la messe du dimanche matin venait de finir. Le curé, qui était encore dans la sacristie, avait répondu très aimablement à leurs questions, hélas il ne savait rien d'un mystérieux père Éric qui aurait officié dans la région trente ans plus tôt.

Déçus, Gilles et Alban s'étaient alors dirigés vers la pâtisserie *Charlotte Corday*, où ils comptaient acheter des gâteaux. Pendant qu'ils faisaient la queue, une voix joyeuse lança, juste derrière eux :

— Toujours les mêmes qui s'empiffrent !

David et son beau-frère Jean-Paul venaient d'entrer dans la boutique et attendaient leur tour, eux aussi.

— Profitez-en donc pour bavarder un peu tous les deux, suggéra David à Alban.

Ravi de la rencontre, Jean-Paul s'empressa d'attirer Alban au-dehors.

— J'essaie de convaincre ton frère de se mettre sur les rangs pour postuler à la direction de Saint-Gatien, expliqua David.

— Ah bon ? s'étonna Gilles. Figure-toi qu'il ne nous en a même pas parlé !

— Tu le connais…

Ils jetèrent ensemble un coup d'œil à travers la vitrine, observant les deux autres qui discutaient avec animation, un peu plus loin sur le trottoir.

— Ce serait une situation idéale pour lui, estima Gilles.

— À condition qu'il accepte de devenir un « rampant », comme il dit.

— Il n'a pas d'autre choix, il me semble.

— Fais-le-lui admettre, alors. Parce que sa période de réflexion ressemble beaucoup à un refus de regarder la vérité en face.

— Non, David, je ne crois pas. Il a eu du mal à accepter mais il l'a fait. Je pense même qu'il l'avait fait dès sa sortie de l'hôpital. Alban n'est pas quelqu'un qui se berce d'illusions.

Dubitatif, David réfléchit quelques instants avant de demander :

— Vous, ses frères, est-ce que vous mesurez bien ce que ça représente pour lui de ne plus voler ?

— Oui, et nous avons essayé d'être présents, Colas et moi, à ce moment-là, pour amortir le choc. Mais en ce qui me concerne, j'étais déjà très heureux qu'il ait été bien opéré et qu'il ait récupéré de la vision, même si ce n'est pas comme avant. Il aurait pu perdre un œil !

— Oh oui, bougonna David, il y a toujours pire, il aurait aussi pu s'écraser…

Une vendeuse s'enquit de ce que Gilles désirait et il prit son temps pour choisir deux tartes.

— Je t'attends dehors, dit-il à David après avoir payé.

Il sortit avec ses cartons à gâteaux, vaguement contrarié par la conversation qu'il venait d'avoir. Alban discutait toujours, à quelques pas de là, et il l'observa sans s'approcher. « Sérieux et secret », avait dit Joséphine. Secret, oui, par exemple il n'avait raconté qu'une seule fois cet atterrissage très brutal, avec deux ou trois objets catapultés à travers le cockpit, et le choc reçu au visage. Le projectile arrivé dans son œil droit l'avait sonné, pourtant il avait réussi à maintenir l'appareil sur la piste puis à l'arrêter. Il ne voyait plus grand-chose, il avait, selon son expression, comme un « rideau noir sur le côté ». Le copilote avait terminé la procédure d'extinction des réacteurs pendant que les hôtesses évacuaient les passagers en vitesse. Dans ce récit unique, Alban n'avait pas dit s'il avait eu peur du crash, peur que l'avion ne s'enflamme, peur de devenir aveugle. Pas un mot sur la panique ou sur la douleur.

« Gamin, il était déjà comme ça, il ne se plaignait jamais. »

— Je peux m'inviter à déjeuner au paquebot ? lui demanda David qui sortait à son tour, chargé de paquets.

— Tu es invité permanent, tu sais bien.

— J'ai pris des caramels au beurre salé pour les enfants. Sophie sera d'accord ?

— Oh, Sophie…, soupira Gilles.

David lui lança un regard intrigué, mais il n'eut pas le loisir de l'interroger car Alban revenait vers eux.

— Finalement, il est plutôt sympa, ton beau-frère !

— Je te l'ai toujours dit. Il t'a enfin convaincu ?

— Ne mets pas la charrue avant les bœufs. En tout cas, nous venons d'avoir un échange intéressant. À propos, il te fait dire qu'il t'attend pour dîner, ta sœur fait un gigot.

— D'ici là, c'est chez vous que je déjeune. Je me fais parfois l'effet d'être un pique-assiette !

— Si tu t'avisais de partir avec la vaisselle, Jo t'assommerait. Tu viens avec nous sur la plage ? On a rendez-vous avec les femmes et les enfants.

— Sur la *plage* ? Ah, c'est vraiment un truc de Parisien ! Nous sommes bientôt à Noël, il fait trois degrés et il ne va pas tarder à pleuvoir, mais si vous y tenez…

Ils déposèrent leurs achats dans la Twingo violette et se dirigèrent tous trois vers le casino.

— À votre avis, les mecs, quel genre de bague dois-je offrir à Valentine ? demanda gravement Alban.

Depuis quelques jours, il y réfléchissait, sans parvenir à se décider.

— Je laisse la parole au professionnel, dit David en désignant Gilles. Moi, je suis célibataire, j'ignore tout de ces choix délicats !

— Tout dépend du prix que tu veux y mettre. Et de ses goûts, bien entendu. Elle a une pierre de prédilection ? Sophie, pas de chance pour moi, c'est le diamant et c'est ruineux.

— Valentine ne porte quasiment aucun bijou, précisa Alban.

— Parce qu'elle ne les aime pas, ou parce qu'elle n'en possède pas ?

— Les deux, je crois. Hormis la chaîne et le pendentif qu'elle a autour du cou.

— Alors, elle n'aime pas ça. Il existe des tas de bijoux fantaisie et pas chers, elle aurait très bien pu s'en acheter. Le mieux serait peut-être de lui en parler ? Après tout, votre mariage n'a rien d'une cérémonie classique, vous n'êtes pas obligés de respecter les usages. Du moment que tu penses aux alliances !

— C'est moi qui m'en charge, intervint David d'un air réjoui, parce que Valentine m'a demandé d'être son témoin.

— Pourquoi à toi ? Elle n'a pas d'amis ?

— Nous n'invitons presque personne, précisa Alban. Et moi, j'ai déjà deux témoins.

— Qui ça ? interrogea Gilles d'un ton aigre.

— Mes deux frangins, bien sûr...

— Tu m'as fait peur.

En descendant sur la plage, ils virent au loin les enfants lancés dans une course après les vagues, suivis de Malaury et Valentine qui marchaient bras dessus, bras dessous.

— Tiens, Sophie n'est pas venue, constata Gilles. Elle a préservé sa sacro-sainte grasse matinée !

Il partit en petites foulées un peu lourdes, adressant de grands signes à Paul et Louis qui semblaient s'acharner à pousser Anne dans l'eau.

— Il devrait suivre un petit régime, constata David en le suivant des yeux. Et puis, dis donc, il a l'air complètement excédé par sa femme en ce moment, non ?

— Sophie peut se montrer très fatigante, répondit Alban de manière laconique.

— Et elle ne porte toujours pas Valentine dans son cœur. Je me trompe ?

— Le courant ne passe pas entre elles, c'est vrai.

— Est-ce que ça ne risque pas de compliquer la vie au paquebot ?

— J'espère que non. Je voudrais tellement que tout aille bien !

Il l'avait dit avec trop de véhémence, il s'en rendit compte en voyant la manière dont David le considérait.

— *Tout* va bien pour toi, Alban. Tu te maries avec une fille formidable, tu vas être papa, tu restaures la maison de ton enfance, et tu as une belle situation en vue. Te manquerait-il encore quelque chose ?

Très loin d'eux à présent, Valentine et Malaury poursuivaient tranquillement leur promenade sur le sable sec. Plus près de l'eau, profitant de la marée haute, Gilles s'amusait avec ses enfants. Durant une longue minute, Alban laissa errer son regard sur la mer. Il avait envie de confier ses doutes à David, de parler de sa famille avec quelqu'un qui ne soit pas un Espérandieu.

— Nous avons un petit souci, les frangins et moi, commença-t-il.

Il prit David par le bras et lui fit faire demi-tour.

— En tombant sur de vieux papiers, nous avons découvert des trucs bizarres.

— De quel genre ?

— Eh bien… apparemment, notre mère était atteinte d'une maladie mentale.

Alban attendit une réaction qui ne vint pas, David restant silencieux.

— Schizophrénie, précisa-t-il.

— Ah, bon ?

Ils s'arrêtèrent, dos au vent. Alban remonta le col de son blouson en marmonnant :

— Ça n'a pas l'air de te surprendre.

— Si… Mais enfin, ta mère, je ne la voyais presque jamais.

— Nous non plus, au fond. On s'en est aperçus en y réfléchissant. Notre environnement, c'était surtout Jo et Antoine. Papa aussi, mais de loin, parce qu'il travaillait beaucoup. Quant à Marg… maman, elle apparaît comme absente, or elle était là.

— Les gamins ne font pas très attention à tout ça. Vous étiez trois, quatre avec moi la plupart du temps, et pas forcément préoccupés par vos parents.

— Peut-être… Bref, on ne savait rien de sa maladie. On a appris ça le mois dernier, vraiment par hasard !

Les mains enfouies dans les poches de son caban, David faisait des trous dans le sable, du bout du pied, et il gardait la tête baissée. Ce que lui racontait Alban ne semblait pas l'intéresser outre mesure.

— Si je t'en parle, David, c'est pour avoir ton avis.

— Mon avis sur quel sujet ? Ça fait vingt-cinq ans que ta mère est morte !

— Il y a un facteur héréditaire, et l'enfant que porte Valentine a plus de risques qu'un autre d'être schizophrène.

David releva les yeux et dévisagea Alban, l'air atterré. Puis il se détourna pour inspecter la plage. Valentine et Malaury revenaient vers eux, cependant elles étaient encore loin.

— Tu lui en as parlé ?

— Il faudra bien, sinon, ce serait malhonnête. J'attends juste d'en apprendre un peu plus.

— Par qui ?

— Jo ne veut rien me dire, elle se ferme comme une huître dès que j'essaie de la questionner. Avec Gilles, on cherche à reconstituer l'histoire sans y arriver.

— Quelle histoire ?

— Oh, c'est compliqué… À croire qu'ils étaient tous dingues dans la famille !

Une fois de plus, David ne releva pas le propos alors qu'il aurait dû s'étonner. Après un silence, Alban demanda carrément :

— Tu ne sais rien de particulier ?

— Moi ? Non !

Sa voix sonnait faux, et Alban le connaissait trop bien pour ne pas le remarquer.

— Joséphine t'a fait des confidences ?

— Mais pas du tout ! Écoute, mon vieux, laisse tomber.

Il s'écarta de quelques pas, visiblement mal à l'aise. Si son métier d'agent immobilier lui avait appris à enjoliver les choses et à se débrouiller avec des demi-vérités pour ménager ses clients, en revanche, il n'avait jamais su mentir à Alban. Celui-ci le rattrapa et le saisit par le bras d'un geste assez brutal.

— Je ne vais rien laisser tomber !

— Lâche-moi, Alban.

— Réponds-moi d'abord. Qu'est-ce que tu me caches ? De quel droit ?

David mit sa main sur le poignet d'Alban, comme s'il voulait le calmer.

— Je ne te cache pas grand-chose. Tout le monde prenait ta mère pour une folle et, à l'époque, mes parents voyaient d'un très mauvais œil que je fréquente la famille Espérandieu.

— Tu plaisantes ?

— J'ai même failli recevoir une correction parce qu'à un moment donné, mon père m'avait carrément interdit d'aller chez toi ! Mais juste après, tes parents sont morts, et il a regretté tout ce qu'il avait dit... Les gens parlaient, Alban, ils parlent toujours.

— Sauf toi ! Tu me sors ça aujourd'hui seulement ? Pourquoi ?

— Je tenais à ton amitié. Être ton ami a été le truc le plus important de toutes mes années de pension. Je n'allais pas m'amuser à te répéter tous ces ragots sur ta mère. Tu l'aurais mal pris, non ? Maintenant, lâche-moi.

Alban le repoussa, le faisant trébucher.

— À quoi jouez-vous ? lança Valentine derrière eux.

Les deux femmes, qui venaient d'arriver, les observaient avec une évidente curiosité. Alban se détourna pour éviter le regard de Valentine. Il se sentait en colère, humilié, trahi. Comment David, en qui il avait une confiance absolue, avait-il pu lui dissimuler une énormité pareille ? « Tout le monde prenait ta mère pour une folle. » Mais Alban et ses frères n'avaient rien vu, rien su.

— Quelque chose ne va pas ? s'enquit Valentine.

— Juste un petit… désaccord. C'est sans importance.

Elle dut comprendre qu'il mentait car elle n'ajouta rien.

— Nous avons mis au point quelques détails pour votre mariage, annonça Malaury. Et maintenant, nous avons besoin de ton avis, Alban.

— À Valentine de décider.

— Ah, non, protesta Malaury, pas question de te défiler, il va falloir t'impliquer !

Les mains sur les hanches, elle se mit à rire. Elle portait une extravagante veste rouge à brandebourgs, bordée de fourrure, et une jupe longue qui frôlait le sable.

— Tu as l'air d'une comtesse russe en route pour la Sibérie, lui dit David.

Riant de plus belle, elle répliqua :

— Merci du compliment ! Bon, si vous avez fini de vous quereller, on pourrait peut-être rentrer au paquebot ?

Leur dispute avait donc été bien visible. Alban se reprocha son agressivité aussi inutile qu'injustifiée envers David, et qui, de surcroît, l'obligeait à mentir. Quand allait-il se décider à raconter toute l'histoire à Valentine ? Il redoutait sa réaction, la peur qu'elle aurait forcément pour l'avenir de son bébé, ajoutée à la crainte d'une nouvelle fausse couche, et les questions qu'elle ne manquerait pas de poser.

Gilles les rejoignit, portant Anne sur ses épaules tandis que les deux garçons gambadaient autour de lui.

— Ils sont infatigables, gémit Gilles. On y va ?

Devant son air épuisé, Alban le débarrassa d'Anne.

— Viens, ma princesse, je t'enlève.

Ravie, la petite fille lui mit les bras autour du cou. Le bas de son pantalon était trempé et elle tremblait.

— Tu as froid ? Allons vite dans la voiture, tu auras du chauffage.

— La voiture violette, précisa-t-elle d'un ton impérieux. C'est la plus jolie !

— La vérité sort de la bouche des enfants, dit Alban à Gilles.

Ils remontèrent tous ensemble vers le casino, et David en profita pour se rapprocher d'Alban.

— Je crois que je vais rentrer chez moi, annonça-t-il à voix basse.

— Tu ne déjeunes plus avec nous ? Tu fais ta tête de cochon ?

— Tête de cochon ! Tête de cochon ! scanda Anne à tue-tête.

— Anne, qu'est-ce qui te prend ? intervint Gilles. Tais-toi immédiatement.

184

— Elle n'y est pour rien, c'est David qui nous embête.

Alban adressa une épouvantable grimace à David, ce qui fit hurler de rire la petite fille.

— Je sens que tu veux des excuses, ajouta-t-il.

— Non, mais…

— Pas de problème, mon ami, tu les as, elles s'aplatissent à tes pieds. Je suis navré, confus, voilà.

David le dévisagea puis haussa les épaules.

— C'est bien pour le plaisir de voir Joséphine, marmonna-t-il.

Mais ils savaient tous deux qu'ils venaient de se réconcilier et ils échangèrent un sourire satisfait.

En fin d'après-midi, Sophie monta boucler les sacs de voyage car Gilles voulait partir avant le dîner. Elle se sentait de très mauvaise humeur, comme toujours lorsqu'il fallait rentrer à Paris, mais de plus, le weekend lui laissait une impression désagréable.

La veille, elle n'avait pas réussi à convaincre Alban que son mariage hâtif était une erreur, ni qu'il était manipulé par Valentine. Pourtant, ça crevait les yeux ! Peut-être qu'avec le temps, les mots qu'elle avait utilisés finiraient tout de même par faire leur chemin ? Une autre source de mécontentement provenait de l'attitude de Malaury. Voilà que celle-ci se mettait en quatre pour organiser le mariage, prodiguant conseils et idées. Or, des idées, elle n'en manquait pas, souvent excellentes, et avec son aide inattendue mais bienvenue, Valentine n'aurait pas à se casser la tête.

— Valentine, Valentine ! s'écria-t-elle, exaspérée, en jetant les tennis trempées d'Anne dans un sac plastique.

Pourquoi sa fille n'avait-elle pas mis ses bottes en caoutchouc ? Parce que Malaury et Valentine n'y avaient pas pensé, bien entendu. Jamais elle n'aurait dû leur confier ses enfants, elles étaient irresponsables.

Poussant un interminable soupir, elle essaya de se calmer. Inutile d'incriminer Malaury qui était une chic fille. D'ailleurs, elle aimait tout le monde et trouvait tout formidable, la perspective d'un mariage entre deux réveillons l'amusait forcément.

— Eh bien, pas moi !

Durant tout le déjeuner, Sophie avait grincé des dents en entendant les suggestions des uns et des autres. Un déjeuner au *Normandy*, puis la mairie, l'église, enfin un dîner à la *Ferme Saint-Siméon*, près de Honfleur. Alban ne voulait rien organiser au paquebot, qui serait décoré pour Noël, et ces festivités extérieures lui convenaient. Valentine s'était contentée de minauder, protestant pour la forme à propos du coût de l'opération, puis Malaury avait proposé qu'on se rende de Trouville à Honfleur en calèche. Rien que ça !

— Pourquoi pas en montgolfière, hein ?

— Quoi donc, en montgolfière ? demanda Gilles qui venait d'entrer dans leur chambre sans qu'elle l'entende.

— Le mariage de ton frère, puisque ça devient un truc de grand luxe !

— Moins luxueux qu'inviter trois cents personnes, rappela-t-il d'un ton acide. Mais une montgolfière, franchement, c'est idiot.

Elle leva les yeux au ciel et tira rageusement sur la fermeture Éclair du sac qui se coinça. À l'époque, elle avait épousé Gilles en grande pompe, exigeant une réception somptueuse. Le prix de la robe avait été exorbitant, celui de la bague aussi.

Discrètement, elle observa son mari du coin de l'œil tandis qu'il se changeait. Assis au bord du lit, il retira avec effort ses grosses chaussures et remit ses mocassins de ville. Il avait vraiment pris un coup de vieux mais, contrairement à elle, il ne faisait aucun effort pour rester jeune. En costume-cravate, sa serviette de cuir à la main, il avait encore une certaine allure. Pourtant, elle n'éprouvait plus d'attirance pour lui. L'usure du quotidien, les années qui s'accumulaient, les enfants… Et, tout au fond de sa tête, cette attirance pour Alban qu'elle ne pouvait pas ignorer, même si elle refusait de lui donner un nom.

— Pourquoi me fixes-tu comme ça ? demanda-t-il en relevant la tête.

Elle espéra que son regard ne l'avait pas trahie. Pour se donner une contenance, elle vint s'asseoir près de lui, lui tapota le genou.

— Je me disais qu'on devrait profiter du chantier pour refaire notre chambre. Ce papier peint me sort par les yeux !

— Si ça t'amuse… Mais les factures sont déjà énormes, je ne suis pas sûr que ce soit le moment d'en rajouter.

— Quelques rouleaux ne vont pas nous ruiner. Ou plutôt, tiens, pas de papier, de la peinture. Un joli jaune pâle bien lumineux. Qu'en penses-tu ?

Il esquissa un sourire et mit un bras autour de ses épaules. Quand il voulut l'attirer à lui, elle se raidit malgré elle.

— Il est temps de partir, s'exclama-t-elle, on en parlera dans la voiture !

La dernière chose qu'elle souhaitait était un câlin dans les bras de son mari, aussi se dégagea-t-elle de son étreinte d'un mouvement rapide.

— Tu n'es pas très avenante en ce moment, Sophie…

Elle se retourna, croisa son regard et n'y lut aucune tendresse.

— Je n'aime pas l'hiver, fut la seule réponse qu'elle put trouver.

Après un dîner léger composé d'une soupe et d'un reste de haricots verts en salade, Joséphine avait soigneusement nettoyé la table de sa cuisine et s'était décidée à sortir le jeu de cartes. Mais, depuis un quart d'heure qu'elle les battait, les coupait, les faisait glisser entre ses doigts, elle n'arrivait pas à se mettre en condition. Pourtant, elle voulait leur poser une question précise. Elle se concentra une fois encore, les yeux à moitié fermés, toutes ses pensées tournées vers Alban et Valentine : allaient-ils être heureux ?

Pour l'instant, ils l'étaient, ça se voyait, mais quel sort connaîtraient-ils au fil du temps entre les murs de la villa ? Félix et Marguerite aussi resplendissaient de bonheur le jour de leur mariage ! Bien sûr, Joséphine avait eu un insupportable serrement de cœur, comme un mauvais présage, en accompagnant son fils unique jusqu'à l'autel, mais elle s'était persuadée que toutes les mères réagissaient de la sorte et qu'il n'y avait pas lieu de s'angoisser.

Alban… Alban, Valentine, et l'enfant à venir qui serait élevé là. Les fées penchées sur le berceau de ce nouvel Espérandieu seraient-elles bénéfiques ou maléfiques ?

— Allons, Valentine n'est pas Marguerite, il ne va rien arriver.

Il n'était rien arrivé non plus aux trois garçons sur lesquels Joséphine avait tant veillé. Enfin, *presque* rien, Dieu merci.

De nouveau, elle coupa les cartes en deux paquets, prit les cinq premières de chaque tas. Pas grand-chose de lisible. Elle recommença, s'énerva, battit les cartes plusieurs fois. Ce jeu fétiche, tout écorné, lui répondait toujours, pourquoi était-il muet ce soir ?

Un an plus tôt, elle s'était réveillée une nuit en nage, folle d'angoisse pour Alban. Elle avait sorti ses cartes, obtenant à plusieurs reprises le huit et le neuf de pique ensemble. Hôpital, opération. L'accident était arrivé le lendemain.

Fermant complètement les yeux, elle brouilla les cartes sur la table, en retourna trois. Dans sa tête, elle visualisa le regard d'Alban. Son beau regard sombre et velouté, derrière ses lunettes désormais. Elle releva les paupières, découvrit trois rois.

— Ah, la protection est sur lui ! s'exclama-t-elle, soulagée.

Peut-être était-elle un peu folle de croire à tout ça ? Bon sort, mauvais sort, elle avait si souvent raison… mais ce n'était pas la question. Alban était en train de fonder une famille ici même. *Ici.*

Si seulement elle avait pu tout oublier ! Cette multitude de nuits blanches passées à tendre l'oreille. La chambre de Joséphine et d'Antoine était à un bout de la villa, celle de Marguerite et Félix à l'autre. Trop loin pour surveiller efficacement. Pour mieux entendre, Joséphine entrouvrait sa porte et guettait des éclats de voix ou, pire, un cri d'enfant. Parfois, un craquement du parquet la sortait de la torpeur hypnotique où l'avait plongée le manque de sommeil. Elle récitait une prière, ravalait ses larmes en silence pour ne pas réveiller

Antoine. Elle ne pouvait rien faire, hormis se taire au fil des jours, attendre qu'éclate le drame, inéluctable.

D'une main hésitante, elle ramassa les cartes, essaya une fois encore de se concentrer, mais elle était trop fatiguée. Incroyablement lasse, soudain. Rouvrant le tiroir, elle rangea son précieux paquet. Comment diantre Alban pouvait-il connaître le nom du père Éric ? Antoine ne l'avait jamais mentionné devant les garçons, elle en était certaine. Sinon, pourquoi aurait-il été chercher le curé d'une autre paroisse pour soulager sa conscience ? Pauvre Antoine, la religion n'avait pas pu l'aider, il ne possédait pas une foi assez solide.

Lorsqu'elle voulut se lever, un vertige l'en empêcha. Avait-elle pris ses médicaments, ce matin ? Parmi toutes les boîtes de la pharmacie, elle se trompait, mélangeait. Elle aurait dû répartir ses comprimés dans le pilulier offert par les garçons, mais elle n'y pensait jamais.

— On ne se voit pas vieillir, ma pauvre…

Sa voix chevrotait, elle se sentait mal. Elle était restée assise à cette table trop longtemps, à faire l'idiote avec ses cartes. Est-ce que la lumière ne venait pas de baisser ? Tourner la tête vers le lampadaire lui demanda un gros effort. Un étau était en train de se refermer sur ses tempes, une nausée menaçait. Effrayée, elle chercha le téléphone du regard. Il se trouvait sur le plan de travail, près de l'évier, quasiment hors d'atteinte. Surtout qu'il faisait de plus en plus sombre. Elle s'accrocha au bord de la table et voulut prendre appui sur ses jambes, qui se dérobèrent. Dans un grand fracas, elle bascula avec sa chaise sur le carrelage.

Emmitouflé dans sa vieille robe de chambre écossaise, Alban était assis sur le tapis de bain. De temps à autre, il tendait la main pour faire couler un peu d'eau chaude dans la baignoire où Valentine se prélassait. De la vapeur montait au-dessus de la mousse et avait recouvert les carreaux.

— Tu es bien ? demanda-t-il avec un sourire attendri.

— Divinement bien. Tu devrais me rejoindre, il y a de la place pour deux !

La baignoire, ancienne, était de dimension imposante et possédait des pattes de lion.

— Le plombier suggère de changer la robinetterie pour installer des mitigeurs.

— Oh, non ! protesta-t-elle. Regarde ces robinets, on dirait des gouvernails miniatures… J'adore ce genre de détails, il y en a partout à travers le paquebot, ne les modernise pas trop, d'accord ? Ça me fend le cœur quand je vois partir les interrupteurs en porcelaine.

Il se mit à rire et posa son menton sur le bord de la baignoire pour mieux voir la jeune femme.

— Tu es tellement belle que j'aimerais faire un palais autour de toi. Un écrin pour toi.

Plongeant ses mains dans l'eau, il caressa les seins de Valentine, son ventre, ses cuisses.

— Et j'ai encore envie de toi.

— Il n'est pas question que je mette ne serait-ce qu'une épaule hors de l'eau !

Mais, contrairement à cette affirmation, elle se redressa et s'assit pour l'embrasser. Puis elle s'immergea de nouveau avec volupté.

— Nous aurons du chauffage dès demain soir, lui promit-il. Tu dois en avoir assez de tous ces désagréments, non ?

— Je vivrais volontiers sous ta couette en ce moment.

— Ce n'est pas *ma* couette, *mon* lit, *ma* chambre. Il va falloir apprendre à dire « nous ».

— Tu ne trouves pas ça effrayant ?

— Pas du tout.

Elle l'observait d'un air malicieux, prête à rire.

— Tu me prends pour un vieux célibataire endurci, hein ?

— Non, mon chéri. Mais tu n'as jamais vécu avec personne.

— Je t'attendais, toi, pour faire l'expérience.

— Et tu es convaincu ?

— Emballé !

Cette fois, elle rit de bon cœur, l'éclaboussant un peu, par jeu. Il la sentait détendue, heureuse, amoureuse, et il en éprouvait une incroyable reconnaissance. Près d'elle, la vie semblait à la fois plus douce et plus exaltante, l'avenir plus lumineux.

— Valentine, chuchota-t-il en s'agenouillant sur le tapis, je voudrais t'offrir une bague. Tu es d'accord ?

— Une bague ? Pour respecter les traditions ? Ne dépense donc pas ton argent à ça. Tu as tellement d'autres priorités ! Le paquebot, et puis… pense à lui, ou elle, dans quelques mois.

Du bout des doigts, il effleura le ventre plat de Valentine.

— On ne voit rien du tout pour l'instant, constata-t-il.

— Quand je serai ronde comme une quille, tu me désireras encore ?

— Même si tu attends des triplés, même si tu es trop grosse pour entrer dans cette baignoire. J'ai déjà envie de toi tout le temps, mais quelques kilos de plus risquent de m'ouvrir davantage l'appétit !

— Peut-être qu'on ne pourra plus faire l'amour pendant les dernières semaines.

— Raison de plus pour prendre un peu d'avance…

Il se leva et décrocha un drap de bain. À regret, Valentine sortit de l'eau, frissonnant aussitôt. Elle entreprit de se sécher vigoureusement pendant qu'il allait lui chercher son peignoir.

— Tiens, c'est curieux, il y a de la lumière chez Jo !

Debout à côté de la fenêtre, il effaça la buée et mit ses mains en œillères pour mieux voir.

— Sa cuisine est allumée mais pas sa chambre. Quelle heure est-il ?

— Pas loin de deux heures, j'imagine.

Elle le rejoignit, enfila le peignoir, regarda à son tour. Ils avaient dîné tard en compagnie de Colas et Malaury qui préféraient ne prendre la route qu'à onze heures du soir pour échapper à tout encombrement. Ensuite, ils avaient rangé un peu, puis ils étaient montés se coucher et avaient fait l'amour longuement, passionnément. L'idée du bain était venue bien après.

— Ça me paraît bizarre, marmonna-t-il.

— Elle avait peut-être une petite faim…

Perplexe, il ne répondit rien. Joséphine prétendait n'avoir besoin que de peu de sommeil à son âge, mais elle était lève-tôt, pas du tout couche-tard.

— Elle n'aurait pas éteint sa chambre si c'était juste pour aller chercher un biscuit.

Plongeant la main dans sa poche, il en sortit ses lunettes, les mit et observa encore quelques instants le petit carré de lumière.

— Écoute, décida-t-il, je préfère aller jeter un coup d'œil, je serai plus tranquille.

En hâte, il enfila un jean et un gros pull.

— Va vite te mettre au chaud, ma chérie, je reviens tout de suite.

— Ne lui fais pas peur ! cria-t-elle alors qu'il était déjà dans le couloir.

Il dévala les deux étages, alluma la galerie et le hall, déverrouilla la porte. Son inquiétude était sans doute injustifiée, mais il avait éprouvé une étrange sensation d'angoisse en regardant par la fenêtre. À quatre-vingt-quatre ans, Joséphine pouvait avoir une faiblesse, un malaise, n'importe quoi. En quelques foulées, il franchit l'espace qui séparait la villa de l'annexe et, se souvenant de la mise en garde de Valentine, il jeta un coup d'œil à travers les carreaux de la cuisine avant de frapper.

D'abord, il ne vit rien d'autre que le lampadaire, la table, une corbeille de fruits et le téléphone sur le plan de travail. Puis il aperçut les pieds de la chaise renversée et il se précipita sur la porte. Fermée à clef, celle-ci résista tandis qu'il tambourinait dessus.

— Joséphine ! Jo, tu m'entends ?

Il tendit l'oreille mais n'obtint que le silence en réponse. Quelque part dans la nuit, une chouette hulula de manière sinistre pendant qu'il hésitait.

— Joséphine ! cria-t-il encore une fois. C'est moi, Alban !

Reculant d'un pas, il donna un violent coup de pied dans la porte qui ne céda qu'à la troisième tentative, avec un craquement de bois torturé. Dès qu'il entra, il découvrit sa grand-mère recroquevillée sur le carrelage, la chaise tombée sur elle.

— Jo ! Oh, mon Dieu, Jo…

S'agenouillant, il essaya de se rappeler les gestes d'urgence. Apparemment, Joséphine respirait, mais elle était sans connaissance, avec un pouls très faible. Il repoussa la chaise, se releva pour se précipiter sur le téléphone et appeler le SAMU. Après avoir indiqué la route exacte à son interlocuteur, il alla chercher un édredon dans la chambre, le déposa sur Jo. Il lui aurait bien mis un oreiller aussi, mais il savait qu'il ne devait pas la bouger tant qu'il ignorait la cause et les conséquences de sa chute.

— Qu'est-ce qui se passe ? demanda Valentine d'une voix blanche. Je t'ai vu défoncer la porte…

Elle se tenait sur le seuil, n'ayant manifestement pas voulu attendre.

— Je ne sais pas. Une ambulance est en route. Reste avec elle le temps que j'aille ouvrir le portail, veux-tu ?

Avant de sortir, il brancha le projecteur qui éclairait le chemin. Depuis des années, Joséphine l'allumait toujours quand l'un d'entre eux annonçait son arrivée dans la nuit. La gorge serrée, il dut retourner au paquebot récupérer la clef du portail, puis courut ouvrir en grand avant de revenir dans la petite maison. Valentine s'était assise par terre, tenant une main de Jo dans les siennes.

— Elle a mauvaise mine, murmura-t-elle. Tu crois que…

Mais elle n'acheva pas sa phrase et ne leva pas les yeux sur Alban. Comme la porte ouverte laissait entrer un vent froid, il alla la repousser et la bloqua avec un tabouret. En revenant vers le centre de la pièce, il eut une brusque envie de pleurer qui l'obligea à déglutir plusieurs fois. Jo était-elle seulement évanouie ou bien dans le coma ? Depuis combien de temps était-elle dans cet état ? Son cœur résisterait-il, allait-elle se réveiller ? Il refusait d'envisager qu'elle puisse s'en aller, les quitter, disparaître. Pas maintenant, pas avant Noël, pas avant son mariage !

Se raidissant contre l'angoisse qui l'étouffait, il enfouit ses mains dans les poches de son jean et se mit à marcher de long en large.

— Ils ne devraient plus tarder, réussit-il à dire au bout de quelques instants.

Peut-être le coup d'œil qu'il avait jeté par la fenêtre de sa salle de bains n'était-il pas dû au hasard. Peut-être ces quelques heures de gagnées sur le destin seraient-elles suffisantes pour sauver Jo. L'avait-elle appelé avant de sombrer ? Bien sûr, il ne pouvait pas l'avoir entendue du paquebot, mais...

— Elle est tout ce qui me reste, souffla-t-il.

Cette fois, Valentine le regarda, et il rectifia :

— De mon enfance, d'avant.

S'il perdait Joséphine, ce serait beaucoup plus dur que lorsqu'il avait perdu ses parents. Et jamais il ne connaîtrait la vérité à leur sujet.

Un éclair orange de gyrophare balaya les carreaux, faisant se précipiter Alban vers la porte.

7

Satisfait, David constata que Joséphine appréciait les petits-fours secs qu'il lui avait apportés. Elle en croqua un autre avant de lui sourire.

— Ils affament les gens dans cet hôpital, marmonna-t-elle.

— Je t'en porterai d'autres.

Elle se rembrunit, poussa un soupir.

— Tu crois qu'ils vont me garder longtemps ?

— Aucune idée, Jo. Je ne suis pas médecin, tu verras ça avec eux. Mais tu dois les écouter, parce que tu nous as fait une belle peur, tu sais…

Un autre sourire accentua les rides du visage émacié de Joséphine.

— Il paraît qu'Alban a enfoncé ma porte à coups de pied ?

Cette idée paraissait beaucoup la réjouir, mais ce fut de courte durée. Elle poussa un soupir, ferma les yeux. La fatigue se lisait sur ses traits. Ses mains, ses bras étaient marqués par les hématomes dus aux perfusions.

— Raconte-moi des potins, murmura-t-elle. Que fais-tu de beau en ce moment ?

— C'est calme. Du tout-venant, sauf une ferme que je n'arrive pas à vendre. Elle est superbe, avec des possibilités énormes, malheureusement, le propriétaire s'y est pendu l'année dernière. Tout le monde le sait et personne n'en veut !

Il espérait l'amuser, mais elle entrouvrit les paupières et il perçut l'éclat inquiétant de son regard.

— Il ne faut pas acheter la maison d'un pendu, souffla-t-elle.

— Oh, Jo…

— Je sais ce que je dis ! Certains lieux attirent le malheur, c'est comme ça.

Ne voulant pas la contrarier, il se tut. Après tout, l'irrationnel était pour elle une évidence, et jusque-là, elle ne s'était guère trompée.

— Pour la villa Espérandieu, ajouta-t-elle avec effort, je finis par douter. Les choses se brouillent dans ma tête. Mais tout de même, j'aurais préféré qu'ils s'en séparent.

— Et tu ne veux toujours pas leur parler ?

— Je ne peux pas.

Parce que David n'était pas son petit-fils, elle avait fini par lui confier au fil du temps une partie de ses secrets, le chargeant d'un poids dont il ne savait que faire. Il se pencha vers elle, prit sa main sur le drap.

— Jo, le jour où il va t'arriver quelque chose…

— Ah, voilà une belle expression pudique pour désigner la mort ! « Quelque chose », oui, un sacré truc, hein ?

— Mais enfin, tu y penses ? insista-t-il.

— Qui n'y pense pas ? lui répondit-elle durement.

— Alors, ils ne sauront jamais.

— Grand bien leur fasse ! Tu crois que je me tais uniquement pour les faire enrager ? Je les ai toujours protégés, David, et je continuerai à le faire jusqu'à la fin. Peux-tu me donner une seule bonne raison de leur raconter toute cette abomination ?

— Ils ont le droit de connaître la vérité.

Elle leva les yeux au ciel et lui retira sa main.

— Ce sont des mots. De grands mots creux. Tu as toujours été beau parleur, ça te sert dans ton métier, mais avec moi, tu uses ta salive pour rien.

Sa voix traînait, elle semblait avoir du mal à respirer.

— Ne t'agite pas, Jo, tu as besoin de repos.

Discrètement, il consulta sa montre. Il était en retard, ses clients allaient l'attendre, pourtant, il répugnait à la laisser seule. Son affection pour elle n'était pas feinte, il l'aimait comme sa propre grand-mère, de la même manière qu'il aimait Alban comme un frère. Cette famille était la sienne, il l'avait choisie adolescent parce qu'elle ne ressemblait à aucune autre. Chez lui, on ne s'amusait pas, son père et sa mère restaient coincés toute la journée dans leur agence immobilière, il n'avait qu'une sœur beaucoup plus âgée que lui et il s'ennuyait. Mais dès qu'il rejoignait le paquebot, il plongeait dans la fantaisie, la démesure et l'amitié. Les menaces de son père n'y avaient rien changé, il était séduit. « Envoûté », aurait dit Jo qui venait de s'endormir.

Derrière lui, la porte grinça tandis qu'Alban entrait. David mit un doigt sur ses lèvres en lui adressant un clin d'œil. Ensuite, il désigna sa montre, se leva et récupéra son manteau.

— Je reviendrai demain, chuchota-t-il. Que t'ont dit les médecins ?

— Ils la surveillent, ils font des examens. Avec eux, on ne peut jamais rien savoir.

Ils échangèrent en silence une bourrade affectueuse, puis Alban alla prendre la place de David sur l'unique fauteuil. Il resta un moment à contempler Joséphine dans son sommeil, à la fois attendri et inquiet. D'après ce qu'il avait pu tirer du chef de service, l'accident vasculaire cérébral de sa grand-mère n'était pas dramatique, elle devrait en principe récupérer toutes ses facultés. Mais bien sûr, elle restait à la merci d'un nouvel épisode, et à son âge le pronostic était toujours réservé. Depuis qu'il l'avait accompagnée à l'hôpital, trois jours plus tôt, il se posait mille questions. Dans l'ambulance, déjà, les nerfs à vif à cause de la sirène, il s'était demandé ce qu'il adviendrait d'eux tous sans Joséphine, clef de voûte de la famille. Elle était en partie à l'origine de sa décision de venir habiter la Normandie, elle était aussi l'âme du paquebot, même si elle l'avait fui. De toutes ses forces, il voulait qu'elle soit là, à son poste, pour voir ce qui allait suivre. La renaissance de la villa, un nouveau bébé Espérandieu, des années d'un bonheur qu'elle méritait. Sa façon à lui de la remercier.

Elle remua un peu, ouvrit les yeux.

— Ah, mon grand, tu es là…

— Comment te sens-tu, aujourd'hui ?

— Bien. Un peu lasse, mais c'est d'être tout le temps couchée. Je déteste ça. Est-ce que tout va bien à la maison ?

— Aucun problème.

— David m'a apporté des biscuits. Veux-tu les goûter ?

— Non, merci.

— Alors, passe-les-moi.

Il lui tendit le carton du pâtissier et la regarda grignoter. Elle paraissait décidée à reprendre des forces, sans doute pour pouvoir rentrer plus vite.

— Tu sais, Jo, on va reculer la date du mariage. Au cas où ils te garderaient encore quelque temps. Ils veulent vérifier tout ton système vasculaire, ton cœur, tes poumons…

— Oh, ils ne sont jamais à court d'idées pour dépenser l'argent du contribuable ! Tu te rends compte qu'ils m'ont poussée dans un tube comme un concombre dans un robot mixeur ?

— Un scanner, oui.

— S'ils en ont d'autres de ce genre, merci bien ! Écoute, je me porte comme un charme et je refuse de rester ici plus longtemps que nécessaire.

— D'accord. Mais on va tout de même repousser...

— C'est hors de question ! s'emporta-t-elle. Vous n'allez pas retarder davantage ce mariage, et surtout pas à cause de moi. Je te rappelle que Valentine est enceinte.

— Elle se moque des conventions, Jo. Elle a envie que tu sois là, comme moi. Et puis, c'est à ton bras que je veux entrer dans l'église.

— Je ne vois pas l'intérêt de te conduire à l'autel. Pour ce que ça a porté bonheur à ton pauvre père !

— Jo...

— Tu m'embêtes ! Marie-toi à la date prévue, point final.

Une infirmière passa la tête à la porte, toisa Alban d'un air sévère et s'enquit :

— Tout va bien, madame Espérandieu ?

— C'est mon petit-fils qui me contrarie, répondit vertement Joséphine.

— Oui ? Eh bien, vous avez eu beaucoup trop de visites, aujourd'hui. Il faut vous reposer, sinon le docteur ne sera pas content. S'il vous plaît, monsieur...

Devant le signe impérieux qu'elle lui adressait, Alban obtempéra et se leva. Penché sur sa grand-mère pour l'embrasser, il murmura :

— On en reparlera demain.

Le regard de Joséphine était à la fois malicieux et débordant de tendresse. Sourire aux lèvres, Alban quitta la chambre un peu moins inquiet qu'il n'y était entré. Jo allait se remettre puisqu'elle trouvait déjà la force de plaisanter, de manger, de discuter pied à pied. Quant à ces histoires de porter bonheur ou pas, il s'en moquait et n'y croyait pas. Sa seule certitude était de vouloir sa grand-mère à ses côtés.

— Non, protesta Valentine, pas une autre plus « moderne ». Vous refaites cette porte à l'identique, exactement comme elle était avant.

Dubitatif, le menuisier finit par hausser les épaules.

— En tout cas, grommela-t-il, la serrure sera neuve ! Vous aurez les trois jeux de clefs qui vont avec, ça vous évitera de la démolir pour l'ouvrir.

Il repartit vers sa camionnette tandis que Valentine regagnait le paquebot. En l'absence d'Alban, elle était bien obligée de répondre aux questions des ouvriers, aussi avait-elle descendu son ordinateur portable dans le bureau du rez-de-chaussée pour y travailler tout en surveillant les allées et venues. À peine eut-elle le temps de se rasseoir et de poser les yeux sur son manuscrit que le téléphone se mit à sonner. C'était Malaury, qui prit d'abord des nouvelles de Joséphine, puis elle enchaîna d'un ton guilleret :

— On se demandait, Sophie et moi, si tu ne pourrais pas venir passer une journée à Paris cette semaine ? Il faut absolument te trouver une tenue pour le grand jour !

L'idée de faire du shopping avec Sophie ne souriait guère à Valentine, mais Malaury serait en revanche la meilleure des conseillères.

— As-tu une idée de la couleur que tu veux porter ?

— Eh bien…

202

— Le blanc reste ce qu'il y a de mieux pour un mariage. On peut toujours nuancer vers un ivoire, un crème, quelque chose de poudré... Avec ta silhouette, tu peux te permettre des fantaisies, sauf si tu préfères conserver ton style classique. Il faut aussi penser qu'il fera froid. Et tu sais quoi ? Je suis persuadée que tu as une tête à chapeaux, on va se régaler à t'en faire essayer !

Sous ce déluge de paroles, Valentine sourit malgré elle.

— Je ne veux pas y mettre trop cher, se contenta-t-elle de préciser.

— C'est toi qui paies ?

— Bien sûr !

— Ah... Pour tout t'avouer... Bon, on ne va pas se faire de cachotteries, j'ai reçu des consignes d'Alban.

Interloquée, Valentine se tut quelques instants et ce fut Malaury qui reprit :

— Je ne suis pas censée te l'avoir dit, il voulait rester discret. Mais entre femmes, on se comprend, n'est-ce pas ? Si tu n'as pas le souci du prix en tête, tu choisiras ce qui te plaît. Je connais deux ou trois boutiques qui sortent de l'ordinaire, je me propose de t'y emmener.

Sa gentillesse ne faisait aucun doute, néanmoins, Valentine se sentit contrariée.

— Écoute, Malaury...

— Non, non, toi, écoute-moi ! J'ai eu tort de vendre la mèche ? Dans ce cas, je suis vraiment désolée. Alban est un homme adorable, tu le sais mieux que moi, et puisqu'il a envie de te gâter, laisse-toi faire, tu le rendras heureux. S'il m'a parlé de cette histoire de robe, c'est parce qu'il s'inquiétait de savoir qui t'accompagnerait, où tu irais... Il ne t'imaginait pas toute seule, hésitant à te décider, alors que ce moment doit être une vraie partie de plaisir.

Qu'il ait pensé à ce genre de détail bouleversa Valentine. D'autant plus qu'il s'était adressé à Malaury, pas à Sophie. Même s'il se montrait parfois trop secret, en revanche il multipliait les attentions à son égard.

— Bon, céda-t-elle, je viendrai à Paris demain ou après-demain. Quel jour te va le mieux ?

— Plutôt après-demain. Colas veut bien garder la boutique pendant que nous irons dévaliser la concurrence !

Elles convinrent de se retrouver à la gare Saint-Lazare où Valentine pouvait arriver vers dix heures, à condition de se lever tôt pour prendre le train de sept heures vingt. Après avoir raccroché, elle resta songeuse un moment. Ainsi qu'Alban l'avait supposé, elle n'avait pas vraiment d'amie proche à qui demander de l'accompagner. Des relations de travail, des copains, mais personne d'intime. Avait-elle fait le vide autour d'elle depuis qu'elle connaissait Alban, ou bien avait-elle simplement du mal à se lier ? Ses mauvais rapports avec sa mère et son beau-père, puis sa désastreuse expérience avec son premier fiancé l'empêchaient peut-être de donner trop vite son affection et sa confiance. Pourtant, elle se sentait prête à aimer toute la famille Espérandieu, à l'exception de Sophie. Dès le début, Joséphine l'avait charmée, puis elle avait sympathisé avec Gilles, avec Colas, et aujourd'hui la gentillesse spontanée de Malaury la touchait. Néanmoins, elle restait toute seule dans son camp, dernière pièce rapportée qui arrivait les mains vides. À côté d'elle, ni sœur ni cousine, pas d'amie d'enfance, pas même un vieil oncle. Était-ce la raison de l'animosité de Sophie à son égard ? Sophie la voyait-elle comme une fille sans attaches et sans passé qui avait jeté son dévolu sur Alban par opportunisme ? Non, il y avait autre chose dans l'attitude ambiguë de Sophie, comme une sorte de jalousie amoureuse. Était-il possible que Sophie éprouve une véritable attirance pour Alban ? Si c'était le cas, Valentine allait devoir se montrer particulièrement vigilante. Elle ne doutait pas d'Alban, mais Sophie demeurerait son ennemie sans espoir de paix.

Des éclats de voix dans la galerie la tirèrent de ses réflexions moroses. Abandonnant sa traduction qui, de toute façon, n'avançait pas d'une ligne ce matin, elle quitta le bureau.

— Tu étais là, ma chérie ? s'étonna Alban en venant à sa rencontre.

— Il y a un nouveau problème ?

— L'électricien trouve normal d'abandonner des débris de baguettes et de vieux fils un peu partout ! Je lui avais pourtant demandé d'enlever ses gravats au fur et à mesure. La maison est un véritable chantier !

— Tu crois qu'ils tiendront les délais et que ce sera fini pour Noël ?

— J'espère !

Il avait l'air fatigué, exaspéré et soucieux.

— Est-ce que Joséphine va bien ? demanda-t-elle doucement.

— Oui, elle semble tirée d'affaire pour cette fois. Mais j'ignore à quel moment ils la laisseront partir.

— Tu lui as dit qu'on pouvait…

— Elle ne veut pas en entendre parler. Et quand elle a une idée en tête, impossible de l'en dissuader.

Il serait terriblement déçu si sa grand-mère n'assistait pas à leur mariage, Valentine le savait. Elle vérifia d'un coup d'œil qu'ils étaient seuls dans la galerie, puis elle lui mit un bras autour du cou et l'embrassa. La température de la maison était redevenue agréable depuis que le chauffagiste avait enfin terminé ses réparations, et ils restèrent un moment enlacés, se serrant l'un contre l'autre en silence.

— Je vais passer la journée à Paris après-demain, finit-elle par annoncer. Malaury veut m'aider à trouver une robe.

— Formidable, approuva-t-il d'un ton détaché.

— Et j'essaierai de ne pas te ruiner puisque tu es le mystérieux bienfaiteur.

— Mais…

— C'est adorable d'y avoir pensé, Alban ! Malgré tout, j'aimerais autant que tu ne me fasses pas de cachotteries, même pour une excellente surprise. Nous avons déjà un peu de mal à… communiquer, toi et moi, alors ne nous dissimulons rien, d'accord ?

Elle eut la très nette sensation d'avoir touché un point sensible car il parut se troubler, lui dérobant son regard.

— Tu as des secrets ? demanda-t-elle carrément.

— Non.

Sans doute mentait-il, mais insister ne servait à rien.

— Allons déjeuner, proposa-t-il en la prenant par la main. J'ai rapporté des moules, ce sera vite prêt. Avec tout ce ramdam, est-ce que ton travail avance ?

— Pas vraiment.

— Et tu dois le rendre ?

— Fin janvier, dernier délai.

Dans la cuisine, il mit les moules au fond de l'évier et commença à les brosser.

— Tu n'es pas obligée de continuer à travailler. Quand le bébé sera là…

— Alban ! Mon travail me plaît, et je peux le faire à la maison. Pourquoi devrais-je arrêter ?

— Je voulais juste dire que tu feras comme bon te semblera. Tu as le choix.

— Gagner un peu d'argent est important pour moi. Garder un pied dans la vie active aussi. Je n'ai pas l'intention de… de…

— T'enterrer ?

— Non ! Tu sais très bien que non. Ce n'est pas comme ça que je vois les choses. Vivre ici avec toi est une chance. Je n'avais pas rêvé d'un homme tel que toi. Je n'avais pas non plus rêvé d'une maison aussi extraordinaire que le paquebot. Quand je me réveille, chaque matin, j'ai le cœur qui bat en réalisant ce qui m'arrive. S'enterrer ? Tu plaisantes ! J'appellerais plutôt ça renaître. Mais je vais continuer à travailler, bien sûr. Peut-être même aurai-je besoin d'aller de temps en temps à New York pour me réimprégner de la langue, de l'argot des rues, des expressions nouvelles.

L'air surpris, il se tourna vers elle, la dévisagea.

— Est-ce que ça t'ennuie ? s'enquit-elle d'un ton un peu vif.

— Pas du tout…

— Nous n'en avions pas parlé jusqu'à présent, c'est vrai. Je crois que nous ne parlons pas assez, Alban.

Sans répondre, il fit dorer des oignons et des échalotes dans un faitout, ajouta un bouquet garni, les moules, un peu de vin blanc.

— Combien voudrais-tu d'enfants ? dit-elle en se rapprochant de lui. Même ça, je n'en ai aucune idée !

Il se mit à remuer les moules avec une grosse louche mais, de sa main libre, il prit Valentine par la taille.

— J'ai vraiment été heureux d'avoir des frères. Un enfant unique ne s'ennuie-t-il pas ? Bien sûr, ce sera à toi de décider.

Elle appuya sa tête sur l'épaule d'Alban et murmura :

— J'ai tellement peur, si tu savais…

— De quoi ?

— D'un pépin. Tout peut arriver pendant ces quelques mois : rubéole, éclampsie, mauvaise nouvelle à l'échographie, et j'en passe ! Et puis comment être sûre que le bébé est normalement constitué, qu'il ne va pas s'arrêter de respirer ?

— Toutes les futures mères doivent connaître ce genre d'angoisses, répondit-il d'un ton apaisant. Parles-en à…

— À Sophie ?

Elle éclata de rire puis l'embrassa dans le cou.

— L'idée n'est pas si absurde, je suis persuadée que Sophie adore jouer au coach. Tiens, je l'entends d'ici clamer sur les toits qu'elle a pris en main sa *petite belle-sœur* ! Sauf que l'expression lui resterait sur le cœur. Mais enfin, malgré toute mon antipathie pour elle, je dois reconnaître qu'elle a trois enfants magnifiques, bien élevés, et qui ne présentent pas le moindre problème de santé.

Alban hocha la tête sans conviction, puis il saisit le faitout qu'il alla poser sur la table.

— Viens t'asseoir, chérie.

Il semblait sérieux, soudain, presque grave.

— Valentine, il faut que je te dise quelque chose.

Le ton de sa voix laissait augurer une catastrophe imminente. Au lieu de s'asseoir, Valentine le regarda avec une curiosité presque craintive.

— Pour ce que j'en sais, commença-t-il, ma mère n'était pas une femme très équilibrée. Comme la famille s'est montrée plutôt laconique sur ce sujet, je n'ai pas tous les détails, mais il semble qu'elle ait été un peu… démente.

— La mienne aussi, crois-moi ! répliqua amèrement Valentine. Au moins, la tienne aimait ses enfants.

— La question n'est pas là. Ce que j'essaie de t'expliquer, c'est que, parfois, ce genre de maladie mentale…

— Quelle maladie exactement ? À l'époque, on traitait les gens de fous dès qu'ils avaient un comportement atypique. Ta mère était sans doute une originale, et alors ? J'aimerais assez que notre enfant possède un brin de fantaisie ! Écoute, chéri, ne nous créons pas de fausses complications. On verra bien à qui ressemble le bébé, et si c'est un garçon, j'espère qu'il sera exactement comme toi, en moins sérieux !

Elle s'assit et commença à servir les moules. Lorsqu'elle releva les yeux sur Alban pour lui souhaiter bon appétit, elle découvrit qu'il faisait une drôle de tête.

— Tu es contrarié ?

— En fait…

Il hésita, parut sur le point d'ajouter quelque chose, mais finalement, il se contenta d'ébaucher un irrésistible sourire.

— Je t'aime, Valentine, dit-il d'une voix très douce.

C'était ce qu'elle avait envie d'entendre, et rien d'autre. Elle était en train de vivre la plus belle période de son existence, aucun nuage ne devait venir gâcher ces moments. Cinq minutes plus tôt, Alban l'avait un peu effrayée, comme s'il allait lui annoncer qu'un obstacle se dressait sur leur route et les empêcherait d'être heureux. Mais s'il ne s'agissait que des bizarreries de sa mère, quelle importance ? Un suicide dû à une dépression ne constituait pas une pathologie héréditaire. Marguerite Espérandieu, sur les photos qui restaient d'elle, était une très belle femme, et Valentine ne serait pas déçue si le bébé qu'elle attendait lui ressemblait.

L'après-midi même, Alban se rendit pour la troisième fois à Saint-Gatien. À chacune de ses visites, il avait beau se raisonner, il trouvait l'aéroport petit comme un jouet. Son rendez-vous avec Jean-Paul et avec l'un des représentants de la chambre de commerce et d'industrie du pays d'Auge n'était prévu qu'à seize heures, mais il avait voulu arriver en avance. De loin, il observa attentivement la piste 1, un tarmac d'environ deux mille cinq cents mètres de long sur quarante-cinq de large, et qui disposait d'un balisage nocturne de haute intensité. La piste 2, bien plus modeste, était en herbe mais devait faire sept cents mètres. La totalité des installations se situait sur une enceinte de plus de deux cents hectares.

« Un beau jouet… »

Il se souvenait par cœur des chiffres précis qu'on lui avait fournis. L'année précédente, cent cinquante mille passagers avaient transité ici, un tiers pour les vols des tour-opérateurs à destination du Maroc, de la Tunisie ou de l'Égypte, et deux tiers pour l'aviation privée. Une compagnie anglaise avait également mis au point une ligne régulière de quatre allers-retours par semaine entre Deauville et Brighton. Enfin, et ce point insolite amusait Alban, Saint-Gatien était le premier aéroport européen pour le fret des pur-sang destinés à la reproduction. Plusieurs centaines de chevaux allaient et venaient entre la Normandie et l'Amérique, l'Irlande, la Grande-Bretagne et les Émirats arabes unis. Une vingtaine de boxes agréés et une rampe de descente avaient été aménagés à cet effet.

« Un jouet rentable et moderne… »

Avait-il envie de travailler ici ? De regarder décoller et atterrir des avions qu'il ne pouvait plus piloter ? De se retrouver prisonnier d'assommantes tâches de gestion ? D'être le *rampant* qui regarde le ciel sans y monter ? Désirait-il rester dans ce milieu ou, au contraire, s'en détacher définitivement ? Il *devait* réussir sa reconversion professionnelle, et il n'avait plus beaucoup de temps devant lui car il était en train de fonder une famille.

« Si c'est juste une question d'amour-propre, il faut que j'arrête de traîner les pieds. Mais si c'est insurmontable pour moi, je n'ai rien à faire ici. »

Il n'avait plus que quelques minutes d'avance et il se dirigeait déjà vers les locaux administratifs quand son portable sonna. Voyant le numéro de Gilles s'afficher, il prit la communication.

— Salut, petit frère, je t'appelle en vitesse pour t'annoncer que l'assurance veut une contre-expertise supplémentaire. Bon, ça n'a rien d'inquiétant, ils essaient de gagner du temps, comme d'habitude, mais je leur ai fait savoir qu'on en a marre et qu'on va finir par les assigner ! En attendant, c'est reparti pour un tour, je suis désolé, tu vas te taper des visites médicales et des contrôles.

— Tu crois qu'on en sortira un jour ? soupira Alban, soudain découragé.

— Ah, ça, j'en suis certain ! Allez, mon vieux, je t'ai promis que tu toucherais le pactole et tu l'auras. Le seul *hic*, c'est qu'il te faudra encore un peu de patience…

Après avoir pris congé de son frère, Alban joua quelques instants avec son portable. Ce nouveau retard était-il un signe du destin pour l'obliger à s'engager ? Avec les travaux du paquebot, il allait vite être à court d'argent.

« Un signe du destin ! Ma parole, Jo déteint sur moi. »

Un Piper était en train d'atterrir. Il prit le temps de regarder le spectacle, le cœur serré d'une infinie nostalgie, puis il se rendit à son rendez-vous d'un pas résolu.

David raccompagna ses clients jusqu'à la porte de l'agence en les félicitant sur leur choix. La date de la signature était fixée, encore une affaire de réglée. À l'approche des fêtes de fin d'année, il y avait encore beaucoup d'activité immobilière, comme si les gens s'offraient une maison pour Noël !

— Claudine, si vous voulez partir, allez-y. Il ne se passera plus grand-chose aujourd'hui, dit-il à sa secrétaire.

Tout le monde avait des courses à faire, des cadeaux à trouver, des réveillons à prévoir. David était un patron compréhensif, mais en échange, il exigeait le maximum de ses collaborateurs. Lui-même se donnait à fond dans ce travail qu'il aimait de plus en plus au fil du temps. Vendre des maisons, des terrains, des appartements ou des commerces était beaucoup plus intéressant que ce qu'il avait pu craindre lorsqu'il avait repris l'agence après son père. À l'époque, il l'avait fait par devoir, persuadé qu'il ne tarderait pas à changer d'activité, mais très vite le goût des affaires lui était venu.

Il s'arrêta devant les bureaux de ses deux négociateurs pour jeter un coup d'œil machinal à leurs plannings. L'un était en train de faire visiter un moulin dans la campagne, et l'autre recherchait des affaires à ajouter au portefeuille.

David regagna son propre bureau en fredonnant. Sa journée avait été bien remplie et il se sentait de bonne humeur. À l'heure du déjeuner, il était allé embrasser Joséphine à l'hôpital, heureux de la voir récupérer si vite, du moins en apparence. Elle avait tout de même quatre-vingt-quatre ans, et elle se soignait en dépit du bon sens, confondant ou oubliant carrément ses médicaments. Pourtant, elle possédait toute sa tête, il suffisait de parler cinq minutes avec elle pour s'en rendre compte. Pourquoi s'occupait-elle si peu d'elle-même ? Par habitude de ne penser qu'aux autres ? Elle avait consacré quarante années de sa vie à ses trois petits-fils, et sans doute continuerait-elle jusqu'à son dernier souffle. L'installation d'Alban dans ce qu'elle appelait le *bazar maudit* l'avait à la fois contrariée et ravie, lui apportant la joie de retrouver une vie de famille mais aussi la terreur d'un nouveau drame entre les murs de la villa. Quelques années plus tôt, lors d'une visite de David elle s'était écriée : « Vends-moi ça, je ne veux plus la voir ! » Il lui avait rétorqué que ses trois petits-fils seraient très déçus, très peinés, et qu'ils ne comprendraient pas sa décision. Sauf si elle se donnait la peine de la leur expliquer, ce qu'elle ne pouvait pas se résoudre à faire.

— Il y a quelqu'un ?

David n'avait pas entendu la porte de l'agence s'ouvrir mais il reconnut la voix d'Alban.

— Je suis là, viens !

— Encore au travail à cette heure-ci ? railla Alban en entrant. Je passais à tout hasard pour t'inviter à dîner.

— Tu *passais* ? Aurais-tu cassé ton téléphone ?

— D'accord, j'avais envie de bavarder avec toi. J'ai vécu une drôle de journée… À propos, j'ai posé ma candidature pour la direction de Saint-Gatien.

L'intonation résignée fit aussitôt réagir David.

— Voilà une excellente nouvelle, et tu me l'apprends avec l'air sinistre de quelqu'un qui viendrait de perdre ses parents ! Pardon, l'expression est stupide. En tout cas, tu as pris la bonne décision.

— Disons la plus raisonnable. Je suis à peu près aussi enthousiaste qu'un gosse rêvant d'un avion téléguidé et à qui on n'offrirait que l'emballage. La boîte ornée par la photo du jouet, mais rien dedans.

David le dévisagea un moment puis finit par proposer :

— Veux-tu boire quelque chose pour fêter l'événement ? Content ou pas, tu es sur les bons rails, Alban !

Il gardait toujours quelques bouteilles de champagne dans le réfrigérateur de son bureau, destinées à arroser les signatures des grosses ventes.

— À part ça, quels sont tes autres soucis ? demanda-t-il en sortant deux verres d'un petit placard.

Leur amitié complice les dispensait de formalités, et David voyait bien qu'Alban avait encore quelque chose sur le cœur.

— J'ai essayé de parler à Valentine au déjeuner, mais je n'y suis pas arrivé.

— Tu veux absolument qu'elle sache, pour ta mère ?

— Je trouve ça plus honnête de la mettre au courant.

— L'honnêteté n'a rien à voir là-dedans. Tu vas l'effrayer, et après ? Quoi que tu lui racontes sur ta famille, elle ne peut rien y changer, et le bébé est en route.

— C'est bien pour ça que j'ai calé. Elle a déjà peur de tant de choses !

— Alors, ne l'angoisse pas davantage et épargne-lui ces vieilles histoires.

— Tu es comme Jo, tu aimes les secrets, les non-dits…

214

— Toute vérité n'est pas bonne à dire.

— Et sous ce prétexte, tu gardes des choses pour toi ?

— Alban... Ne me refais pas ton coup de colère de la plage. Tu as envie de te défouler ? Franchement, je ne comprends pas ton obsession du passé.

— Pas une obsession, mais des questions lancinantes qui n'obtiennent aucune réponse. Je ne veux pas harceler Jo, surtout pas en ce moment, pourtant je sais qu'elle me ment. Pourquoi ? Nous sommes des adultes, Gilles, Colas et moi, on peut tout entendre !

David haussa les épaules sans répondre. Il se sentait pris entre le marteau et l'enclume, mourant d'envie d'aider Alban mais incapable de trahir Joséphine. Il se retrouvait piégé malgré lui dans l'histoire de la famille Espérandieu, plus impliqué qu'il ne l'aurait voulu et condamné à mentir.

Alban vida son verre puis le reposa doucement sur le bureau en déclarant :

— Une de mes dernières découvertes, grâce à un mauvais plombier, est qu'Antoine fréquentait les curés ! Tu imagines ça ?

— Non, ce n'était pas du tout son genre, s'étonna David. Ton grand-père n'avait rien d'un bigot, je m'en souviens très bien.

Il était sincère et il soutint le regard d'Alban qui le scrutait.

— Pourtant, il a dû se confier à un prêtre à un moment ou à un autre, pour obtenir une sorte d'absolution de je ne sais quel péché. Un certain père Éric le lui a même écrit sur une image pieuse ! À toi non plus, ce nom ne dit rien ?

— Éric ? Ben, si... C'est un prénom répandu, mais j'ai connu un père Éric quand j'étais scout. On faisait des camps sur la corniche, on...

— Tu as été scout ? s'esclaffa Alban.

— Louveteau, quand j'étais gamin, oui. Avant d'aller en pension, avant de te connaître. Après, mon père m'a fichu la paix avec ça.

— Et c'était quoi, la paroisse de ce père Éric ?

— Il lui arrivait de dire la messe dans plusieurs petites églises des environs, à Criquebœuf, Villerville ou ailleurs, mais il venait du Havre.

— Et son nom de famille ?

— Je ne me le rappelle pas.

Devant l'expression dépitée d'Alban, David ajouta spontanément :

— Mais ma sœur saura peut-être, elle a une mémoire d'éléphant !

— Demande-le-lui. S'il te plaît.

Ils se turent quelques instants, les yeux dans les yeux, puis David hocha la tête. Soulagé, Alban se leva.

— Tu nous rejoins pour dîner au paquebot ?

— Je serai là vers huit heures, le temps de fermer la boutique.

Il commença à ranger ses dossiers mais, alors qu'Alban sortait, il le rappela.

— J'ai eu un client, ce matin, qui cherchait une maison exactement comme la vôtre, et qui avait l'air décidé à y mettre n'importe quel prix. Tu n'es toujours pas intéressé, je suppose ?

— Quelle bonne blague ! lui lança Alban en s'en allant.

Avec un petit soupir, David referma son agenda. Au moins, il avait transmis l'offre, une façon pour lui de rester fidèle à Joséphine qui aurait tellement voulu vendre. Songeur, il repensa au père Éric, un jeune prêtre sympathique qui, quelque trente ans plus tôt, relevait sa soutane pour jouer au foot avec les enfants. Il ne voyait pas très bien ce que ce curé venait faire dans l'histoire Espérandieu, mais il était persuadé que si Alban mettait la main sur le plus petit bout de fil, il déviderait toute la pelote.

« Et ce sera à cause de moi… Ou grâce à moi, c'est selon. »

Jo ne lui avait pas tout dit, loin de là, néanmoins, il en savait déjà trop. Vaguement angoissé, il se demanda si la vieille dame n'avait pas raison car la vente de la villa aurait tout englouti, tout effacé. Plus de paquebot et plus de révélations tardives, plus de crainte d'une possible malédiction du lieu.

En éteignant les lumières de l'agence, il pensa à sa propre famille. Y avait-il un cadavre dans les placards, chez les Leroy ? Un secret enfoui ? Il ne le croyait pas mais n'aurait pas pu en jurer.

« Mes parents étaient des gens normaux, qui bossaient tout le temps, alors que Marguerite Espérandieu passait pour folle, à juste titre… »

Il la revoyait traversant les pièces de la villa de son pas glissé, comme si elle patinait, un petit sourire énigmatique aux lèvres. Elle parlait peu à ses fils, elle donnait même l'impression de ne pas les voir. Quand David la saluait, intimidé, elle semblait tomber des nues devant ce garçon étranger, puis elle cessait de sourire et passait son chemin. Impossible, pour un adolescent, de ne pas la trouver belle, cependant la fixité de son regard mettait vite mal à l'aise. Autant Joséphine rendait l'atmosphère de la villa chaleureuse, autant Marguerite vous donnait envie de ne pas franchir le seuil.

« Je n'ai pas dû échanger dix mots avec elle, à l'époque. C'est étrange… »

Sur le trottoir, tandis qu'il verrouillait la porte, il eut conscience de penser trop souvent à toute cette histoire. Si lui-même se posait autant de questions, comment reprocher à Alban son entêtement ?

« Il va avoir un enfant, il veut savoir de quels gènes ce bébé va hériter. Jo devrait tout déballer, et tant pis si le linge est vraiment sale ! »

Mais ce n'étaient pas les convenances qui retenaient la vieille dame, il en était persuadé. Quelque chose de plus puissant l'obligeait à se taire, à garder tout le poison en elle.

« Si Alban n'était pas revenu, s'il était encore pilote de ligne, si le pneu du train d'atterrissage n'avait pas éclaté… »

Impossible de revenir en arrière, d'ailleurs, le retour d'Alban avait comblé David. Durant des années, lorsqu'il allait rendre visite à Joséphine pour s'assurer qu'elle n'avait besoin de rien, il considérait avec une certaine mélancolie la façade du paquebot endormi. Les volets fermés lui rappelaient immanquablement sa jeunesse enfuie, tous les rires et les bons moments partagés avec les trois frères Espérandieu. La superbe villa vieillissait, s'abîmait sous l'air marin. Joséphine aurait voulu la voir disparaître pour de bon, et David, sans le dire, rêvait de la voir renaître.

« Eh bien, c'est en train de se faire, il n'y a donc rien à regretter ! »

Il jeta un coup d'œil sur la vitrine éteinte de l'agence. Toutes les affichettes comportaient, au-dessus d'un descriptif, une photo flatteuse de la maison ou de l'appartement à vendre. Aucune d'entre elles ne pouvait se comparer au paquebot, foi d'agent immobilier !

Épuisée, Valentine sortit de la cabine et affronta les moues sceptiques de Malaury et de Sophie.

— Non, ça non plus, finit par dire Malaury.

Valentine hocha la tête avant d'aller se changer. C'était déjà la troisième boutique où elle se livrait à d'interminables essayages, et autant elle supportait bien l'œil critique de Malaury, autant les grimaces dédaigneuses de Sophie l'exaspéraient.

— Allons déjeuner, proposa-t-elle en boutonnant son manteau. Je n'en peux plus et je meurs de faim.

— C'est vrai que, dans ton état, on devrait te ménager ! s'exclama Malaury.

— N'exagérons rien, ronchonna Sophie. Être enceinte, ce n'est pas une maladie, on arrive très bien à vivre normalement, sauf si on a envie de se faire plaindre…

Du haut de son expérience de mère, elle considéra Valentine sans indulgence.

— Mangeons un truc vite fait, concéda-t-elle. Ensuite, on s'y remettra sans tarder parce que, avec tout ça, on n'a rien trouvé qui t'aille.

Le ton de sa voix signifiait clairement que Valentine n'était pas facile à habiller, ce qui fit sourire la jeune femme. Pour l'instant, sa grossesse n'avait encore rien changé à sa silhouette longiligne et elle pouvait enfiler une taille mannequin sans problème.

— Il y aurait bien un truc, lâcha Malaury alors qu'elles venaient de s'installer dans le premier bistrot venu. Un ensemble dément que j'ai dans ma boutique. Je n'en ai pris qu'un, à titre d'essai, mais plus j'y pense…

— On aurait pu commencer par là ! ironisa Sophie.

— Un *truc* de quel genre ? s'enquit Valentine.

— Dans mon esprit, cette tenue était destinée à une fête, par exemple un réveillon très chic. La styliste est italienne, elle possède une véritable inspiration.

— Mais encore ?

— Imagine une robe longue ivoire, à godets, avec un décolleté plongeant terminé par une série de petits boutons jusqu'à la taille. Dessus, un spencer à col montant qui se porte ouvert, de la même soie sauvage ivoire mais avec des amours de brandebourgs couleur taupe. Tu aurais une allure folle là-dedans.

Du coin de l'œil, Valentine remarqua que Sophie pinçait les lèvres d'un air contrarié. Avait-elle espéré que la journée se conclurait par un échec ? Elle était assez garce pour se réjouir secrètement si Valentine rentrait bredouille malgré toute l'apparente bonne volonté de ses deux futures belles-sœurs.

— J'imagine que ta merveille est hors de prix ? demanda-t-elle.

— J'abandonnerai ma marge à Alban, répondit Malaury en riant.

— Ah, oui, c'est lui qui paie ! souligna Sophie. Dans ce cas, pourquoi se priver ?

Son agressivité commençait à lasser Valentine qui la regarda bien en face avant d'articuler :

— Est-ce que je t'ai fait quelque chose, ou est-ce seulement ma tête qui ne te revient pas ?

Un froid subit s'abattit sur leur table. La bouche ouverte, Sophie la contempla quelques instants puis leva les yeux au ciel en ricanant.

— Où vas-tu chercher ça ?

Le serveur les tira d'embarras en déposant leurs salades devant elles. Malaury commanda un verre de chablis, Valentine un Perrier et Sophie un café. Une fois seules, elles se mirent à manger en silence. Elles avaient presque terminé lorsque Malaury lança :

— Bon, on ne va tout de même pas gâcher cette journée, les filles !

— J'ai posé une question simple, dit posément Valentine, alors j'aurais aimé une réponse.

Sophie repoussa son assiette et croisa ses mains devant elle.

— Nous ne débordons pas de sympathie l'une pour l'autre, admit-elle avec désinvolture. La femme qui se fait épouser parce qu'elle attend un enfant me paraît toujours un peu suspecte, désolée. Et comme j'aime beaucoup Alban, j'espère que tu es sincère avec lui et que tu le rendras heureux, mais je n'en suis pas sûre du tout. Voilà, tu as ta réponse.

— Je crois que tu aimes beaucoup *trop* Alban. C'est ton beau-frère, pas ton fils, tu n'es pas chargée de veiller sur lui.

Très embarrassée par cet échange plutôt aigre, Malaury tenta d'intervenir.

— Ne dites pas des choses que vous pourriez regretter, murmura-t-elle.

Il y eut un nouveau silence, puis Sophie sortit son portefeuille.

— C'est moi qui vous invite, mais je vais vous laisser.

Valentine sentit qu'elle devait faire un effort, sinon ses rapports avec Sophie allaient devenir intenables. Si chaque week-end elles devaient se faire la tête ou s'ignorer, ce serait pénible pour toute la famille, Alban le premier.

— Tu ne peux pas rester encore un peu ? Juste le temps de voir l'ensemble de Malaury...

— Mon avis t'intéresse ? ironisa Sophie.

— Oui, parce qu'il est caustique ! Si ça te plaît à toi, ça plaira à tout le monde.

De mauvaise grâce, Sophie parvint à sourire.

— Admettons, lâcha-t-elle du bout des dents.

Valentine supposa que la curiosité tenait une bonne part dans cette concession, mais au moins la hache de guerre semblait momentanément enterrée.

— Dans le temps, dit le médecin, les gens appe-laient ça une « attaque ». Vous vous en souvenez ?

— Oui, bien sûr. Et même, avant que vous soyez né, docteur, on disait : « Il a eu un transport au cerveau ! »

— Une expression très imagée, admit le médecin avec un large sourire. Eh bien, madame Espérandieu, votre petit accident vasculaire cérébral, ou quel que soit le nom qu'on lui donne, c'est ça. Vous avez de la chance de ne conserver aucune séquelle, ni aphasie ni paralysie, mais désormais, vous devez vous ménager, et je ne vous recommande pas de danser la gigue au mariage de votre petit-fils ! Quant à l'église, nous sommes au mois de décembre, il va falloir vous couvrir…

— Comme un oignon, promis.

Toujours souriant, le médecin rangea négligemment son stéthoscope dans la poche de sa blouse.

— Vous pourrez quitter l'hôpital demain.

Il s'apprêtait à sortir de la chambre mais Joséphine le retint en le saisissant par la manche.

— J'ai une question qui me trotte dans la tête, doc-teur. Quand il y a des fous dans une famille, est-ce que ça se transmet ?

— Des fous ?

— Une folle, en l'occurrence. Ma bru l'était, je vous assure.

— Oh… Vraiment ?

— Puisque je vous le dis !

— En tout cas, déclara-t-il d'un ton circonspect, vos petits-fils ont l'air tout à fait bien.

— Et mes arrière-petits-enfants aussi, merci mon Dieu ! Enfin, jusqu'ici…

Le médecin, qui avait perdu son sourire, l'observa quelques instants, sourcils froncés.

— Ne me regardez pas comme ça, soupira Joséphine, je ne suis pas en train de refaire un coup de grisou. Mais il y a des choses qu'on ne peut demander qu'à un docteur, n'est-ce pas ?

— Vous ne devriez pas vous inquiéter, madame Espérandieu. Vous savez, tout le monde est un peu fou, c'est une notion très subjective.

Après un clin d'œil appuyé, il s'éclipsa.

— Me voilà bien avancée, grommela la vieille dame.

Elle n'en voulait pas à ce jeune médecin d'être resté évasif. Après tout, il n'avait pas connu Marguerite.

— Il arrivera ce qui doit arriver, rien d'autre.

Chaque fois qu'elle essayait de se concentrer en pensant au bébé d'Alban, elle ne « voyait » rien. En revanche, Valentine lui apparaissait toujours auréolée de bonheur, et ce serait probablement suffisant.

Elle se redressa dans son lit puis ouvrit le tiroir de la table de chevet pour y prendre son peigne et son miroir. Comme chaque jour depuis le début de son hospitalisation, elle aurait la visite de David et d'Alban, ensemble ou à tour de rôle, et elle voulait être présentable. Rien de plus pathétique qu'une vieille dame échevelée, négligée.

La petite glace ovale lui renvoyait l'image d'un visage ridé qu'elle peinait toujours à reconnaître comme le sien. Où était donc passée la jeune et jolie Joséphine de quinze ans qu'elle était toujours dans sa tête, soixante-dix ans plus tard ? Sa longue vie avait filé à la vitesse du vent, la comblant certains jours et la broyant à d'autres moments. Sans doute était-ce le lot commun. Avec Antoine, main dans la main, ils s'étaient arc-boutés contre les coups du sort, redressés devant le malheur, et bien qu'ils aient perdu Félix, leur fils unique, ils avaient sauvé tout le reste de leur mieux.

« Mon Antoine, j'espère que tu m'attends dans l'au-delà. Que tu me tendras la main en souriant, comme ce lointain cousin Espérandieu présenté un beau matin par mon père. Ah, fallait-il que nous soyons destinés l'un à l'autre pour porter le même nom ! Alors on va se retrouver, Antoine, c'est obligé. Au moins nous deux, parce que Félix doit errer ailleurs... »

Elle se recoiffa lentement, attentive à ne pas se laisser submerger par un apitoiement inutile. Oui, elle arrivait en bout de course, pour elle ce serait bientôt fini, cependant elle partirait avec la certitude d'avoir rempli le contrat de son mieux. Il lui suffisait de voir entrer dans sa chambre l'un de ces trois hommes qu'elle avait élevés pour se sentir apaisée. Certes, ils avaient leurs failles et leurs défauts, mais elle s'était débrouillée pour limiter la casse.

— Je n'étais pas le bon Dieu, dit-elle au miroir, j'ai fait ce que j'ai pu !

Sophie ne décolérait pas. Elle était allée chercher les enfants à l'école, avait subi l'une après l'autre les corvées du goûter, des leçons à apprendre, du bain puis du dîner sans que sa mauvaise humeur la quitte.

— Une demi-heure de télé et au lit ! lança-t-elle à Paul et Louis d'un ton rogue.

Anne préférait refaire sa lettre au père Noël, cherchant sans doute le genre de jouet introuvable qu'elle pourrait ajouter à une liste déjà trop longue.

— Ils sont vraiment gâtés-pourris, fit-elle remarquer à Gilles lorsqu'elle le rejoignit dans la cuisine.

Il venait de rentrer, tout fier de s'être arrêté chez l'écailler pour y acheter deux douzaines d'huîtres.

— Elles ne valent probablement pas celles de Trouville, annonça-t-il, mais j'en ai eu envie en les voyant ! Tu as passé une bonne journée ?

— Atroce. Dénicher une robe pour Valentine a été pire que la quête du Graal ! Et bien entendu, c'est Malaury qui a fini par régler le problème. Elle a *toujours* le truc idéal, il faut lui reconnaître ça, mais elle a commencé par nous trimballer de boutique en boutique, chez ses copines, va savoir pourquoi. Franchement, dans certaines tenues, Valentine avait l'air d'un sac !

— Ah bon ? Elle est bien foutue, pourtant.

Sa colère brusquement ravivée, Sophie toisa son mari.

— Si tu le dis… Les hommes n'ont d'yeux que pour les fesses et les seins, c'est bien connu !

Il haussa les épaules et, pour se donner une contenance, goûta une huître.

— On mange debout devant l'évier ? demanda-t-elle rageusement. Bon, je mets le couvert, va coucher les enfants.

Elle attrapa deux assiettes, du citron, une bouteille de blanc frais. L'ensemble présenté par Malaury était, hélas, sublime. Impossible de prétendre le contraire, même avec la pire mauvaise foi. À elle seule, la robe donnait déjà une allure extraordinaire, mais avec le spencer à brandebourgs, on devenait une princesse. Bien que sans chaussures et sans maquillage, lorsque Valentine était sortie de la cabine, tenant ses cheveux longs d'une main pour les relever, elle aurait pu poser pour n'importe quel photographe de mode. L'estomac noué, Sophie l'avait imaginée au bras d'Alban, et une brusque bouffée de jalousie l'avait brûlée comme de l'acide.

Penser à Alban la rendait folle mais il n'y avait rien à faire, à espérer ou à tenter. Rien du tout ! Avec un autre homme, elle n'aurait pas hésité, quitte à mettre son existence de femme mariée et de mère de famille en péril. Avec un autre, depuis longtemps, elle se serait jetée à sa tête, vautrée dans l'adultère, aurait peut-être quitté Gilles. Seulement voilà, Alban était son beau-frère, or, même dans le plus abracadabrant des scénarios, il ne deviendrait pas son amant. Être amoureuse – cet état si terrible et si délicieux – ne la conduisait nulle part. Valentine n'était pas sa rivale, il n'y avait pas d'histoire d'amour, juste un fantasme secret qui envahissait sa tête chaque soir et qui, selon son humeur, l'aidait à s'endormir ou l'en empêchait.

— Tu penses encore à cette robe ? demanda Gilles en revenant. Tu te fais vraiment une montagne pour pas grand-chose !

Heureusement, il n'avait pas la moindre idée des pensées de sa femme.

— Dis à Malaury de t'en trouver une et n'en parlons plus, suggéra-t-il.

Pour une fois, elle le considéra avec tendresse. Il se comportait en mari prévenant, lui passait tous ses caprices, la gâtait autant qu'il gâtait leurs enfants. Sa manie de toujours vouloir payer quelque chose finissait par avoir du bon.

— Et toi, mon chéri, tu devrais t'acheter un nouveau costume. Entre les réveillons et le mariage de ton frère…

— J'en ai commandé deux, l'interrompit-il d'un ton désinvolte.

Une petite sonnette d'alarme retentit dans la tête de Sophie. Gilles allait rarement choisir ses vêtements tout seul, il préférait charger sa femme de lui trouver ses chemises ou ses cravates. Et quand il se rendait chez son tailleur, il insistait pour qu'elle soit là.

— Tu as bien fait. Quelle couleur ?

— Un gris et un bleu. J'ai aussi pris un manteau, tant que j'y étais. Un poil de chameau très élégant.

Tout en savourant une gorgée de blanc, elle l'observa avec attention. Et si, exactement comme elle, il avait quelqu'un en tête ? Même sans posséder le pouvoir de séduction d'Alban, et malgré son début de calvitie et sa petite bedaine, il pouvait encore plaire. Il n'avait que quarante-deux ans, il était un brillant avocat, et un certain nombre de femmes gravitaient autour de lui. Rien ne l'empêchait de s'intéresser à une de ses clientes, à une secrétaire du cabinet, à une rencontre de hasard. D'autant plus que, ces derniers temps, il semblait parfois distrait, parfois ronchon.

— Attends, dit-elle avec un sourire charmeur, je vais couper une échalote et la mettre dans du vinaigre, je sais que tu adores ça sur les huîtres !

Elle se leva, passa derrière lui et caressa sa nuque au passage. Quand il se retourna, surpris par la sensualité du geste, elle en profita pour l'embrasser.

— Avant toutes ces festivités, murmura-t-elle, une soirée en amoureux me plaît bien…

Il lui rendit son sourire mais ne fit rien pour la prendre dans ses bras. Le problème était peut-être plus sérieux qu'elle ne l'avait envisagé. Et si Gilles avait carrément une maîtresse, une liaison ? Si le démon de la quarantaine le poussait soudain vers une très jeune femme ? Si, pendant que Sophie fantasmait en pure perte sur Alban, son mari s'était entiché d'une autre ?

— Qu'est-ce qui te ferait plaisir pour Noël ? demanda-t-il en tendant la main vers le plateau de fruits de mer.

— Une surprise ! Tu as l'art des surprises…

Elle s'assit carrément sur ses genoux et lui mit les bras autour du cou. Les huîtres pouvaient attendre sur leur lit de glace pilée, le plus urgent pour Sophie était de s'assurer que Gilles l'aimait toujours et qu'aucune menace ne planait sur elle.

8

Comme deux écoliers sages, Alban et Colas étaient assis sur un des bancs de l'église. Face à eux, installé sur un prie-Dieu en guise de chaise, le père Éric Wattier les avait écoutés avec intérêt, et il tenait toujours dans sa main l'image pieuse remise par Alban. C'était un homme d'une soixantaine d'années, aux traits énergiques et à la voix ferme.

— Oui, admit-il, je me souviens de ce monsieur. Votre nom de famille ne s'oublie pas ! Antoine Espérandieu…

Baissant les yeux vers les quelques phrases qu'il avait écrites vingt-cinq ans plus tôt, il les relut dans un murmure, puis releva la tête. Son regard glissa d'Alban à Colas avant de s'égarer vers les vitraux.

— Il était très tourmenté, j'espère qu'il a retrouvé la paix avant de mourir.

— Tourmenté par quoi ? demanda spontanément Colas.

Le visage du prêtre se ferma et il parut s'abîmer dans une intense réflexion qui dura deux ou trois minutes.

— Un mensonge… charitable, finit-il par lâcher.

Il n'avait pas l'air décidé à en dire davantage, pourtant Colas insista :

— Nous nous posons beaucoup de questions, mes frères et moi.

— Ce n'est pas à moi qu'il faut les poser ! Je serais d'un bien piètre recours si je ne savais pas garder ce qu'on me confie.

— Antoine nous a quittés il y a bien longtemps, protesta Alban. Est-ce que ça ne vous délivre pas du secret de la confession ?

— Votre grand-père est parti, cependant vous êtes là. Or c'était sa famille qu'il avait à cœur de préserver.

Pour signifier que leur conversation était terminée, il se leva en esquissant un geste vers la porte de la sacristie.

— Je dois vous laisser.

Déçus, les deux frères se levèrent à leur tour.

— Vous avez le bonjour de David Leroy, ajouta Alban. Un garçon qui vous a connu quand il était scout.

— Leroy ? Ça me dit vaguement quelque chose. Que fait-il, à présent ?

— Il a repris l'agence immobilière de son père, à Trouville.

— Ah, j'y suis ! Oui, c'était un gentil gamin, saluez-le de ma part.

Un peu détendu par cette diversion, le père Éric posa familièrement sa main sur le bras d'Alban.

— Si je peux vous donner un conseil, ne jouez pas aux détectives avec cette vieille histoire. Regarder en arrière ne vous apportera rien de bon, allez plutôt votre chemin.

Sur ces paroles sibyllines, il fit un discret signe de croix puis se détourna. Alban et Colas échangèrent un coup d'œil perplexe avant de se décider à quitter l'église.

— Un prêtre à l'ancienne ! marmonna Colas. Il ne porte plus de soutane mais il est très à cheval sur ses prérogatives de confesseur. Venir jusqu'au Havre pour ne rien découvrir, c'est rageant.

En apprenant qu'Alban, grâce à la sœur de David, avait retrouvé le père Éric, il s'était débrouillé pour prendre un train afin d'assister à l'entrevue.

— J'avais l'impression que tu ne tenais pas tant que ça à percer le mystère de la famille, fit remarquer Alban.

— Pas au début, c'est vrai. Le formulaire d'internement que tu as trouvé dans le portefeuille de papa m'avait flanqué le cafard. Et puis, je n'avais pas envie de te voir harceler Jo. Mais finalement, j'y pense très souvent, trop souvent, et maintenant je voudrais savoir.

Alban hocha la tête tout en consultant sa montre.

— Il est l'heure de déjeuner. On rentre au paquebot ou on mange ici ? Je crois me souvenir d'un petit restaurant sympa à Sainte-Adresse.

— Rentrons, j'ai hâte de voir l'avancée des travaux.

Devant la Twingo violette qui était garée un peu plus loin, Colas perdit d'un coup son humeur morose.

— Tu te trimballes toujours là-dedans ? Ah, je l'adore, je vais faire une photo d'elle et de toi sur le pont de Normandie ! Grandeur et décadence…

S'apercevant de sa gaffe, il voulut s'excuser, mais Alban l'en empêcha.

— Je suis d'accord avec toi, les Airbus m'allaient mieux ! Pourtant, je suis ravi de cette petite voiture et, vu l'avalanche de frais, je ne compte pas en changer de sitôt.

Sur la route du retour, ils essayèrent de trouver une signification aux quelques mots livrés par le père Éric. Un « mensonge charitable » n'était pas très explicite.

De quoi Antoine s'était-il senti coupable au point d'aller soulager sa conscience auprès d'un curé, lui qui ne les fréquentait guère ?

— Un simple « mensonge » ne l'aurait pas empêché de dormir, affirma Colas. Il aurait mis son mouchoir par-dessus, surtout si c'était pour la bonne cause.

— Peut-être a-t-il fait quelque chose dont il ne pouvait pas parler à Jo ? Et peut-être que le poids du silence lui a été insupportable ?

— Ou, au contraire, il en a parlé à Jo qui lui a promis l'enfer ! Tu sais comment elle est, avec ses superstitions et ses prédictions, elle aurait pu lui flanquer la trouille.

— Tout ça n'explique pas pourquoi un tel mystère. Après tout, ils n'ont tué personne.

— Espérons-le, soupira Colas sans le moindre humour.

Alban lui jeta un coup d'œil, surpris par ce ton sinistre.

— C'est Antoine dont il est question, Colas. Antoine. Tu l'imagines en assassin ?

Son frère finit par sourire, mais le cœur n'y était pas.

Dans la cuisine du paquebot, Joséphine avait retrouvé le vieux fauteuil de rotin qu'elle affectionnait, garni de coussins supplémentaires par Valentine.

— Je ne suis pas impotente, protesta-t-elle lorsque, pour la troisième fois, la jeune femme l'empêcha de se lever.

— Non, mais aujourd'hui c'est moi qui fais tout ! Comme ça, je m'approprie un peu les fourneaux.

— Tu as raison. Il faut que tu apprennes à te sentir chez toi, sinon Sophie continuera à te traiter en invitée.

Valentine éclata de rire, heureuse de leur complicité. Avec Jo, depuis le début, elle avait une alliée.

— Avez-vous déjà pensé à des prénoms ? demanda la vieille dame.

— C'est l'un de nos sujets de conversation favoris. Pour une fille, j'aime bien Agathe et… Joséphine.

— Tu n'as rien trouvé de plus démodé ? Et songe aux diminutifs ! Jo, Jojo…

— Non, Jo ce sera toujours vous, personne d'autre. Quant aux garçons, nos préférences vont vers Charles ou Julien.

— En somme, des prénoms bien français.

— Alban est quelqu'un d'assez classique.

— Tu le préférerais plus fantaisiste, moins sérieux ? s'enquit Jo d'un air amusé.

— Je préférerais qu'il ne change jamais, je l'aime exactement tel qu'il est. À un détail près : il ne sait pas se confier. S'il a un souci, il le garde pour lui.

— Et tu crois qu'il a beaucoup de soucis ?

— Des tas de choses le préoccupent en ce moment. Les travaux, le règlement de l'assurance qui tarde, la formation qu'il va devoir suivre s'il veut vraiment prendre la direction de Saint-Gatien… Nous arrivons à parler de tout ça, mais je sens qu'il a un autre problème en tête.

— Ne plus voler est une blessure qui mettra longtemps à cicatriser, et il ne peut partager ce chagrin-là avec personne.

Valentine acquiesça, pas vraiment convaincue. Alban avait surmonté son impossibilité de piloter, elle en était presque sûre, pourtant, il était parfois perdu dans une sombre rêverie dont il émergeait triste et silencieux. Était-ce le mariage qui l'angoissait ? L'enfant à venir ?

Cette nouvelle vie qu'il prétendait avoir organisée pouvait en réalité l'effrayer, ou même l'accabler. Lorsqu'elle le voyait dans cet état d'esprit, Valentine n'osait pas l'interroger. Une seule fois, elle s'était risquée à poser la question rituelle : « À quoi penses-tu ? » et, bien entendu, il avait répondu qu'il ne pensait à rien de particulier. Elle se demandait aussi pourquoi il n'avait pas invité quelques amis à leur mariage. Où étaient donc passées les Nadia, Marianne et autres ? Depuis le week-end où il avait reçu ses anciens copains pilotes et hôtesses, il ne manifestait plus le désir de voir personne en dehors de sa famille. Rejet de sa vie passée, spleen ?

— Tu fais une drôle de tête, fit remarquer Joséphine.

— Je me disais qu'il n'est sans doute pas facile pour Alban de passer de l'existence d'un grand voyageur à celle d'un sédentaire. À Paris, son appartement était rempli d'objets rapportés du monde entier, mais ils sont toujours dans les cartons, au grenier.

— Et alors ? Il n'a peut-être plus envie de s'encombrer d'éventails ou de statuettes ! Ça ne veut pas dire qu'il s'ennuie, ni qu'il regrette. Fais attention, ta casserole déborde.

Valentine se précipita vers la cuisinière et baissa le feu. Elle s'était lancée dans la préparation d'une blanquette, ce qui dépassait ses compétences. Durant des années, elle s'était nourrie de plats tout prêts qu'elle glissait dans le four à micro-ondes de sa kitchenette, à Montmartre. Aujourd'hui, la vaste cuisine du paquebot lui ouvrait d'autres perspectives. D'autant plus que cette pièce était vraiment le cœur de la maison, que tout le monde adorait s'y tenir, et que celle qui officiait derrière les fourneaux ne manquait jamais de compagnie.

— Passe bien l'écumoire, recommanda Joséphine. Tu ne veux vraiment pas que je jette un coup d'œil à ton veau ?

— Oh, si ! accepta Valentine avec un sourire réjoui.

Elle voyait bien que la vieille dame en avait assez d'être assise dans son fauteuil, et la blanquette allait certainement y gagner.

Alban et Colas arrivèrent quelques minutes plus tard, trouvant les deux femmes tête contre tête au-dessus des marmites, lancées dans un grand conciliabule.

— C'est une recette expérimentale ? lança Colas.

Il vint enlacer Joséphine et la souleva du sol. Des trois petits-fils, c'était lui qui était venu le moins souvent à l'hôpital, coincé à Paris par sa boutique.

— Te voilà en pleine forme, Jo ! Mais tu ne devrais pas te reposer au lieu de t'agiter ?

— Je ne m'agite pas, je donne quelques conseils à Valentine. Comment se fait-il que tu sois ici un vendredi ?

— J'ai rejoint Alban au Havre et j'ai décidé de rester, répondit-il étourdiment.

— Au Havre ?

Étonnée, Valentine se tourna vers Alban qui regarda ailleurs, l'air embarrassé. Après un court silence, Colas enchaîna :

— Il s'agit d'une surprise pour le mariage, motus ! Dites donc, ça sent très bon, et nous sommes affamés.

— Encore un bon quart d'heure, annonça Joséphine.

— Alors, en attendant, je monte ouvrir les radiateurs de ma chambre.

Colas s'éclipsa après avoir adressé un discret clin d'œil à Alban. Mentir à Jo devenait nécessaire car elle n'approuverait sûrement pas les recherches auxquelles ses petits-fils se livraient. Elle ne voulait pas qu'on lui parle du passé, elle admettrait encore moins qu'on fouille dans la vie d'Antoine. Et pourtant...

Il régla les thermostats des deux radiateurs, puis appela Malaury pour s'assurer qu'elle pourrait se débrouiller sans lui. Par chance, elle bénéficiait de l'aide d'une amie durant la période des fêtes, et elle affirma ne pas avoir besoin de son mari. Ils convinrent qu'elle le rejoindrait samedi soir, après la fermeture du magasin.

Dans sa salle de bains, Colas mit également un peu de chauffage, puis il troqua son blazer pour un gros pull à col roulé. La perspective de ces deux journées de vacances impromptues le réjouissait beaucoup, il se demandait déjà s'il n'allait pas en profiter pour repeindre les murs de sa chambre. Le chantier entrepris par Alban finissait par donner des envies de changement à chacun, et Malaury avait parlé quelques jours plus tôt d'une couleur miel qui lui plairait bien. Il songea à un dégradé d'or, d'ambre, de caramel au lait. Comme il adorait mélanger les pigments dans les pots de peinture, il allait pouvoir s'amuser.

Il entreprit de faire le tour du premier étage, admirant au passage les nouveautés : interrupteurs encastrés, discrets spots halogène qui éclairaient de manière plus chaleureuse les couloirs, boiseries à mi-hauteur décapées et cérusées. Ses pas le conduisirent jusqu'à la dernière chambre, celle de ses parents. Devant la porte, il eut une hésitation, mais il voulait vérifier sa précédente impression et découvrir pourquoi il connaissait si parfaitement les oiseaux brodés sur les rideaux. Ce souvenir, qui lui échappait en partie, l'avait tarabusté jusqu'à l'obsession depuis son dernier séjour.

En entrant dans la pièce, il éprouva immédiatement la même sensation de malaise, la même envie de fuir, et néanmoins la même curiosité. Il s'approcha des fenêtres, examina un par un les rideaux. Seul le dernier présentait un petit défaut du tissu, à environ quatre-vingts centimètres du sol. Le martin-pêcheur bleu et orange brodé à cet endroit semblait avoir une aile brisée, contrairement à tous les autres. Colas s'assit sur le parquet, regarda la chambre autour de lui, puis de nouveau l'oiseau. Il pencha la tête en arrière pour le voir d'en dessous, et enfin, il ferma les yeux. Oui, il avait passé des heures à contempler ce martin-pêcheur, le comparant à ses congénères, lui inventant une his-toire, le baptisant même « Piou ». À l'époque, son berceau avait dû se trouver pour un temps dans la chambre de ses parents, il en eut soudain la certitude. Il était le petit dernier, peut-être l'avait-on protégé et chouchouté plus longtemps que les autres ? Piou était son ami-voyageur, son ami-blessé, et comme il était différent, il serait le seul à pouvoir s'échapper du rideau un jour malgré son aile atrophiée. Colas se réfu-giait dans ses rêves pour échapper à quelque chose. Il fixait l'oiseau parce qu'il avait peur.

La peur revint d'un coup, fondit sur lui comme une nausée. Dans un flash brutal, il vit le visage convulsé de sa mère au-dessus de lui, perçut des voix qui s'éle-vaient confusément, sentit une douleur autour de son cou. Des mains meurtrissaient sa trachée, l'air lui man-quait, il se débattait en pédalant et en se tordant comme un ver dans son berceau.

Colas se releva d'un bond, sous le choc, le souffle court. Le cauchemar dont il émergeait avait effective-ment eu lieu, ici même, sous ce rideau. Il s'entendit gémir, incapable de retenir la plainte qui s'échappait de lui à présent, qui enflait jusqu'à devenir un cri de refus et de désespoir.

— Qu'est-ce que tu as ? Qu'est-ce qui se passe ?

Alban était là, à côté de lui, sans qu'il l'ait vu entrer. Il s'effondra contre son épaule, secoué de sanglots secs.

— Elle… Elle a voulu me tuer, m'étrangler !

Les bras solides de son frère se refermèrent autour de lui et l'entraînèrent hors de la chambre dont la porte claqua.

— Colas, reprends-toi, tout va bien…

Dans la première des salles de bains du couloir, Alban lui passa de l'eau sur le visage puis le poussa devant la fenêtre qu'il ouvrit.

— Respire. Oui, comme ça. Tu te sens mieux ?

La panique reflua enfin, laissant Colas exsangue. Il s'écarta de la fenêtre, frissonna, s'assit sur le rebord de la baignoire.

— C'est bête, articula-t-il d'une voix rauque, je m'étais imaginé avoir été le plus aimé. Tu sais, le petit dernier, celui qu'on câline. Et elle a voulu me tuer ! Tu te rends compte ?

— Marguerite ?

Alban semblait incrédule, interloqué, et il dévisageait son frère avec inquiétude.

— La lettre de papa, Alban. Celle que tu as trouvée dans son portefeuille. Rappelle-toi, il y avait une phrase disant : « Colas n'en a aucun souvenir. » Eh bien voilà, l'image m'est revenue d'un coup ! À cause du martin-pêcheur…

Malgré sa lassitude, il expliqua tout à Alban.

— Je n'ai pas bu et je n'invente rien, conclut-il d'un ton amer. Je devais être un bébé quand j'ai vécu ce moment de panique. J'ai occulté la scène depuis toujours, je n'y avais pas accès.

— Qui est intervenu ? Papa ?

— Je ne sais pas.

— Tu veux en parler à Jo ?

— Je ne sais pas, répéta Colas.

Alban attendit encore un peu, puis il alla fermer la fenêtre.

— Il faut qu'on descende. Jo et Valentine nous attendent.

Ils s'engagèrent dans le couloir et se dirigèrent vers l'escalier.

— Je vais décrocher ces rideaux, proposa Alban. On trouvera quelqu'un à qui les donner.

Un rayon de soleil illuminait la galerie du rez-de-chaussée et, en approchant de la cuisine, ils sentirent l'agréable fumet de la blanquette.

— Est-ce que ça va, Colas ?

— Oui, je me sens beaucoup mieux. Merci d'être venu.

— Tu criais très fort !

Alban esquissa une grimace, puis il baissa la voix pour ajouter :

— Ce que je ne comprends pas dans tout ça, c'est le rôle d'Antoine.

— Il n'a rien à voir avec ce dont je viens de me souvenir. Écoute, je voudrais que tu me promettes quelque chose…

— Dis-moi.

— On va trouver le fin mot de l'histoire, hein ? On le cherchera le temps qu'il faudra !

Ils entendirent le rire de Valentine, suivi par celui de Jo.

— Promis, murmura Alban.

Quand ils entrèrent dans la cuisine, Colas avait retrouvé le sourire.

Gilles hésitait, son regard allant de l'un à l'autre des bijoux présentés sur un carré de velours noir. Il essaya de se remémorer ses derniers achats, chez ce même joaillier. Des boucles d'oreilles pour l'anniversaire, un bracelet pour la fête des Mères... et une montre au précédent Noël.

— Je vais prendre le collier, décida-t-il.

Un peu cher, mais Sophie serait contente. Elle était plutôt moins désagréable ces jours-ci, ça valait la peine de l'encourager !

— Maintenant, je voudrais voir des choses plus fantaisistes, pour quelqu'un de jeune.

Depuis une semaine, il se demandait s'il avait le droit de faire un cadeau de ce genre à Julie. En principe, du champagne ou des chocolats seraient plus indiqués qu'un bijou, trop personnel, mais il tenait à la remercier de façon particulière. Sans elle, jamais il n'aurait pu abattre un tel travail au cabinet cette année. Il se félicitait chaque matin de l'avoir embauchée, d'autant plus qu'elle était ravissante, et toujours souriante.

— Cette gourmette en argent me plaît bien, dit-il d'un ton qu'il espérait détaché.

Peu lui importait l'opinion de la vendeuse, néanmoins il devait avoir l'air du monsieur qui choisit successivement pour sa femme et sa maîtresse. Or il n'était pas l'amant de Julie.

— C'est pour ma fille, déclara-t-il.

Qu'avait-il besoin de se justifier ? Bien sûr, des idées lui trottaient dans la tête quand ses yeux se posaient sur les jambes de Julie ou sur ses chemisiers très ajustés. Deux ou trois fois, il l'avait invitée à déjeuner, mais leurs conversations étaient restées professionnelles. En réalité, il n'osait pas. Il n'osait pas la draguer, de peur d'être ridicule, il n'osait pas s'embarquer dans une histoire qui l'obligerait à mentir chez lui et créerait une situation équivoque au cabinet. Bref, il n'était pas mûr pour une liaison. D'ailleurs, il aimait Sophie malgré son caractère épouvantable, et il avait encore une haute idée du mariage. Pourtant, la tentation existait bel et bien. La preuve, cet achat inconsidéré.

« Au pire, je pourrais effectivement garder la gourmette pour Anne, plus tard. »

Empêtré dans ses contradictions, il tendit sa carte bancaire à la vendeuse. Elle aussi était très jolie. Allait-il se mettre à regarder toutes les femmes ? À offrir des bijoux à chacune ?

« Non, je n'en suis pas là ! Julie, c'est parce qu'elle est *gentille*. En plus de son travail impeccable, elle s'occupe de moi, elle rit, elle me dit des choses aimables, elle fait le café comme je l'aime. Tout ça mérite une récompense, quelque chose de moins anonyme qu'une boîte de bonbons. »

Au moment où il franchissait la double porte de la joaillerie, son portable se mit à vibrer dans sa poche. C'était Colas qui, sans préambule et d'une voix de conspirateur, commença à lui raconter une histoire invraisemblable.

— Nous ne sommes pas encore mariés, chuchota Alban, nous n'avons pas l'obligation de nous comporter comme des gens respectables.

Tout en l'embrassant, il l'attira à lui et glissa une main sous son pull.

— Attends deux secondes ! protesta Valentine en s'écartant. J'ai une question à te poser d'abord. C'était quoi, cette « surprise » nécessitant d'aller au Havre ?

Je croyais qu'on avait décidé de ne plus se faire de cachotteries…

Répugnant à lui mentir, il chercha une réponse plausible sans en trouver. Comme elle attendait, imperturbable, il finit par marmonner :

— Un truc de famille.

— Mais en principe, Alban, tu m'as demandé de faire partie de ta famille !

Elle descendit son pull d'un geste rageur, lui signifiant ainsi qu'il n'était plus question de câlins.

— Écoute, Valentine, j'ai déjà essayé de t'en parler. Ce n'est pas quelque chose de simple…

— Quoi, à la fin ?

— La santé mentale de ma mère ne…

— Encore ta mère ? Quel rapport avec Le Havre ? Et pourquoi t'obsèdes-tu là-dessus *aujourd'hui* ? Tu me racontes n'importe quoi, tu me prends pour une idiote !

Consterné, il tendit la main vers elle dans un geste de paix mais elle recula de deux pas, croisa les bras et le toisa.

— J'ai interrogé Jo au sujet de ta mère. Elle dit que c'était une originale, et qu'elle a fini par faire une dépression. C'est triste, mais c'est tout, il n'y a rien d'autre. Jo dit aussi que tu la harcèles avec des questions stupides. Elle trouve que tu ferais mieux de t'occuper de moi.

— Je ne m'occupe pas de toi ? s'insurgea-t-il.

— Si, admit-elle d'un ton radouci. Quand tu ne penses pas à autre chose.

Il se sentait furieux. Ainsi, Jo prétendait qu'il n'y avait *rien d'autre* ? Que Marguerite était juste une *originale* ? Quelle originalité, en effet, de vouloir étrangler son enfant ! Et, le comble, Jo n'hésitait pas à se servir de Valentine afin d'enterrer toute l'histoire à sa guise.

— Je ne veux plus discuter de ça, dit-il froidement.

— Tu ne veux jamais discuter de rien !

Levant les yeux au ciel, il sortit de sa chambre mais se retint de claquer la porte. S'il n'avait pas tout dit à Valentine, c'était pour la préserver. Exactement comme Joséphine, dont le refus de parler n'était sans doute qu'un moyen de protéger ses trois petits-fils. Ainsi chacun, au nom du bien des autres, entretenait son mystère et générait un malentendu.

Il dévala les deux étages, croisa un ouvrier dans la galerie du rez-de-chaussée, et alla se réfugier dans le bureau. Colas était parti acheter de la peinture pour se changer les idées, et Joséphine avait regagné sa petite maison où elle devait se reposer. Les coudes sur le bureau et la tête entre les mains, Alban resta immobile un long moment, réfléchissant à tout ce qui s'était produit depuis qu'il avait décidé de revenir habiter le paquebot. Le portefeuille de Félix, le missel d'Antoine, le flash de Colas... Quelques éléments d'un puzzle encore indéchiffrable. Ce matin, son frère lui avait fait peur, debout au milieu de cette chambre sinistre, à crier comme un possédé. Sur le coup, Alban s'était rappelé les propos du psychiatre consulté par Gilles : « La maladie se révèle entre quinze et trente-cinq ans. » Colas en avait trente-huit. Mais il n'était pas en train de sombrer dans la schizophrénie, non, il venait seulement de retrouver au fond de sa mémoire des images insoutenables. Si sa mère avait voulu l'étrangler, c'est qu'elle le haïssait et le rejetait, alors qu'il s'était cru le bien-aimé petit dernier.

Un fracas de verre brisé fit sursauter Alban, l'arrachant à ses pensées. Il alla ouvrir la porte du bureau et vit l'ouvrier croisé un peu plus tôt qui considérait le carreau cassé d'un air ébahi.

— C'est ce tuyau, expliqua-t-il. En me retournant…

Par terre, un long morceau de cuivre était couvert de débris.

— Ne vous en faites pas, je vais chercher ce qu'il faut pour le remplacer !

Alban acquiesça en silence. Les travaux du paquebot auraient dû se terminer cette semaine, mais ça semblait très improbable.

— Prenez vos mesures, se borna-t-il à suggérer. Il n'y a pas une seule vitre de dimension standard ici.

Comme il se détournait, il entendit Colas le héler depuis le hall d'entrée.

— Regarde ce que je rapporte !

Son frère vint lui mettre sous le nez un sac plein de petits tubes de pigments, de pinceaux, de rouleaux.

— J'ai vingt litres de peinture blanche dans la Twingo ! Je vais faire des mélanges et des essais de couleur, tu monteras pour me dire ce que tu en penses.

Alban se mit à rire devant l'enthousiasme de Colas.

— Malaury est d'accord ?

— Elle a hâte de voir ça. Ce chantier est contagieux, mon vieux !

Au moins, la scène du matin semblait oubliée, et si Colas avait envie de repeindre sa chambre, c'était signe qu'il n'avait pas pris le paquebot en horreur.

Valentine fit son apparition dans l'escalier, en manteau et en bottes, ses clefs de voiture à la main.

— Tu vas te promener ? s'enquit Alban en lui souriant.

Elle ne se donna pas la peine de répondre et passa devant lui sans le regarder.

— Valentine, attends !

Il la rattrapa alors qu'elle sortait, la prenant par la taille pour l'arrêter.

— Qu'est-ce que tu as ?

— Besoin d'air, répliqua-t-elle sèchement.

— Tu m'en veux ?

— Mais non ! Je m'habitue à parler à un mur, ne t'inquiète pas.

— Tu me fais une scène pour rien, chérie.

— Pour rien ? se rebiffa-t-elle. Tu décrètes que tu ne veux plus discuter avec moi et tu me plantes là, ce n'est pas rien. Je ne suis pas une potiche, je n'ai pas envie d'être traitée comme ça. Si c'est ta conception de l'amour, ce n'est pas la mienne, et on ferait mieux d'y réfléchir tant qu'il en est encore temps !

Médusé, il la laissa partir. Venait-elle vraiment de remettre leur mariage en question ? À huit jours de la cérémonie ? Il enfouit les mains dans les poches de son jean, ne sachant que faire, puis il remonta les marches du perron. Avant de rentrer, il renversa la tête en arrière et considéra la haute façade du paquebot. La journée avait été plutôt pénible mais, non, la villa ne portait pas malheur, jamais il n'accepterait cette idée.

David déposa devant Valentine une tasse de café mousseux et fumant, puis il en prépara une autre pour lui.

— Avec ma nouvelle machine, je m'en fais toute la journée. Je l'avais achetée pour les clients, mais c'est moi l'accro du café, je vais finir comme une pile.

Il poussa la porte de son bureau afin de s'isoler du reste de l'agence où régnait une activité de ruche.

— Nous fermons demain soir, expliqua-t-il, et nous ne rouvrirons que le mardi 2 janvier. Dix jours de vacances vont faire le plus grand bien à tout le monde.

À voir l'air sombre de Valentine, il avait compris que quelque chose n'allait pas. S'asseyant en face d'elle, il lui adressa un sourire encourageant.

— Un problème à bord du paquebot ?

— Juste une stupide querelle. Alban est trop secret, ça me rend folle.

— Ah, les secrets Espérandieu... Tout un programme !

— Il rentre, il sort, il ne dit pas où il va... Je ne veux pas le pister ni l'espionner, mais parfois j'aimerais bien être dans la confidence.

— De quoi ?

— Son travail, par exemple. Il a accepté Saint-Gatien et je l'ai appris comme par hasard, au détour d'une conversation. Mais il y a aussi sa famille. En ce moment, il est obnubilé par sa mère. Il prétend qu'elle était folle, alors que Jo relativise. Sans compter le nombre de conciliabules qu'il peut avoir avec Gilles ou Colas ! À certains moments, je me demande ce que je fais là.

David se pencha un peu en avant pour demander, très sérieusement :

— Tu as des doutes sur tes sentiments, Valentine ?

— Non !

— Sur ceux d'Alban ?

— Non...

— Tant mieux, parce qu'il est fou de toi. Je ne le dis pas pour te rassurer, mais Alban est mon ami, je le connais par cœur, et avec toi il a découvert l'amour. Vous faites un couple magnifique, je vous envie beaucoup.

Elle parut se détendre un peu, s'efforça même de sourire à son tour.

— À mon avis, poursuivit-il, tu as du caractère et c'est une bonne chose. Mais tu ne changeras pas Alban, prends-le comme il est.

— À savoir ?

— Un homme réservé qui ne t'encombrera pas de ses états d'âme toutes les cinq minutes.

Cette fois, elle eut un petit rire gai.

— Et puis, poursuivit David, il aime bien faire des surprises. Pour Saint-Gatien, il attendra que tout soit réglé et ce sera une sorte de cadeau : votre situation matérielle assurée. Tu sais, il ne m'avait même pas prévenu de son retour définitif ! Il ne savait pas s'il avait fait le bon choix, ni si tu te plairais ici. En fait, ça dépendait de toi. Plein de choses dépendent de toi, Valentine.

Redevenue grave, elle dévisagea David durant quelques instants avant de demander :

— Tu crois que ça ira, nous deux ?

— Je t'ai déjà répondu : ça ne tient qu'à toi. D'ailleurs, bientôt, ce ne sera plus vous deux mais vous trois. Tu n'imagines pas à quel point ça le rend fier !

— C'est vrai ?

Soudain, elle eut les larmes aux yeux et elle baissa la tête.

— Quelque chose t'empêche d'être heureuse ?

— Au contraire, répondit-elle d'une voix étranglée. Tout est presque trop bien, ça me fait peur. J'aime Alban, j'aime l'idée de devenir sa femme et de vieillir avec lui. J'aime cet enfant dans mon ventre, et qu'il soit de lui. J'aime ses frères, sa grand-mère, son paquebot ! J'aime aussi vivre au bord de la mer… Alors, forcément, j'ai la trouille.

— Mais non, pas *forcément* ! Joséphine voit une aura de bonheur autour de toi. Et tout ce que voit Jo se réalise. Sauf qu'elle te prend pour une battante, or j'ai devant moi une petite femme apeurée qui pense qu'à minuit le carrosse va se transformer en citrouille.

Amusée, Valentine lui tendit sa tasse vide.

— Je peux en avoir un autre ?

Tandis qu'il s'activait devant sa machine, elle en profita pour lui lancer :

— Est-ce qu'Alban sait à quel point tu es un ami formidable ?

— J'espère ! On se connaît depuis si longtemps, lui et moi… S'il n'avait pas été dans cette pension, je crois que j'y serais mort d'ennui. Ou bien j'aurais fugué ! Quand j'étais gamin, je ressemblais à une crevette et j'avais droit à ma ration de quolibets. Alban était grand, baraqué, je peux dire qu'il m'a pris sous son aile. Ça ne s'oublie pas. En une année, j'ai poussé d'un coup, la vraie crise de croissance, j'ai rattrapé les autres, puis je les ai dépassés. Entre-temps, Alban et moi étions devenus inséparables.

Valentine lui prit la tasse des mains et but son café brûlant à petites gorgées.

— Tu m'as complètement requinquée, affirma-t-elle.

— Je suis ton témoin dans huit jours, c'est une responsabilité.

— À ce propos… Sais-tu pourquoi Alban n'a pas invité ses amis ?

— Il voulait quelque chose d'intime. Et aussi que tu ne te sentes pas entourée d'inconnus.

David jugea inutile de préciser qu'Alban avait renoncé à convier ses copains parce qu'il se doutait que Valentine ne les appréciait guère. Attristé qu'elle n'ait même pas un membre de sa famille près d'elle ce jour-là, il n'avait pas voulu lui imposer tout le clan d'Air France. D'ailleurs, avait-il encore envie de les voir ? Il semblait au contraire déterminé à tourner la page, à ne pas se complaire dans ses souvenirs de pilote de ligne.

— Je vais aller acheter un gâteau, ensuite je rentrerai, annonça Valentine en se levant.

— On se reverra tout à l'heure, je dîne chez vous.

Il l'aida à enfiler son manteau, ramassa son sac qu'elle avait posé par terre et le lui mit sur l'épaule.

— Je peux te poser une question indiscrète, David ?

— Vas-y, ma belle.

— Pourquoi n'es-tu pas marié ?

— Avec qui ? C'est tout le problème. Plus jeune, j'étais comme Alban, un peu cavaleur et un peu cœur d'artichaut. Après… eh bien, Trouville n'est pas vraiment une métropole ! Et les filles comme toi ne courent pas les rues.

Il la regarda bien en face pour qu'elle comprenne que sa phrase ne contenait pas la moindre ambiguïté. Touchée par sa gentillesse, elle se mit sur la pointe des pieds et l'embrassa sur la joue.

— Tu es un chic type, David.

Lorsqu'elle sortit de son bureau, il resta un moment figé, puis il étouffa un soupir.

Trébuchant sur les plis de la vieille bâche dénichée au grenier, Colas se recula pour juger son travail.

— Pas mal du tout… J'adore cette couleur !

Il agita son rouleau dans la direction d'Alban qui peignait une fenêtre.

— Je me demande parfois si je ne devrais pas me lancer dans la décoration d'appartements.

— Tu t'ennuies dans ta boutique ?

— Non, vraiment pas, mais aujourd'hui la majeure partie de notre chiffre d'affaires se fait sur les vêtements, et dans ce domaine Malaury est imbattable. Moi, je suis plus intéressé par les objets, les tissus d'ameublement... Figure-toi qu'on pensait même ouvrir un second magasin, et devine où ? À Deauville ! Mais c'est trop saisonnier, et puis on serait moins ensemble, Malaury et moi, ce qui ne nous convient pas.

— Inséparables, hein ?

— On ne s'est pas lassés, admit Colas d'un air réjoui, on vit toujours en amoureux. J'espère qu'il t'arrivera la même chose, mon vieux !

Durant un petit moment, ils peignirent en silence, concentrés sur leur tâche, puis Alban demanda :

— Tu t'es remis du choc de ce matin ?

— Franchement, ça m'a secoué. Peut-être faudrait-il que je raconte ça à un psy pour m'en débarrasser. J'ai l'impression d'avoir ouvert la porte de l'armoire de Barbe-Bleue !

Alban se retourna pour considérer son frère, intrigué par la légèreté du ton. Colas savait se préserver, ou bien c'était sa fantaisie naturelle qui le mettait à l'abri de tout. « Un heureux caractère », disait de lui Joséphine, et longtemps Gilles avait prétendu, bienveillant : « Il mûrira. » Après avoir fait peur à tout le monde avec ses études ratées, le cadet s'était finalement organisé la vie qui lui convenait, et même un très mauvais et très indésirable souvenir d'enfance ne semblait pas pouvoir remettre en question son aptitude au bonheur.

— Si tu m'aides encore demain, affirma Colas en grimpant sur l'échelle, on aura fini avant l'arrivée de Malaury. Tu pourras ?

— Bien sûr.

— Tu n'as pas un million de choses à faire pour ton mariage ?

— Tout est planifié. Ne manque que la mariée ! J'espère qu'elle va revenir vite.

— Elle est là ! lança Valentine depuis le seuil. Elle a même pensé à acheter un gâteau pour les peintres, c'est dire si elle est bien disposée à leur égard.

Prudemment, elle fit quelques pas sur la bâche et rejoignit Alban.

— Tu ne mets pas de Scotch sur les carreaux ? s'étonna-t-elle.

— Il fait ça à main levée, s'extasia Colas, ça gagne du temps.

Alban posa son pinceau, s'essuya les mains sur un chiffon, puis il prit Valentine par le cou et l'attira à lui d'un geste un peu brusque.

— Tu voulais me faire peur ? murmura-t-il. Où étais-tu passée ? Je déteste les disputes.

— Moi aussi. J'étais chez David, à l'agence, on a parlé de toi.

— Il faut toujours qu'on parle de lui ! persifla Colas. Ma petite Valentine, est-ce que tu serais libre demain matin pour nous aider ? On te laisse les portes, c'est le plus facile.

— Tu ne vas pas lui faire respirer ça ! protesta Alban.

— La peinture à l'eau n'a pas d'odeur et n'est pas toxique. Maintenant, si Valentine a des trucs à préparer pour Noël ou pour les noces, je comprendrai.

— Demain matin, d'accord.

Elle regarda Alban et lui adressa un sourire éblouissant.

— Je ne suis pas en sucre, affirma-t-elle.

Prenant enfin le temps d'observer la pièce, elle émit un petit sifflement admiratif.

— C'est superbe !

Colas avait travaillé sa gamme d'ambre et de miel avec beaucoup d'inspiration, modifiant complètement l'atmosphère de la chambre.

— Ta femme ne regrettera pas de t'avoir accordé des vacances, prédit Alban.

Un bruit de cavalcade, dans l'escalier, les avertit de l'arrivée de Sophie et des enfants.

— Ils devaient venir ce soir ? s'étonna Valentine.

Elle songea que son gâteau ne suffirait jamais. Bien sûr, Sophie était chez elle au paquebot, mais pourquoi prenait-elle un malin plaisir à ne pas prévenir de son arrivée ?

— Waouh ! s'écria Paul en s'arrêtant à la porte. On peut entrer ?

— Pas question, intervint Colas, vous allez vous salir.

Louis et Anne avaient rejoint leur frère et ouvraient de grands yeux.

— Maman, si on repeignait nos chambres aussi ? demanda Anne d'une voix impérieuse. Je voudrais la mienne en rose !

— On verra ça au printemps, répliqua Sophie.

Par-dessus les têtes de ses enfants, elle salua ses beaux-frères et ignora Valentine.

— Magnifiques, ces couleurs, dit-elle avec une pointe d'envie. Mais vous croyez que le moment est bien choisi pour se lancer là-dedans ?

— Ce sera fini demain soir, affirma Colas. Dimanche, tu auras toute l'aide voulue pour le réveillon.

L'habitude de considérer Sophie comme la maîtresse de maison exaspérait Valentine. Deux jours plus tôt, lorsqu'elle s'était proposée pour aller acheter un sapin de Noël, Alban avait répondu que Gilles et

Sophie s'en chargeraient, ce qu'ils faisaient chaque année avec les enfants.

« Bien beau si on me laisse accrocher une boule ! » songea amèrement la jeune femme. Elle s'en voulait de son aigreur vis-à-vis de Sophie, mais elle n'arrivait pas à oublier la séance d'essayage et toutes les petites réflexions aigres qu'elle avait dû subir ce jour-là.

— On va s'occuper du dîner ? proposa-t-elle à Alban. Je ne sais pas s'il y aura assez pour...

— J'ai tout prévu ! lança Sophie d'un air satisfait. Le temps de défaire les bagages et je descends. Encore bravo pour la peinture, Colas. La maison prend vraiment une allure formidable.

Elle entraîna les petits dans le couloir tandis que Valentine se laissait aller contre l'épaule d'Alban en murmurant :

— Dieu, qu'elle m'agace ! Tu crois que j'ai un mauvais fond ?

— Mais non, chuchota Colas qui nettoyait son rouleau. Elle agace tout le monde, c'est bien connu.

Valentine pouffa discrètement, mais Alban se mit à rire aux éclats.

Bien calée dans son rocking-chair, Joséphine suggéra à David de leur servir un doigt de pommeau.

— C'est vrai, tu aimes ce truc, soupira-t-il.

— Pas toi ?

— Je préfère le calvados le soir, et éventuellement le jus de pomme le matin, mais ce mélange... Alors comme ça, tu ne dînes pas avec nous ?

— Non. Il va y avoir beaucoup de festivités ces jours-ci, je me repose en attendant.

— Tu me rassures, j'ai cru que les jeunes ne t'avaient pas invitée !

— Je suis invitée permanente, dit-elle avec un sourire attendri. Alban me le répète sur tous les tons, et Valentine aussi. Mais ils ont bien le droit d'être un peu entre eux sans s'encombrer d'une vieille dame.

Il lui apporta son verre, trinqua avec elle puis alla s'asseoir près de la table.

— Parfois je me demande si tu sais à quel point tes trois petits-fils t'aiment ?

— Oui, mais ils ont aussi leurs vies, c'est normal. Et moi, je me plais beaucoup dans ma maisonnette !

Elle savoura une gorgée, fit claquer sa langue.

— Est-ce que tu es venu pour te faire tirer les cartes ? demanda-t-elle d'un air soudain inquiet. Parce que vois-tu, depuis mon petit accident de l'autre jour, elles sont restées dans le tiroir et ça ne me dit rien de les en sortir.

— Je ne pensais pas aux cartes, Jo. Je suis passé pour t'embrasser… et pour te parler.

— Tu parais bien sérieux. Tu as des soucis ? Une histoire de femme ?

Elle se mit à le scruter de son œil inquisiteur avant de lâcher :

— Ce n'est pas grave.

Quand elle le regardait de cette manière-là il se sentait transparent, aussi se dépêcha-t-il d'enchaîner.

— C'est de toi qu'il s'agit. Toi et ton foutu secret. Tu es en train de mettre la pagaille dans ta famille, Jo !

— Moi ?

— Tu te tais, et eux, ils cherchent. Devine ce qu'Alban est allé faire au Havre, ce matin ? Voir un certain père Éric.

— C'est trop fort ! explosa Joséphine. Le père Éric Wattier ? Qu'ont-ils bien pu…

— Ne me demande pas ce qu'ils se sont dit, je n'en ai aucune idée. En revanche, j'ai eu droit à une visite de Valentine, toute retournée parce qu'elle voit bien qu'Alban lui dissimule des choses. Il est perdu dans ses pensées, que veux-tu qu'elle en déduise ? Et il n'ose pas lui parler de cette histoire de démence maternelle parce qu'elle est enceinte. Un malentendu qui les conduit à se disputer, voilà le résultat. Et au passage, je te signale qu'Alban et moi avons failli en venir aux mains, l'autre jour, sur la plage. Il pense que tu m'as confié des trucs qu'il ignore, ça le met hors de lui.

— Mais tu n'es pas concerné, toi ! Ah, bon sang, pourquoi Alban est-il revenu ? Le passé dormait en paix, tout allait bien, c'était enfin tranquille…

La voix de Joséphine se brisa sur le dernier mot, comme si cette tranquillité perdue la désespérait. Inquiet, David approcha sa chaise et s'installa juste devant la vieille dame dont il prit les mains dans les siennes.

— Jo, ne t'énerve pas, c'est mauvais pour toi. J'essaie seulement d'arranger la situation. Alban, Gilles et Colas sont comme des chiens de chasse, ils ne lâcheront pas la piste.

— Et quand ils auront déterré la charogne, tu crois qu'ils seront plus heureux ? C'est une histoire nauséabonde, David. Si je la garde pour moi, alors qu'elle m'étouffe, ce n'est pas par plaisir. La vérité, c'est que nous ne sommes pas des gens bien. Les Espérandieu ne sont *pas* des gens *bien* ! Tu aimerais que je leur jette ça à la figure, à mes petits-fils ?

Elle écumait d'une colère trop longtemps contenue, mais qui ne visait pas les trois garçons qu'elle avait élevés.

— Oui, nous avions une folle à la maison ! Comme dans *Jane Eyre*, cette femme hantait la villa, aussi dangereuse qu'un chien enragé. Mon pauvre Félix attendait l'orage, résigné, mais, au bout du compte, c'est lui qui a été frappé par la foudre. Alors, Antoine a voulu arranger les choses, le pauvre, il a rhabillé la vérité d'un autre manteau, moins sordide. Si tu savais ce que ça lui a coûté de nuits blanches…

De grosses larmes roulaient à présent sur les joues parcheminées de Joséphine.

— Il fallait vendre le bazar maudit quand je te l'ai demandé, David !

— Non, il n'y a rien de maudit, murmura David. C'est une maison magnifique, Jo, la fierté de ton père, souviens-toi, tu me l'as raconté.

Il s'en voulait de l'avoir mise dans cet état, pourtant il se sentait dévoré de curiosité. Les Espérandieu n'étaient pas des gens bien ? Qu'avaient-ils donc fait pour qu'elle puisse avouer une chose pareille ? Mis bout à bout avec ce qu'il savait déjà, il entrevit quelque chose d'effrayant.

— Je te donne encore un doigt de pommeau ? proposa-t-il. As-tu de quoi dîner ? Et tes médicaments, tu les prends, hein ?

Peut-être que, s'il insistait, elle finirait par tout dire, mais il n'avait pas le cœur de la faire parler cette fois. Elle paraissait éprouvée, démunie, infiniment fragile dans ce rocking-chair trop grand pour elle, et une bouffée de compassion le prit à la gorge.

— Viens avec moi jusqu'au paquebot, Jo. Tu verras les jeunes, ça te changera les idées.

Elle sortit un mouchoir de la poche de son tablier et essuya son visage.

— Vous n'êtes plus si jeunes que ça, les uns et les autres, dit-elle dans une tentative de plaisanterie.

— Viens, répéta-t-il.

Il lui lâcha les mains, se leva et alla prendre son gros châle pendu à la patère. Jamais il n'aurait dû l'acculer de la sorte. Si elle faisait un nouveau malaise, il serait responsable, et il n'avait même pas l'excuse d'avoir droit à cette vérité après laquelle tout le monde courait, Alban le premier.

9

Comme prévu, Sophie s'était chargée de décorer un immense sapin, livré par un fleuriste de Deauville. Malaury avait arrangé la table à son idée, dénichant une nappe délicatement ajourée où étaient brodées les initiales J et A, puis fouillant le fond des placards de l'office pour en extraire un service à liseré or. Ensuite, elle avait tressé des guirlandes avec des branches de houx et des pommes de pin. Pour sa part, Joséphine s'était mise en cuisine dès le matin afin de confectionner la farce de sa dinde et préparer la fameuse bûche dont ils raffolaient tous. Valentine, ainsi qu'elle l'avait annoncé quelques semaines plus tôt, avait rempli de sucreries et de petites surprises des bottes de feutre rouge accrochées au dossier des chaises de la salle à manger. Pendant ce temps-là, indésirables dans la maison, Gilles, Alban et Colas étaient allés se promener sur la plage avec les enfants.

À neuf heures du soir, ils s'étaient tous retrouvés dans le grand salon pour boire une coupe de champagne et déguster les canapés au foie gras préparés par Sophie. Surexcités, les enfants ne pouvaient détacher leurs yeux de tous les paquets multicolores entassés sous le sapin. Ils ne croyaient plus au père Noël, ce qui dispensait Gilles de se déguiser, mais attendre minuit pour découvrir leurs cadeaux paraissait au-dessus de leurs forces.

— Vous vous calmez, ou vous dînez à la cuisine ! menaça Sophie.

Elle était ravissante dans sa robe bleue lamée argent au décolleté plongeant, mais elle affichait une expression morose. Contrairement aux années précédentes, elle ne pouvait plus marivauder avec Alban, ni se pendre à son cou en jouant la belle-sœur affectueuse. La présence de Valentine était une donnée nouvelle, difficile à intégrer, mais il allait bien falloir s'y faire.

« Et le prochain Noël sera pire, avec un marmot dans un berceau, et sur lequel on devra s'extasier ! »

Du coin de l'œil, elle observa Valentine dont la silhouette ne laissait toujours pas deviner la grossesse. Alban était près d'elle, devant la cheminée, et il la tenait par la main tout en parlant avec Gilles. L'espace d'une seconde, Sophie eut tellement envie d'être à la place de Valentine qu'elle se mordit les lèvres au sang. Avoir dix ans de moins et épouser un homme comme Alban ! Pouvoir tout recommencer, cette fois sans se tromper de frère. Malheureusement, à cause de ses voyages, elle n'avait rencontré Alban que peu de temps avant son mariage avec Gilles, et les dés étaient déjà jetés. Tout de suite, bien que refusant de se l'avouer ou même de mettre un nom sur ce qu'elle éprouvait, elle s'était sentie attirée. Le voyage de noces avait eu lieu sur un vol Air France à destination du Brésil. Alban était aux commandes, il avait fait venir son frère et sa belle-sœur dans le poste de pilotage. Subjuguée, Sophie ne l'avait pas quitté des yeux une seconde, et c'était cette image de lui qu'elle conservait encore, irrésistible dans son uniforme.

L'arrivée de David la sortit brusquement de ses souvenirs. Elle lui présenta le plat de canapés, emplit une coupe de champagne et trinqua avec lui.

— Ta robe est superbe, dit-il galamment.

— C'est ce que je pense aussi, déclara Gilles en les rejoignant. Je suis très fier de ma femme !

Gilles souriait d'un air béat, et Sophie se rappela qu'elle ne devait pas le négliger. Elle s'était d'ailleurs creusé la tête pour lui trouver un cadeau de Noël un peu plus personnel que les livres ou les cravates qu'elle se contentait d'acheter en vitesse la plupart du temps. Cette fois, elle était allée chez un grand maroquinier lui choisir un agenda qu'elle avait fait graver à ses initiales. Et pour faire bonne mesure, elle avait glissé dans le rabat intérieur une photo d'elle en maillot de bain.

— À table ! proclama Joséphine.

— Toi, lui enjoignit Alban en l'escortant jusqu'à la salle à manger, tu ne te fatigues plus, tu restes assise là et tu n'en bouges pas.

— Mais, ma dinde…

— C'est moi qui la coupe, de toute façon, rappela Gilles de son ton d'aîné, un rôle qu'il prenait au sérieux.

Il gagna la cuisine, suivi d'Alban, et sortit du four l'énorme cocotte en fonte.

— Je t'aiguise un couteau, proposa Alban. Tu as pu discuter avec Colas ?

— Un peu, tout à l'heure sur la plage. Il est traumatisé mais il se focalise sur autre chose pour ne plus y penser. C'est pour ça qu'il a repeint sa chambre, j'imagine. Quand je pense qu'il nous a reproché de ne pas dire « maman » lorsque nous parlions d'elle, je peux te dire qu'il ne l'appelle plus que Marguerite ! Et maintenant, il veut savoir toute la vérité, comme toi et moi. Il faut qu'on en sorte, Alban.

— Je ne prendrai aucun risque avec Jo. La conduire à l'hôpital m'a fait trop peur.

— Mais si on y va doucement, gentiment ?

Dubitatif, Alban secoua la tête.

— C'est une vieille dame, Gilles. Têtue comme une mule mais vulnérable. Si tu savais ce que j'ai ressenti quand elle était à l'hôpital et que sa maison était vide… Voir ses fenêtres éclairées, depuis le paquebot, c'est comme un phare pour les marins.

— Tu es bien lyrique ! Je tiens à elle autant que toi, mais on ne va pas la tuer en lui posant trois questions.

Il était en train de découper des tranches dans les blancs dodus de la dinde, qu'il faisait alterner sur le plat avec des morceaux de farce. Alban prit une cuillère pour disposer les marrons autour.

— Je suis heureux d'être ici pour Noël et pour ton mariage, déclara Gilles avec une gravité inattendue. Et je voulais te dire que ton initiative de rénover la maison, après m'avoir un peu inquiété, me paraît aujourd'hui la plus chouette idée qu'on ait eue en famille.

— Eh bien, au moins, vous êtes contents de vous ! leur lança David qui rapportait le plateau de l'apéritif. Mais pendant que vous vous congratulez, les enfants en ont déjà assez d'être à table.

Il vint regarder par-dessus leurs épaules et constata :

— On dirait que Jo s'est surpassée, ça sent divinement bon.

— Rends-toi utile, tiens-moi la saucière. Attention, je verse, prévint Gilles. Et tant que tu es là, j'ai un truc à te demander. Il paraît que tu sais des choses que nous ignorons, les frangins et moi ?

David fusilla Alban du regard.

— Ne me mêlez pas à ça, répondit-il sèchement.

Il quitta la cuisine le premier, portant la saucière avec précaution.

— Eh bien, soupira Gilles, de quelque côté qu'on se tourne, c'est le mur du silence ! Mais je ne suis pas avocat pour rien, ajouta-t-il. Traquer la vérité, j'ai l'habitude, faire parler les gens aussi. Je vais m'y employer, compte sur moi.

Sourcils froncés, il empoigna le plat et précéda Alban vers la salle à manger.

Le matin du 25 décembre, les premiers réveillés furent les enfants qui descendirent sur la pointe des pieds pour retrouver les jouets découverts la veille à minuit. Ils rallumèrent les guirlandes lumineuses du sapin dans le grand salon et s'installèrent à même le parquet pour recompter leurs trésors, lire les règles des jeux de société, assembler les maquettes et mettre des piles où il le fallait.

Gilles et Sophie les avaient entendus quitter leurs chambres mais ils étaient trop bien sous la couette pour se lever. Exceptionnellement, à peine avait-elle émergé du sommeil que Sophie s'était lovée contre Gilles. Ils avaient fait l'amour sans bruit, peut-être un peu trop vite mais avec un désir mutuel impérieux. Comblé par cette agréable surprise, Gilles avait ensuite gardé Sophie dans ses bras. Il s'en voulait soudain du cadeau fait à Julie. En ouvrant l'écrin, la jeune femme avait eu une expression mitigée. Un peu de gêne, une lueur d'intérêt, un sourire artificiel. Gilles s'était senti stupide, dans la peau d'un vieux beau ridicule. Il aurait préféré, de loin, qu'elle le lui jette à la tête à défaut de l'accepter simplement. Maudite gourmette. En revanche, Sophie s'était extasiée, la veille, sur le collier. Il lui allait d'ailleurs très bien, tout comme cette robe bleu et argent que Gilles ne regrettait pas d'avoir payée une fortune.

Il serra davantage sa femme contre lui. Être heureux dans son couple, dans sa famille, fût-ce au prix de quelques concessions et de quelques disputes, lui semblait préférable à une liaison hasardeuse. Plus moral et moins fatigant. Seule ombre au tableau, dans son sommeil, cette nuit, Sophie avait prononcé plusieurs fois le prénom d'Alban. Pourquoi son frère hantait-il les rêves de sa femme ? Bien sûr, elle était contrariée par son mariage, et surtout, elle détestait Valentine. Et puis, elle avait toujours eu beaucoup de tendresse pour Alban. Beaucoup d'admiration, aussi. Le prestige de l'uniforme !

— Il faut qu'on se lève, marmonna-t-elle.

Elle se dégagea de son étreinte et sortit du lit.

— Les enfants finissent toujours par se disputer le matin de Noël, chacun voulant le jouet de l'autre, tu sais bien…

Avant qu'elle ne s'emmitoufle dans sa robe de chambre rose, il eut le temps d'apercevoir ses adorables petites fesses rebondies.

Bien calée sur ses oreillers, Malaury regardait autour d'elle avec satisfaction. Dans la lumière du soleil levant, les teintes choisies par Colas l'enchantaient.

— Tu as du talent ! affirma-t-elle en se tournant vers lui.

Elle l'embrassa sur le bout du nez. Comme il sortait de sa douche, il sentait le shampooing et le dentifrice.

— L'aspirine t'a fait du bien ?

— J'ai vraiment trop bu hier, soupira-t-il. Mais ce n'est pas Noël tous les jours, et je compte remettre ça pour le mariage d'Alban samedi.

— Si tu veux rester ici cette semaine, je me débrouillerai sans problème à la boutique.

L'amie qui l'aidait en cette période de fêtes suffisait amplement, et elle sentait que Colas avait besoin de repos. En se couchant, éméché, il avait craqué et s'était lancé dans un récit un peu confus. Malaury avait dû lui faire répéter plusieurs fois certaines choses avant de comprendre ce qu'il racontait, mais, à présent, elle avait une idée assez claire de la situation.

— Prends du bon temps avec tes frères, je reviendrai vendredi soir, tard.

— Tu es sûre ?

— Certaine.

— Je vais peut-être en profiter pour repeindre la salle de bains.

Elle éclata de rire avant d'ébouriffer les cheveux de Colas.

— On ne t'arrête plus ! Mais si tu fais ça aussi bien que cette chambre, vas-y. Sincèrement, c'est formidable.

De nouveau, elle regarda les murs. Chacun avait été traité dans un ton un peu différent, ce qui donnait une autre dimension à la pièce. Les portes et les fenêtres rechampies dans des couleurs plus sombres se détachaient, et le plafond semblait encore plus haut. Avec le parquet de chêne blond, l'ensemble prenait toutes les nuances d'un miel chatoyant au soleil.

— Tu nous as fait l'été en hiver, dit-elle encore avant de se tourner vers lui. Est-ce que ça va, ce matin ? Tu n'y penses plus ?

— À ma mère ? Si.

— Tu as tort. Elle était folle, tu n'y peux rien. Et ce n'est pas comme si tu avais été un enfant mal aimé. Joséphine était là, ton grand-père, tes frères… Et maintenant, c'est moi qui suis là, avec toi. Tu sais, les vieilles histoires devraient rester au fond des placards.

Il l'écoutait avec attention, ainsi qu'il le faisait toujours, et il finit même par lui sourire. Elle ne voulait pas qu'il souffre, ni qu'il se torture pour rien. La faille qui existait chez lui, elle l'avait toujours pressentie, et puisque aujourd'hui il en connaissait enfin la cause, peut-être parviendrait-il peu à peu à la combler.

— Je t'aime, mon Colas, dit-elle avec tendresse.

Elle l'aimait justement pour sa fragilité, son originalité, tout ce qui faisait de lui un homme pas comme les autres. Entre eux, il n'existait aucun rapport de force, nulle rivalité, ils poursuivaient main dans la main leur quête du bonheur.

— Pourquoi vouloir tuer son enfant ? murmura-t-il d'une voix songeuse. Peut-être étais-je un bébé braillard qui criait à longueur de journée ? Mais dans ce cas, pourquoi m'avoir pris dans sa chambre ? La maison est assez grande pour…

— Stop ! On a dit que tu n'y penserais plus, Colas.

— D'accord, je vais essayer. Et toi, tu n'en parles à personne. Gilles n'a rien dit à Sophie, pas plus qu'Alban à Valentine, à cause des enfants. Du risque que courent les enfants.

— Je suis contente de ne pas en avoir.

— Moi aussi.

Elle changea de position pour appuyer sa tête sur l'épaule de Colas.

— Tu la vois comment, la salle de bains ?

— Toute douce. Rose thé, avec peut-être un peu de bleu cobalt.

Il se lança dans une description qui la fit réagir aussitôt et, deux minutes plus tard, ils se précipitèrent dans la salle de bains pour faire des essais.

Alban posa la théière sur la table, puis il retourna chercher les toasts. Valentine le regardait faire, amusée de le voir si attentionné.

— S'il n'avait pas plu ce soir-là, lui lança-t-elle, je ne serais sûrement pas ici !

— Quel soir ?

— Le premier. Celui où on attendait désespérément un taxi en se faisant tremper.

— Imagine qu'il en soit arrivé deux ?

— Tu ne serais pas monté dans le mien, tu ne m'aurais pas demandé mon numéro de téléphone, tu...

— Je l'aurais eu par nos amis. Je t'avais repérée.

— C'est faux. Il y avait tellement de belles filles à cette soirée !

— Non, Valentine, c'est vrai. Quand je t'ai vue mettre ton manteau, j'ai immédiatement saisi le mien, je voulais descendre avec toi.

Troublée par cet aveu, elle baissa les yeux et contempla sa main gauche où brillait la bague offerte la veille.

— Tu es têtu, dit-elle en souriant. Je ne souhaitais pas...

— ... de bague de fiançailles, de bague de mariée, je sais. Ce n'est qu'un cadeau de Noël.

Il mit les toasts dans leurs assiettes puis s'assit à côté d'elle sur le banc et passa un bras autour de ses épaules.

— Tu me combles, souffla-t-il à son oreille. Sauf quand tu fais ta tête de cochon et que tu pars en claquant les portes.

— Je ne claque pas les portes, protesta-t-elle. L'autre jour, j'étais triste, en colère contre toi, mais une fois dehors, je me suis aperçue que je n'avais aucun endroit où aller.

— Comment ça ?

— Eh bien, je ne peux pas dire que je retourne chez ma mère parce qu'elle ne serait pas ravie de me voir, et c'est réciproque. Ni que je rentre chez moi, parce que j'ai rendu mon studio. Je n'ai plus de chez-moi.

— C'est ici, chez toi !

— Non, ici, c'est le paquebot. La ruche Espérandieu.

— Tu en fais partie désormais. Ça t'ennuie ?

— Disons que ça me fait… drôle.

L'air chagriné d'Alban l'obligea à s'expliquer davantage, ce qu'elle fit après avoir grignoté la moitié d'un toast.

— Jusqu'à toi, ma conception de la famille n'était pas très réjouissante et je n'avais pas du tout envie de créer la mienne ! Avec ma mère et mon beau-père, nous ne nous aimions pas mais nous étions condamnés à habiter ensemble. Je me suis sauvée dès que j'ai pu et j'ai adoré vivre seule, me retrouver indépendante, ne plus subir les autres. Ensuite, comme tu le sais, j'ai eu cette mauvaise expérience avec ce type qui… Bref, ça m'a confortée dans l'idée de ne plus m'enchaîner à personne et d'avoir ma tanière bien à moi.

— Je comprends. Entre mes frères, mes belles-sœurs, mes neveux, ma grand-mère, tu as le droit de te sentir un peu asphyxiée. D'autant plus que le paquebot appartient à tout le monde.

— C'est ce qui en fait aussi le charme, mon chéri. Je ne nous imagine pas seuls tous les deux à longueur d'année dans une si grande maison ! Ce côté tribu a quelque chose de réconfortant.

Elle le disait pour lui faire plaisir, mais aussi parce qu'elle commençait à se sentir bien parmi eux. Malgré l'antipathie affichée de Sophie, elle pensait arriver à trouver sa place, elle était assez obstinée pour ça. Et appartenir à une nombreuse famille la délivrait du sinistre huis clos vécu dans son enfance. Enfin et surtout, elle avait encouragé Alban à faire ce choix de vie, elle ne pouvait pas lui demander le contraire aujourd'hui.

Elle leva sa main gauche, fit scintiller sa bague dans un rayon de soleil.

— Une bague est un symbole très fort, ajouta-t-elle à voix basse.

— Si tu n'as pas envie de la porter, je me résignerai.

— Oh, non ! Je suis contente que tu ne m'aies pas écoutée. C'est le premier bijou que je reçois, il me plaît beaucoup, et c'est toi qui me l'as offert !

Après avoir embrassé Alban au coin des lèvres, elle nicha sa tête dans son cou.

— Tu vois, moi, je te parle, je te dis tout ce que j'ai au fond de la tête.

— J'essaierai d'apprendre.

Elle sentit qu'il glissait une main dans l'échancrure de son peignoir, et dès qu'il toucha sa peau elle frissonna.

— On remonte ? chuchota-t-il.

Il savait exactement comment la caresser pour provoquer son désir. Elle ferma les yeux, laissa échapper un petit soupir, puis elle sursauta en entendant des pas dans la galerie.

— Gilles et Sophie, avertit Alban.

Déçue, elle referma prestement son peignoir.

Dans l'après-midi du mardi 26 décembre, Gilles proposa à Joséphine de la conduire à Trouville. Il l'escorta d'abord dans un magasin de vêtements où elle se choisit une robe gris clair toute simple pour le mariage, qu'il insista pour payer. Puis il la déposa chez un coiffeur où elle voulait faire « rafraîchir » sa coupe. Jamais elle n'avait teint ses cheveux qui étaient devenus entièrement blancs sans qu'elle s'en soucie, et elle faisait depuis toujours ses mises en plis elle-même avec d'antiques bigoudis.

Lorsqu'ils revinrent, la nuit tombait déjà, et Gilles suivit Jo dans sa petite maison en lui réclamant du thé. Il avait son idée en tête mais, connaissant sa grand-mère, il ne tenait pas à la bousculer. Tandis qu'elle mettait de l'eau à bouillir, il lui demanda si elle avait besoin d'aide pour ses comptes, ou tout simplement besoin d'argent.

— Alban me remplit mes papiers depuis qu'il est revenu. Avant, c'était David qui s'en occupait. Un amour, celui-là !

— Tu aurais pu nous le demander, on venait souvent.

— Oui, mais en coup de vent. Et quand vous êtes là, c'est pour vous détendre, vous reposer, pas pour vous plonger dans des comptes. David ne venait pas seulement pour la paperasserie ou les médicaments, il faisait aussi mes courses.

Un peu vexé, il se força à sourire.

— On t'a proposé cent fois de te faire livrer.

— L'épicerie, la droguerie, mais pas le frais. Il y a des produits… enfin, tu sais bien ! Le mercredi, David m'apportait du poisson qu'il achetait sur le marché.

Était-elle en train de lui expliquer que David valait mieux qu'eux ? Il allait répliquer lorsqu'elle ajouta :

— Mais c'est normal, il n'habite qu'à quelques kilomètres. Je l'ai assez nourri quand il était jeune ! Il s'en souvient, de tous ces repas à la villa. Chez lui, il s'ennuyait, avec vous il s'amusait.

— C'est un véritable ami, admit Gilles. Mais tu ne m'as pas répondu, as-tu besoin d'argent, Jo ?

— Alban s'en est soucié aussi.

— Alban n'est pas Crésus !

— Tu l'es, toi ?

— Non plus.

— D'ailleurs, je dépense très peu, et j'ai tout de même la petite retraite d'Antoine.

L'aspect financier ne semblait pas la préoccuper, ce ne serait pas un argument dans la discussion qu'il comptait avoir avec elle. Dommage pour lui car, sur ce terrain-là, il s'estimait très fort. Rien ne l'amusait davantage que réduire à l'euro symbolique les demandes d'indemnités de la partie adverse, ou au contraire d'avoir des prétentions exorbitantes pour ses clients.

— En tout cas, Jo, n'hésite pas si tu as le moindre souci.

Il regarda autour de lui, examinant la petite maison comme s'il ne l'avait jamais vue.

— Et ici, tu disposes de tout le confort ? Ce ne serait pas très gentil qu'on mette le paquebot à flot en te laissant avec une vieille installation hors norme.

Elle le dévisagea, apparemment amusée par son insistance.

— Tout va bien, Gilles, je t'assure. Cette annexe a été aménagée peu à peu par Antoine qui aimait beaucoup le bricolage. Il avait dû prévoir que ce serait un refuge pour moi s'il venait à disparaître le premier.

Après avoir servi le thé dans de magnifiques tasses qui provenaient à coup sûr de la fabrique de porcelaine Espérandieu, elle s'assit face à lui.

— Allez, dis-moi ce que tu as sur le cœur, l'encouragea-t-elle.

Il se sentit pris au dépourvu. Sa grand-mère le connaissait trop bien, avec elle il ne pouvait pas dissimuler et il ne mènerait pas la conversation à sa guise. Comme il se taisait, démuni, elle enchaîna :

— Bon, je ne sais pas quel est ton problème, mais le mien consiste à trouver un cadeau de mariage pour Alban et Valentine.

L'occasion était trop belle, il sauta sur la perche qu'elle venait de lui tendre involontairement.

— Le plus beau cadeau que tu pourrais faire à Alban, ce serait de répondre enfin à toutes les questions qu'il se pose !

— Oui, dit Joséphine en hochant la tête, je pensais bien que tu en viendrais là… Alors je vais mettre les choses au point, mon petit Gilles. Toi et tes deux frères, vous allez me foutre la paix une fois pour toutes.

Elle l'énonçait de façon calme et définitive, mais il ne se laissa pas démonter.

— Tu es injuste de te taire, c'est très méchant pour nous.

— Méchant ? Tu ne sais pas de quoi tu parles ! Je me tue à vous expliquer qu'il n'y a rien. Rien !

— Marguerite était folle.

— Et après ?

— Elle a voulu tuer Colas.

Il pensait marquer un point, pourtant sa grand-mère ne manifesta pas la moindre surprise et ne lui demanda même pas comment il le savait.

— Oui, je me souviens qu'elle avait des gestes… insensés. Mais votre père veillait, Antoine et moi aussi. Il ne vous est rien arrivé. En pension, vous étiez loin d'elle, elle avait l'air de s'apaiser. Votre père l'aimait passionnément, il a essayé de la faire soigner, de la protéger d'elle-même, hélas elle s'est suicidée dans une crise de démence. Tout ça est très triste, mais il n'y aucun mystère là-dedans. Pourquoi aurais-tu voulu qu'on vous rabâche cette histoire chaque matin ? Mieux valait oublier, non ? Antoine et moi, nous nous sommes occupés de vous, de votre avenir. On ne vous a pas trop parlé de vos parents, c'est vrai. À quoi bon ? Et aujourd'hui, vous en êtes à inventer Dieu sait quoi !

De son poing fermé, elle donna un petit coup sur la table, comme pour ponctuer ses paroles.

— Inventer, hein ? répéta lentement Gilles.

Il avait entendu trop de fausses confessions d'accusés en prison, mené trop d'interrogatoires serrés avec des témoins pour se laisser abuser. Joséphine lui cachait quelque chose, il en aurait mis sa main à couper, mais comment percer la chape de plomb qu'elle avait coulée sur le passé ?

— Les secrets, Jo, c'est du poison, lâcha-t-il d'un ton sentencieux.

— La vérité aussi !

La repartie avait dû lui échapper, mais elle le regardait sans baisser les yeux. Pendant un moment, ils se scrutèrent en silence, puis Gilles céda, comprenant qu'il n'obtiendrait rien d'autre. Il but son thé refroidi, reposa sa tasse.

— Très belle vaisselle, apprécia-t-il. Il t'en reste beaucoup ?

— Quelques caisses qu'Antoine avait rapportées avant la liquidation. Elles sont dans le grenier de la villa, vous n'aurez qu'à vous les partager.

— Vois ça avec nos femmes, dit-il en souriant. Si tu ne fais pas l'arbitre, elles se disputeront.

Il n'était plus temps de poser des questions qui, de toute façon, resteraient sans réponse. Gilles se leva, débarrassa la table.

— Tu es l'aîné, mon grand, déclara tranquillement Joséphine, alors tu seras mon messager auprès de tes frères. Ne venez pas ici l'un après l'autre, et pas davantage en délégation, pour me casser la tête avec de prétendus mystères. D'accord ? Si vous passez m'embrasser, que ce soit juste pour le plaisir de ma compagnie… et pour mon excellent thé.

Elle avait à présent cette expression malicieuse qu'il aimait bien, sauf quand elle s'exerçait à ses dépens.

— On t'attend pour dîner, se borna-t-il à déclarer.

— Non, pas ce soir, je suis fatiguée. Mais demain midi, je vous préparerai un jarret de veau au cidre !

Une de ses meilleures recettes, avec de petits oignons, des champignons, des tranches de pommes rôties, et au moins un litre de cidre fermier. Avant de partir, Gilles vint l'embrasser, la serrant affectueusement dans ses bras.

— Repose-toi, Jo, chuchota-t-il d'un ton conciliant.

Elle le regarda sortir, soulagée d'avoir gagné.

« Je ne leur dirai jamais, au grand jamais ! Un serment est un serment, ça se respecte. D'ailleurs, Antoine avait raison… »

Ils n'avaient pas réussi à entamer sa certitude. Ni son hospitalisation, avec la brusque proximité de la mort, ni leur acharnement n'avaient modifié sa décision de se taire. Elle emporterait le secret avec elle, tant mieux. Et si vraiment, un jour, elle avait trop envie de soulager sa conscience, si elle était prise de regrets à l'idée que personne ne sache ce qui s'était passé entre les murs de la villa, ce ne serait pas à ses petits-fils qu'elle irait confier son secret. Eux, d'une certaine manière, ça les détruirait, et elle ne le voulait à aucun prix.

Elle souleva la toile cirée, observa un instant le tiroir puis l'ouvrit. Le paquet de cartes était là, rangé tout au fond.

« En cadeau de mariage, tiens, je pourrais donner les jumelles d'Antoine. Celles qui lui servaient à observer les bateaux, au loin. Alban aime bien regarder les bateaux lui aussi et, qui sait, peut-être pourra-t-il s'en servir dans son aéroport de Deauville… Antoine les avait achetées deux ans avant sa mort, ce sont de très bonnes jumelles. »

Résolument, elle prit le paquet, le battit, le coupa. Puis elle choisit cinq cartes qu'elle retourna.

« Ce sera un mariage heureux, j'en étais sûre ! »

Elle recouvrit le roi et la dame.

« Un garçon, mais encore ? »

De nouvelles cartes ne lui apprirent rien de plus. L'avenir du bébé était obscur pour le moment.

« Maintenant, à mon tour. »

À nouveau, elle mélangea, coupa en trois paquets, puis cette fois aligna sept cartes qu'elle lut aisément.

« Tiens, un messager… »

Avait-elle vraiment besoin d'un messager ? Devait-elle, malgré tout, se délivrer du fardeau ?

La dernière carte qu'elle retourna la fit sourire.

« Eh bien voilà, tout est en ordre ! »

Elle remit le paquet dans le tiroir, très soulagée d'avoir pu se livrer à sa marotte sans éprouver le moindre malaise.

Le jeudi matin, Alban passa deux heures à Saint-Gatien, dans le bureau de Jean-Paul. La chambre de commerce et d'industrie du pays d'Auge semblait voir sa candidature d'un très bon œil, à condition qu'il effectue au plus vite la formation voulue.

— Il y a un aspect de gestion commerciale non négligeable, rappela Jean-Paul, et bien sûr un minimum de connaissances administratives. Aucune décision ne se prend sans concertations préalables, mais à part ça, le job est agréable, vous verrez ! Et puis, je serai là pour vous aider les deux premiers mois, la passation de pouvoir se fera en douceur.

Les baies vitrées donnaient du côté des pistes. Sur celle en herbe, un petit avion de tourisme s'apprêtait à décoller.

— Si ça vous fait envie, qu'est-ce qui vous en empêche ?

Alban eut d'abord une moue dubitative, puis il finit par sourire.

— À condition que vos lunettes corrigent votre vue, vous n'auriez aucun problème pour piloter ce type d'appareil. Évidemment, à côté d'un Airbus ou d'un Boeing… Mais on peut s'amuser avec ces joujoux !

— J'y penserai, affirma Alban.

Il supposait qu'il n'en ferait rien sauf si, à la longue, son envie de voler prenait trop d'importance. Pour l'instant, il avait réussi à la reléguer au fond de sa tête. Quelques nuits plus tôt, il avait rêvé d'un bel atterrissage de nuit à Charles-de-Gaulle, retrouvant en songe le plaisir de poser impeccablement un long-courrier entre deux rangées de lumières. Il s'était réveillé, béat, au moment où il inversait la puissance des réacteurs. Au moins, il n'était pas obsédé par son accident.

— Il paraît que vous vous mariez après-demain ? Félicitations, et tous mes vœux de bonheur.

— Nous n'avons invité personne, s'empressa de préciser Alban, ce sera très intime.

— Oh, je ne me serais pas vexé, tranquillisez-vous ! La province a évolué, les mentalités ne sont plus aussi étriquées qu'avant, avec les préséances, les susceptibilités, les médisances… Même les classes sociales ont fini par se mélanger. Tenez, votre petite voiture violette fait aujourd'hui de vous un original. Il y a vingt ans, de mauvaises langues auraient raconté que vous vous étiez ruiné au casino pour rouler dans un engin pareil.

Ils rirent ensemble, puis Jean-Paul reprit son air sérieux.

— Vous êtes parti il y a longtemps, Alban. Vous allez trouver des changements notables.

— Je l'ai déjà remarqué, oui. Mais vous savez, je n'ai plus besoin d'être convaincu, je le suis.

— Tant mieux ! David ne m'aurait pas pardonné d'échouer auprès de vous, il tenait vraiment à ce que vous restiez dans la région.

De nouveau, Alban tourna la tête vers les pistes. Ses rendez-vous avec Jean-Paul se passaient de mieux en mieux, et la perspective de travailler à Saint-Gatien, dans un « petit » aéroport, ne le rebutait presque plus.

Il prit congé assez chaleureusement et fila à la polyclinique de Deauville où il avait déposé Valentine en début de matinée. Elle l'attendait en faisant les cent pas sur le trottoir, les mains dans les poches, le col de son manteau relevé et ses longs cheveux au vent. De loin, il la trouva jolie au point d'en être brusquement tout attendri. Elle avait ce don de le bouleverser et de le rendre fier, or aucune femme ne lui avait fait cet effet-là. Était-ce parce qu'il vieillissait qu'il se sentait aussi amoureux, ou seulement parce qu'il avait trouvé la femme qu'il lui fallait ?

Dès qu'il s'arrêta, elle sauta dans la Twingo.

— Il fait un de ces froids ! Bon, j'ai deux nouvelles à t'annoncer, mon chéri. La première, sans grand intérêt, est que j'ai pris deux kilos. Mais je pense encore rentrer dans ma robe après-demain. La seconde nous concerne tous les deux.

— Dis vite.

— D'après l'échographie, il semble bien que ce soit un garçon.

— Tu es contente ?

— Folle de joie ! Ce sera un petit toi, Alban !

— À quand une petite toi ?

— La prochaine fois.

— Et tu optes pour Charles ou pour Julien ?

— Charles Espérandieu me paraît un nom magnifique.

Il profita d'un feu rouge pour se pencher vers elle et l'embrasser dans le cou.

— Le temps va me sembler long jusqu'à sa naissance, je suis très impatient.

— Tu le seras moins quand on passera des nuits blanches, répondit-elle en riant. D'ailleurs, à ce propos, est-ce que ce ne serait pas mieux qu'on descende au premier ? S'il faut grimper deux étages en courant chaque fois qu'il pleurera… Mais peut-être ne veux-tu pas quitter ta chambre de jeune homme ?

Perplexe, il se demanda s'il avait envie de dormir ailleurs que dans ce deuxième étage investi de haute lutte à l'adolescence. Prendre la chambre de ses parents ne lui disait rien du tout depuis que Colas y avait hurlé de terreur. Quant à celle de Joséphine et d'Antoine, elle était comme un sanctuaire.

— Tout ça est idiot, marmonna-t-il. On s'installera où tu veux, la place ne manque pas.

Il fallait définitivement chasser les fantômes du paquebot. Conserver des pièces closes où personne ne mettait les pieds ne faisait qu'entretenir une mauvaise atmosphère.

— La chambre aux oiseaux est une des plus belles pièces de la maison, dit-il en essayant d'ignorer ses propres réticences. Et, juste à côté, il y a une chambre d'amis qui serait parfaite pour le bébé.

— Dans ce cas, je garderai mon bureau au second pour avoir un peu de tranquillité quand la maison sera pleine. Il me suffira de mettre un interphone et je pourrai surveiller le petit Charles.

Valentine paraissait toute réjouie par ces nouvelles dispositions. Le passé de la villa ne l'influençait pas, elle ne redoutait pas tel endroit plus qu'un autre puisqu'elle n'y avait aucun souvenir. Et c'était sûrement le meilleur moyen d'en finir avec les ombres, les doutes, l'histoire ancienne.

Infatigable, Colas s'était lancé comme prévu dans la peinture de sa salle de bains. Se dépenser physiquement lui faisait du bien. Gilles le trouva juché sur une échelle, laquant le plafond avec énergie.

— Tu viens m'aider ? demanda-t-il à son frère en le voyant sur le seuil.

Son visage était entièrement moucheté de points minuscules qui lui donnaient l'air malade, mais son sourire était chaleureux.

— Je suis un très mauvais bricoleur, un peintre exécrable, un…

— … gros paresseux.

— Ce n'est pas ce que dit ma secrétaire, s'insurgea Gilles.

Évoquer Julie le mit vaguement mal à l'aise, aussi s'empressa-t-il de changer de sujet.

— Je crois qu'on est en train de donner beaucoup de valeur à cette maison.

— Avec ces travaux démentiels, sûrement ! Mais ce n'est pas mon modeste coup de pinceau qui y fait grand-chose.

— Est-ce que ça t'embête qu'on…

— Non, Gilles. Nous sommes d'accord depuis le début, et tu as établi tous les papiers nécessaires. Tu sais, j'aime le paquebot autant que vous.

— Malgré tout ?

— J'avoue avoir connu une seconde de pure panique l'autre jour. Devant ces maudits rideaux, j'aurais bien juré que je ne remettrais jamais les pieds ici de ma vie entière !

— Et alors ?

— C'est passé. En réalité, ça m'a comme... délivré.

Néanmoins, il avait eu besoin de se trouver immédiatement un dérivatif.

— Tout de même, ajouta-t-il en descendant de son échelle, chaque fois que j'y repense, je m'étonne que nous n'ayons rien remarqué quand nous étions gosses.

— Les enfants sont dans leur monde, ils ne prêtent pas attention aux adultes, et les adolescents encore moins. C'était notre mère, on l'a toujours connue comme ça, un peu étrange, ça ne pouvait pas nous choquer.

— Mais papa, Joséphine et Antoine devaient être sur les dents, non ? Surveiller les agissements de cette femme pendant tant d'années, quel calvaire pour eux ! Et comment ont-ils pu dissimuler aussi longtemps sa folie ?

— Souviens-toi, elle ne sortait quasiment pas d'ici. À mon avis, elle avait des crises passagères, ensuite elle redevenait normale. Et je suis persuadé qu'elle était suivie, soignée, mais peut-être pas par des gens compétents.

— Qui était le médecin de la famille, à l'époque ?

— Le Dr Pertuis. C'est lui qui avait dû l'adresser à un psychiatre, celui qui a proposé l'internement auquel papa s'est opposé.

— As-tu essayé de joindre Pertuis ?

— Il est mort, soupira Gilles. Toutes les pistes mènent à un cul-de-sac.

À l'aide d'une baguette de bois, Colas remuait sa peinture d'un air songeur.

— Le plus curieux est que, si on me posait la question, j'affirmerais avoir eu une enfance heureuse.

— Moi aussi. Jo a absorbé toutes les turbulences, elle a été le rempart entre nous et notre mère. C'est bien pour ça qu'on ne peut pas se permettre de la tarabuster. Surtout à son âge et dans son état de santé.

— Tu as essayé de la faire parler, toi aussi ? s'indigna Colas.

— Essayé, comme tu dis. Tu ne devines pas sa réponse ? « Toi et tes deux frères, vous allez me foutre la paix. » Textuel !

Colas eut un petit rire étranglé.

— D'un côté, ça me plaît qu'elle soit égale à elle-même, mais de l'autre, on ne saura jamais rien.

— J'en ai bien peur, admit Gilles.

Il traversa la salle de bains et alla se planter devant un miroir aux bords ouvragés.

— Il est superbe ! D'où vient-il ?

— Malaury l'a rapporté de son dernier voyage en Italie.

— Ta femme et toi, vous avez vraiment le chic pour trouver de beaux objets et les mettre à la bonne place.

— C'est ce qui nous fait vivre, rappela Colas en souriant.

— Et vous ne voulez pas voir les choses en plus grand ? Ouvrir d'autres boutiques, déposer une marque…

— On y pense de loin en loin, mais ce serait beaucoup de travail, beaucoup d'ennuis. Nous, ce qu'on aime, c'est s'amuser.

Gilles le considéra sans indulgence durant quelques instants, puis il finit par hausser les épaules.

— Au fond, tu as peut-être raison. Plus j'ai de dossiers, plus j'ai de soucis. Plus je gagne de l'argent et plus j'en dépense. Tout ça pour quoi ?

— Assurer l'avenir de tes enfants, j'imagine.

— Bien malin celui qui peut assurer quoi que ce soit de nos jours. Non, je te le répète, je finirai par t'envier.

Colas éclata carrément de rire.

— Mais, Gilles, ce n'est pas ta nature, tu serais *incapable* de t'amuser. À toi, il te faut des trucs graves, respectables, importants ! Être futile ou léger, c'est un état d'esprit. Tiens, tentons une expérience. Fais-moi une grosse fleur sur ce mur.

Il prit un pinceau, le plongea dans un pot, l'essora puis le tendit à son frère.

— Je suis nul en dessin, dit Gilles en croisant les bras.

— Tu vois.

De nouveau, Gilles dévisagea son frère, mais cette fois avec une certaine curiosité.

— Tu sais quoi, Colas ? Je trouve ça sympa de passer quelques jours ensemble. On devrait le faire plus souvent. Un week-end, c'est trop court, on n'a pas le temps de se parler.

Colas hocha la tête en signe d'assentiment, puis il remonta sur son échelle tandis que Gilles s'asseyait sur le bord de la baignoire, bien décidé à s'attarder.

Intriguée, Sophie soupesait le lourd colis, le secouait sans parvenir à deviner ce qu'il contenait. Le nom et l'adresse de l'expéditrice lui étaient inconnus mais le paquet était destiné à Alban, comme la plupart des enveloppes du courrier. Pour satisfaire sa curiosité, elle prit le tout et partit à la recherche de son beau-frère. Ne le trouvant pas au rez-de-chaussée, elle monta jusqu'au second. La porte de la chambre d'Alban étant ouverte, elle le héla :

— Facteur !

— Sophie ? Entre, je fais des essais.

Il portait un pantalon bleu nuit avec une chemise blanche qu'il n'avait pas encore boutonnée. Elle aperçut son estomac plat et musclé, sa peau mate.

— À ton avis, est-ce que ce costume-là irait avec la robe de Valentine ? Je ne l'ai pas vue, elle me réserve la surprise.

Il enfila la veste, parfaitement coupée, et guetta son approbation. Après avoir dégluti, Sophie hocha la tête.

— Tu es superbe, dit-elle enfin.

Superbe, c'était le mot. Séduisant, craquant, irrésistible. Ils étaient à deux pas l'un de l'autre, et elle éprouvait l'absurde envie de se jeter sur lui.

— Et pour la cravate ? demanda-t-elle avec effort.

Elle s'en voulait de sa faiblesse, de cette attirance encombrante et vaine qui la clouait sur place.

— Celle-là ? proposa-t-il.

— Tu n'as rien de plus clair ? Un mariage, c'est gai.

Elle l'avait dit d'un ton sinistre qui l'obligea à se reprendre aussitôt.

— Tu n'ouvres pas ton paquet ? s'enquit-elle de façon plus enjouée.

— Vas-y, fais-le, il y a des ciseaux sur la commode.

Il disparut dans la salle de bains attenante pour aller fouiller ses penderies. Soulagée de pouvoir s'occuper d'autre chose, Sophie s'empressa de déchiqueter l'emballage puis d'ouvrir le carton. Sans scrupule, elle lut à voix haute la carte posée sur le papier bulle.

— « Tous nos vœux de bonheur t'accompagnent. »
C'est signé par plusieurs personnes. Nadia, Marianne…
un nom illisible… et Laurent. Des amis, je suppose ?

— Des camarades d'Air France, expliqua Alban en
revenant.

Il tenait trois cravates à la main, et il regarda par-
dessus l'épaule de Sophie tandis qu'elle dégageait un
cadre de son plastique protecteur. L'aquarelle, exé-
cutée d'après une photo, représentait Alban en
uniforme de commandant de bord. À l'arrière-plan,
descendant la passerelle d'un avion, on voyait deux
hôtesses et un steward. Le peintre avait du talent, on
reconnaissait tout à fait les traits d'Alban, son sourire
charmeur, ses cheveux un peu longs sous sa casquette
à galons.

— Ils sont vraiment très gentils, murmura-t-il d'une
voix émue.

Le cadeau semblait beaucoup le toucher, sans doute
à cause de tous les souvenirs qui s'y rattachaient.

— C'était dans une autre vie, ajouta-t-il.

Elle se demanda s'il aurait envie de poser les yeux
sur cette aquarelle tous les jours.

— Où vas-tu la mettre ?

— Je ne sais pas. Peut-être dans le bureau, si ça ne
gêne personne.

Il agissait toujours avec tact pour les parties communes
du paquebot. Bien qu'y habitant définitivement, il ne
s'appropriait pas la villa, et il ne prenait aucune décision
sans concertation préalable avec ses frères et ses belles-
sœurs.

— Moi, ça me va, affirma-t-elle.

Les yeux rivés sur l'aquarelle, elle réprima un sourire. Valentine allait-elle apprécier ce cadeau de
mariage ? Cet Alban-là ne lui appartenait pas, c'était

celui qui séduisait les filles et faisait le tour du monde, pas celui qu'elle s'apprêtait à enchaîner.

Elle se retourna enfin et considéra les cravates.

— Celle-ci est parfaite.

La prenant des mains d'Alban, elle la mit devant la chemise qui n'était toujours pas fermée.

— Tu seras très beau comme ça, souffla-t-elle.

L'expression le fit rire, puis il repartit vers la salle de bains. Avant de s'en aller, Sophie jeta un dernier regard à l'aquarelle et, comme elle relevait les yeux, elle découvrit Valentine.

— Un cadeau de mariage arrivé ce matin, expliqua-t-elle en désignant le tableau. Alban a été très touché... Même si ses amis ne sont pas invités, ils ont pensé à lui !

Sophie se dirigea vers la porte tout en lâchant, sans se retourner :

— Ne fais pas le vide autour de lui, on a toujours besoin d'avoir des copains.

Ulcérée, Valentine faillit répliquer mais Sophie avait disparu.

— Quelle peste...

Certes, elle n'avait pas insisté pour qu'Alban reçoive ses anciens équipages. Non, elle n'avait pas très envie de voir le paquebot envahi chaque week-end par de ravissantes hôtesses célibataires. Oui, elle était jalouse, amoureuse et donc jalouse, mais en aucun cas elle n'avait « fait le vide » autour d'Alban.

Elle examina l'aquarelle, la carte de vœux de bonheur qui l'accompagnait, puis elle rejoignit Alban dans la salle de bains où il venait d'enfiler un jean et un col roulé.

— Il est magnifique, ce tableau, déclara-t-elle avec enthousiasme.

— Tu trouves ?

— Vraiment.

— Je connais le peintre, il est très doué. Il travaille toujours d'après une photo, en ajoutant sa propre inspiration mais sans dénaturer les gens ou les maisons qu'il représente. Plusieurs personnes lui ont passé des commandes, à Air France, et il n'a jamais déçu.

Il vint vers elle, la prit dans ses bras, lui caressa les cheveux.

— Je vais écrire une lettre de remerciement à Nadia, je pense que c'est elle qui a eu l'idée.

La joue contre son pull, Valentine ferma les yeux. Les paroles de Sophie résonnaient encore à ses oreilles. Bien que prodigué avec un certain cynisme, le conseil n'était pas si mauvais et elle serait bien inspirée de le suivre.

— Tu sais ce qu'on devrait faire, au printemps, quand il fera beau et que les travaux seront tout à fait finis ? dit-elle tout bas.

— Une petite fête ?

— Exactement ! Tu inviteras tes amis et…

— Et je demanderai à David de nous amener un ou deux vieux copains de pension que j'ai envie de revoir et qui sont restés dans la région.

À l'évidence, l'idée le séduisait.

— Mais toi aussi, Valentine. Il ne faut pas que tu t'isoles du reste du monde. Parmi les gens avec qui tu travailles, dans l'édition, il y en a bien qui te sont sympathiques ?

— Oui… Peut-être.

Il avait raison, se couper de tout pour vivre en tête-à-tête serait désastreux à la longue. Même si Alban lui suffisait, même si elle voulait se consacrer à l'enfant qui allait arriver, son existence ne pouvait pas se réduire à un huis clos. D'après ce que Joséphine lui avait expliqué, la mère d'Alban, Marguerite, ne sortait quasiment jamais de la villa et ne s'était liée avec personne durant les dix-huit années passées ici. Une attitude que Valentine ne devait surtout pas reproduire. Alban était quelqu'un de sociable, il aimait s'amuser, il avait l'habitude d'être entouré, pourquoi son mariage le condamnerait-il à sa seule famille, sans autre horizon ?

— À propos d'édition, annonça-t-elle, j'ai accepté une nouvelle traduction. Un énorme pavé américain qui va me prendre quelques mois.

— Tant mieux, parce que je crois que je vais être très occupé aussi.

Pour la première fois depuis son accident, la perspective de retravailler semblait le motiver. Grâce à l'acharnement de David, il allait enfin reprendre pied dans l'univers de l'aviation dont il n'aurait jamais pu s'éloigner sans déchirement. Face à des responsabilités différentes, il retrouverait vite l'ambition professionnelle qui lui faisait défaut depuis quelques mois, créant un vide dangereux dans son existence.

« Au moins, il ne partira plus, il sera là chaque soir, chaque nuit… »

Elle se serra davantage contre lui. Résignée, elle acceptait d'avance de partager Alban avec un aéroport, avec tout le clan Espérandieu, et même avec une cohorte de copains si nécessaire, pourvu qu'elle le garde toujours. Qu'elle le garde *au sol*.

— Les prévisions de la météo ne sont pas très bonnes pour demain, annonça-t-il soudain.

— Tempête de neige, j'espère ? Ce serait follement romantique !

— Non, seulement une vague de froid, avec beaucoup de pluie.

— Mariage pluvieux, mariage heureux !

S'écartant un peu, elle lui adressa un sourire illuminé de bonheur avant d'ajouter :

— Par n'importe quel temps, ce sera un jour merveilleux.

— On va claquer des dents dans l'église, répliqua-t-il.

D'un geste machinal, il retira ses lunettes, les essuya avec le bas de son pull puis, voyant le résultat, il alla les passer sous l'eau.

— Tu m'as connu sans, dit-il en les remettant sur son nez.

— Je t'aime avec ou sans. Elles te vont bien.

Jamais il ne parlait de son accident, qu'il faisait semblant d'avoir oublié. La seule chose dont il prétendait vouloir se souvenir était la crise de larmes de Valentine au bord de son lit, à l'hôpital. Si elle s'était abstenue de pleurer ce jour-là, peut-être leur histoire aurait-elle été différente, mais elle avait éprouvé un tel chagrin en voyant Alban, la moitié du visage dissimulé sous un pansement, qu'elle n'avait pas su se maîtriser. Elle l'aimait déjà trop pour ne pas deviner son désespoir à l'idée de ne plus voler, d'être contraint d'abandonner une vie qui le comblait. Brusquement vulnérable, abattu, lui que rien ne semblait devoir atteindre, il l'avait complètement bouleversée. Et elle retrouvait un peu de cette émotion chaque fois qu'il enlevait ses lunettes, parce que pendant une seconde il les considérait avec perplexité, comme un objet inconnu. Le soir, s'ils lisaient tous les deux, à un moment donné, il les ôtait, les posait sur sa table de nuit et se tournait vers Valentine. Il était le même, et pourtant différent avec son regard nu. Des yeux sombres, veloutés, dans lesquels elle aurait voulu se noyer.

— Tout va bien ? s'inquiéta-t-il.

Elle avait dû l'observer avec trop d'insistance depuis quelques instants.

— Tu as choisi ta tenue pour demain ?

— Sophie m'a aidé, au moins en ce qui concerne la cravate.

L'omniprésente Sophie, qui montait les paquets et s'improvisait conseillère de mode ! Ravalant une réflexion mesquine, Valentine se força à sourire.

— Alors, tout est parfait, dit-elle d'un ton résolu.

10

Comme l'avait annoncé Alban, une vague de froid s'était abattue sur la côte durant la nuit. Le matin du 30 décembre, une pluie fine acheva de verglacer les routes et figea le paysage sous un ciel couleur de plomb.

Tout au long de la matinée, le paquebot fut en pleine effervescence. Les enfants, gagnés par l'excitation des festivités en perspective, ne tenaient pas en place, et Sophie perdit patience à plusieurs reprises.

Malaury, arrivée très tard la veille au soir, se débrouilla néanmoins pour être prête vers onze heures. Elle estimait que Valentine ne pouvait pas se préparer toute seule le jour de son mariage. « Ce serait trop triste ! » avait-elle déclaré à Colas avant de rejoindre sa future belle-sœur. Alban s'était alors esquivé et avait rejoint ses frères dans la cuisine.

Le déjeuner était prévu à treize heures trente au restaurant de l'hôtel *Normandy*, à Deauville, mais Gilles voulait absolument boire une coupe de champagne avant de partir.

— On n'a même pas enterré ta vie de garçon ! dit-il à Alban en débouchant une bouteille de Roederer. Au moins, trinquons une fois entre hommes…

— Qui se charge de conduire, et qu'est-ce qu'on prend comme voitures ? demanda Colas. Ça va glisser sur les routes, et d'ici ce soir, nous aurons tous ingurgité beaucoup d'alcool !

— Valentine boira très peu, elle n'y tient pas à cause du bébé.

— Et Malaury est plutôt sobre, rappela Colas. Au pire, on appellera un taxi, pas question de se gâcher le dîner.

Ils venaient de vider leurs coupes lorsque Joséphine fit irruption dans la cuisine.

— Mon parapluie m'a servi de piolet, déclara-t-elle. Dehors, c'est une vraie patinoire !

Elle portait un petit chapeau de feutre orné d'une plume, assez désuet mais tout à fait charmant.

— Trop chouette, le bibi ! s'exclama Colas.

— Hélas, il me décoiffe, je vais devoir le garder toute la journée.

Colas alla vers sa grand-mère, la prit par la taille et esquissa un pas de danse.

— Tu te sens en forme, Jo ?

— Assez pour accompagner ton frère à l'autel. Je l'ai fait pour toi et pour Gilles, ce sera la dernière fois.

À cet instant elle avisa les coupes vides, sur la table, et demanda d'un ton outré :

— Et moi, je n'y ai pas droit ?

— Théoriquement, c'était un truc entre hommes, répliqua Alban. Mais si tu veux tu es des nôtres, mon vieux Jo !

Il la servit, puis trinqua avec elle en l'enveloppant d'un regard plein d'affection qui la fit sourire.

— Tu as l'air heureux de te passer la corde au cou.

— À vrai dire, oui.

— Tant mieux. De toute façon, avec Valentine, tu as fait le bon choix.

— Est-ce que vous croyez que nos femmes sont enfin prêtes ? soupira Gilles.

— La température les oblige peut-être à des changements de tenue, suggéra Colas. Il fait moins deux !

— Nous sommes le 30 décembre, dit Joséphine en reposant sa coupe. Je suppose que personne n'avait prévu une petite robe d'été ?

Malaury fut la première à descendre, dix minutes plus tard, vêtue d'un ensemble pantalon bleu glacier, taillé comme un smoking. Sur son bras, elle tenait une cape de la même couleur, bordée de fourrure blanche. Les enfants la suivirent de peu, leurs manteaux anglais à col de velours déjà enfilés. Puis Sophie fit son apparition, absolument ravissante dans une robe noir et or, avec des escarpins assortis et une redingote à boutons dorés.

Tout le monde commença à rassembler ses affaires, écharpes, gants et parapluies, puis à éteindre les lumières. Ils s'apprêtaient à patienter dans la galerie lorsque Valentine apparut en haut de l'escalier. L'ensemble choisi par Malaury laissa Alban bouche bée. Le bas de la robe frôlait les chevilles de la jeune femme tandis que le spencer, court et ajusté, la faisait paraître encore plus grande et plus mince qu'elle n'était. La couleur ivoire de la soie sauvage mettait en valeur son teint de brune, et ses longs cheveux acajou, relevés en chignon, s'ornaient de deux peignes en strass. Un maquillage discret mais sophistiqué soulignait ses grands yeux verts et faisait briller ses lèvres. Elle ne portait aucun bijou hormis sa bague.

— Tu es sublime, souffla Alban en allant à sa rencontre.

— Oui, mais elle ne peut pas sortir comme ça !

Malaury s'approcha, un sac de sa boutique à la main.

— Hier, j'ai réalisé que tu allais mourir de froid, alors j'ai pensé à ce petit truc hyperchaud.

Elle sortit du sac un grand châle de cachemire, dont la couleur marron glacé rappelait les brandebourgs du spencer.

— Tu l'arranges comme tu veux pour te protéger, dit-elle en le drapant habilement sur les épaules de Valentine.

À cet instant Sophie les rejoignit et, comme si elle ne voulait pas être en reste, elle tendit sa main ouverte à Valentine.

— On dit que ça porte bonheur de mettre quelque chose de prêté par un proche le jour de son mariage.

Dans sa paume, de petits clous d'oreilles en diamant brillaient.

— C'est un cadeau d'anniversaire, fais-y attention, ne put-elle s'empêcher d'ajouter.

— Promis, murmura Valentine en les prenant.

Tandis qu'elle mettait les bijoux sous l'œil critique de Sophie, Joséphine s'avança à son tour.

— Pour respecter la superstition, il faut aussi quelque chose de bleu, quelque chose de blanc.

Elle lui présenta un ravissant petit bouquet de myosotis entouré de rubans de satin.

— Je les ai fait pousser pour toi, ajouta Joséphine.

Valentine esquissa un sourire, puis soudain ses yeux se remplirent de larmes et son menton se mit à trembler. La gentillesse de Malaury, celle, plus inattendue, de Sophie, et l'évidente affection de Jo la touchaient profondément. Dans cette famille où elle n'avait pas cru pouvoir trouver sa place, elle se sentait soudain acceptée et entourée d'attentions, elle qui n'avait personne d'autre à ses côtés que le clan Espérandieu.

— Ah, non ! protesta Sophie. Ton maquillage va couler, tu seras affreuse.

La réflexion, acide, mit fin à l'instant d'émotion. Valentine descendit les deux dernières marches et prit la main d'Alban.

Après un déjeuner léger mais assez long à *La Belle Époque*, le restaurant du *Normandy* où David avait rejoint la famille, le mariage eut enfin lieu à la mairie de Trouville. Comme il y avait peu d'unions à célébrer à cette époque de l'année, le maire prit tout son temps, plaisanta avec les mariés et ne les laissa partir que quelques minutes avant l'heure prévue pour la bénédiction nuptiale.

En sortant de l'hôtel de ville, ils furent surpris par un vent du nord glacial et par la nuit qui tombait déjà alors qu'il était à peine cinq heures. La marée, au plus haut, montrait une mer gris ardoise très agitée qui faisait tanguer les bateaux à quai.

Ils se hâtèrent le long du boulevard Fernand-Moureaux avant de tourner dans la rue qui conduisait à l'église Notre-Dame-des-Victoires. Devant le porche, il y eut un petit conciliabule entre les frères, puis Gilles entra le premier avec Sophie et les enfants, ensuite Malaury et Colas, enfin Alban au bras de Joséphine. Ils s'installèrent en silence, n'occupant que le premier rang, puis Gilles alla dire quelques mots au prêtre avant de regagner sa place. Quand l'organiste commença à jouer, ils se retournèrent pour regarder arriver Valentine, escortée de David. Elle affichait un sourire si radieux qu'ils en oublièrent un instant le froid polaire qui régnait dans l'église. En la regardant approcher, Alban se sentit plein de joie, de gratitude, et aussi d'une sorte d'exaltation inconnue. Il possédait enfin la certitude d'avoir tourné la page sur une partie de son existence à laquelle il ne s'accrochait plus. Avec Valentine, il allait construire autre chose, et il se découvrait pressé d'attaquer sa nouvelle vie, sans regrets ni appréhension.

Tandis qu'elle prenait place à côté de lui et que David s'effaçait, il pensa à l'enfant qu'elle portait. La menace de l'hérédité planait sur lui, comme sur tous les descendants de Marguerite. Après sa naissance, il faudrait bien qu'Alban parle à Valentine, bien qu'il n'ait qu'une histoire incomplète à lui raconter. Seule Joséphine détenait la clef du mystère familial, mais apparemment elle était décidée à mourir sans la livrer.

Alban jeta un coup d'œil discret en direction de ses neveux. Ils étaient sages, attentifs, réjouis de voir leur oncle se marier, même s'il ne s'agissait pas d'une grande cérémonie où Anne aurait pu être demoiselle d'honneur avec une robe rose et une couronne de fleurs. Anne qui, en se cachant au fond d'une armoire, avait trouvé un vieux portefeuille. Sans cette découverte, les trois frères Espérandieu ne se seraient jamais posé de questions sur la démence de leur mère. Celle-ci serait restée pour eux une originale, dépressive et peu maternelle, dont ils ne conservaient que de vagues souvenirs. Mais la partie de cache-cache des trois gamins avait révélé une tout autre réalité. Désormais, Gilles vivait avec cette incertitude à leur sujet, ce risque supposé de schizophrénie. Alban allait connaître la même inquiétude et les mêmes espoirs au fil du temps. Devait-il faire supporter ce genre d'angoisse à Valentine, ou au contraire se taire, comme son frère qui préférait épargner Sophie ?

La voix du prêtre s'éleva, trop forte sous la voûte à cause du micro. Avec un petit sourire d'excuse, l'ecclésiastique coupa la sonorisation et s'adressa sur un ton plus intime aux mariés qu'il s'apprêtait à bénir.

Les enfants avaient été placés en bout de table, Paul et Louis d'un côté, Anne de l'autre, seul moyen de les faire tenir tranquilles d'après Sophie. Sous les poutres de la somptueuse salle à manger tout en boiseries de la *Ferme Saint-Siméon*, la noce était installée un peu à l'écart et traitée avec une attention particulière par un personnel aux petits soins.

— Quand je m'occupe de quelque chose, il n'y a jamais aucun problème ! affirma Gilles.

C'était lui qui avait réservé, choisi le menu et les vins, préparé une surprise pour les mariés à la fin de la soirée. Au-dehors, une véritable tempête balayait l'estuaire, faisant tournoyer un vent fou autour de l'hôtel.

— Vous aurez eu un temps de chien, fit remarquer Sophie. À la sortie de l'église, le photographe était désespéré. Mais, bon, un 30 décembre à six heures du soir, il n'y avait pas grand-chose à espérer… Dommage que vous ayez été si pressés !

Tout au long de la journée, elle avait multiplié les piques sans parvenir à altérer la bonne humeur de Valentine qui répliqua :

— On se rattrapera pour le baptême. À propos, c'est un garçon.

— Oh, zut ! s'écria Anne qui rêvait d'une cousine.

Joséphine se mit à rire et tapota affectueusement la main de son arrière-petite-fille.

— On ne choisit pas, ma chérie, on prend ce qui vient et on remercie le bon Dieu.

Si elle avait pu décider, elle aussi aurait préféré une fille, mais elle avait eu Félix, son malheureux Félix. Elle reprit une bouchée du turbot à la moutarde et aux tomates, qu'elle savoura en essayant d'en deviner la recette. La journée avait été longue et fatigante pour elle, néanmoins, la sensation du devoir accompli la rendait heureuse. Le mariage d'Alban était l'ultime événement auquel elle avait rêvé d'assister, ainsi pourrait-elle partir en paix le jour où son heure sonnerait.

Un serveur vint remplir les verres de l'excellent meursault sélectionné par Gilles.

— Trinquons ensemble, lui proposa David qui était assis à côté d'elle.

— À quoi veux-tu boire ?

— À toi, Jo, à la bisaïeule !

Tout le monde se joignit à David pour porter ce toast, puis les conversations reprirent.

— Tu mériterais d'être un Espérandieu, lui dit Jo en souriant.

— Oh, c'est tout comme, je me sens bien intégré dans ton clan ! Et très flatté d'avoir été admis parmi vous aujourd'hui.

— Tu es le quatrième mousquetaire, rappela-t-elle, les autres ne pouvaient pas te laisser de côté.

Le regard de Joséphine se posa successivement sur ses trois petits-fils, puis revint sur David. Comme la table était spacieuse, les convives ne se trouvaient pas trop près les uns des autres, ce qui rendait possibles les apartés. Penchée vers David, Jo murmura :

— Je suis vraiment très contente pour Alban. Les cartes m'avaient annoncé depuis longtemps qu'il ferait un mariage heureux, mais je m'inquiétais de ne pas le voir s'attacher.

— Pour le coup, le voilà même enchaîné, il est fou d'elle !

— Elle le mérite. Ah, et puis ne lorgne pas sur elle, ton tour viendra.

Les joues de David s'empourprèrent, ce qui fit rire Joséphine.

— Il viendra même plus tôt que tu ne le penses, ajouta-t-elle gentiment.

Des serveurs débarrassèrent leurs assiettes et emplirent de nouveau les verres. Gilles parlait à Malaury, Sophie à Colas, tandis que Valentine et Alban, face à face, se dévoraient des yeux. Joséphine se pencha de nouveau vers David.

— La seule chose que je déplore, c'est ce retour à la villa.

— Ta villa est en train de retrouver son lustre d'antan, ça devrait te faire plaisir. Tu n'es donc jamais satisfaite, Jo ? Et puis quoi, tu t'imagines dans une maison de retraite ? Ou dans un de ces petits immeubles du front de mer avec leurs trois faux colombages plaqués sur leurs façades pour faire couleur locale ?

— Non, mais tu m'aurais bien déniché une petite maison toute simple quelque part ?

— Jo, « quelque part », c'est nulle part quand on a toujours vécu au même endroit. Tu es née dans cette villa, tu l'aimes.

— Je l'ai aimée, corrigea-t-elle. Avant.

Ses yeux se perdirent dans le vague, puis elle secoua la tête.

— Bien sûr, la maison n'y est pour rien... Tout de même, il y a des lieux qu'on voudrait fuir.

Elle se tourna carrément vers lui, le dévisagea comme si elle le jaugeait.

— Pendant la bénédiction à l'église, tout à l'heure, une idée m'est venue, dit-elle en baissant la voix. Écoute, tu es quelqu'un de solide, alors je vais te faire une confidence.

— À moi ?

— Oui, *rien qu'à toi.*

Une lueur inquiétante s'était allumée dans son regard devenu fixe.

— Marguerite ne s'est pas suicidée, souffla-t-elle.

David resta muet durant quelques instants avant de parvenir à articuler :

— Ce qui signifie ?

— Oh, c'est si compliqué…

De nouveau, elle but une gorgée de vin. Essayait-elle de se donner du courage ? Avait-elle enfin décidé de parler ? David pensa que le moment était particulièrement mal choisi, pourtant, il lui fit signe de continuer.

— Vois-tu, cette femme était folle et elle n'aimait pas ses enfants. Elle n'aimait personne d'autre que Félix. Un amour exclusif et violent au milieu duquel les petits n'avaient pas leur place. Ils l'encombraient ! Pour la calmer, je lui disais de ne pas s'en faire, qu'on s'occupait d'eux, Antoine et moi. Mais Félix ne comprenait pas, il voulait absolument rapprocher Marguerite de ses fils, il prétendait pouvoir réveiller sa fibre maternelle. Il a cru que ce serait bien d'avoir le petit dernier avec eux dans leur chambre. Colas était un bébé adorable, tout calme, mais elle le voyait comme un intrus et elle a voulu s'en débarrasser afin de rester seule avec son mari.

David vida son verre d'un trait. Alban lui avait raconté la crise de Colas devant les rideaux, mais il avait eu du mal à y croire.

— À mon avis, elle a dû essayer plusieurs fois, soupira Jo, parce que Colas s'est mis à pleurer tout le temps. Jusqu'à ce que Félix la surprenne, un après-midi où il était rentré plus tôt que prévu de la fabrique. Quel scandale ! Après, il a voulu la faire soigner, tu penses. Et Colas a été mis illico dans la chambre de ses frères. Dès qu'elle a été délivrée de sa présence, elle s'est désintéressée de lui. En fait, quand ils n'étaient pas dans ses pattes, les garçons ne la gênaient pas, à croire qu'elle les voyait à peine. Une caresse sur la joue, en passant, voilà tout ce dont elle était capable.

Un maître d'hôtel s'excusa de les interrompre et déposa devant eux des assiettes surmontées de cloches.

— Agneau de pré-salé aux blettes et truffes noires, annonça-t-il.

— Spécialité de la maison, précisa Gilles.

Les verres furent changés et un pomerol remplaça le meursault. Joséphine le goûta mais David posa la main sur son bras.

— Arrête, Jo, tu n'as pas l'habitude de boire.

— Dis plutôt que tu veux connaître la fin de l'histoire ! Tu as peur que je m'endorme au milieu du récit ?

— Pourquoi est-ce à moi que tu le fais ? répliqua-t-il du tac au tac.

Ensemble, ils jetèrent un coup d'œil au reste de la tablée. L'alcool, la bonne chère et la chaleur douillette du restaurant donnaient des couleurs à tout le monde, et le ton montait. Alban et Gilles discutaient âprement des mérites comparés du bordeaux et du bourgogne, Malaury tentait d'expliquer à ses neveux ce qu'était un agneau de pré-salé, Anne était allée se jucher sur les genoux de Valentine, tandis que Sophie et Colas se racontaient des blagues qui les faisaient rire aux éclats.

— Tu es mon confident, David. Peut-être que… Eh bien, c'est comme un poids sur ma poitrine, certains jours, ça m'empêche de respirer et je finis par me demander s'il ne faut pas que quelqu'un sache.

— Mais…

— Mais pas eux, non.

301

— Enfin, Jo, s'énerva-t-il à voix basse, tu viens de m'avouer que Marguerite ne s'était pas suicidée. Trois fois rien ! Et tu ne veux pas l'apprendre à ses fils ?

— Réfléchis, chuchota-t-elle. Réfléchis, mon petit David : une balle dans la tête.

Atterré, il resta d'abord bouche bée puis se rejeta contre le dossier de sa chaise. Bien sûr. Si ce n'était pas la pauvre femme qui avait tiré sur elle, il fallait que ce soit quelqu'un d'autre.

— Félix ? articula-t-il.

Sans attendre la réponse, évidente, il se servit un grand verre d'eau qu'il but lentement. Des bribes de confidences lui revenaient. Quelques jours plus tôt, Joséphine avait prétendu que les Espérandieu n'étaient pas des *gens bien*. Et voilà bien longtemps, un soir où elle avait envie de parler, elle s'était écriée : « Nous avons tous menti, nous serons damnés ! »

— Jo, insista-t-il tout bas, c'est Félix qui l'a tuée ?

— Elle avait pris une arme. Il a eu peur pour les enfants, il l'a poursuivie jusqu'au grenier.

La voix de Joséphine était à peine audible, et David dut se pencher de nouveau pour entendre.

— Durant toutes ces années, elle avait eu des crises plus ou moins violentes. Les choses s'arrangeaient un temps puis se détraquaient de nouveau. On n'était jamais tranquilles, jamais sûrs de rien avec elle. Heureusement, vous étiez en pension, mais elle aurait pu s'en prendre à n'importe qui. Les médecins avaient proposé de l'interner. Hélas Félix ne pouvait pas s'y résigner, persuadé qu'elle en mourrait. Ils s'aimaient passionnément malgré tout, et une séparation était au-dessus de leurs forces. Un couple maudit, voilà ce que c'était…

À l'autre bout de la table, Paul et Louis se disputaient, et Gilles dut intervenir. Quand le calme fut revenu et que les discussions eurent repris, Joséphine goûta son agneau. David, l'appétit coupé, la regarda grignoter quelques bouchées.

— Et après, au grenier ? demanda-t-il à contrecœur.

Elle posa ses couverts sur son assiette qu'elle repoussa.

— Ils avaient monté les étages en courant l'un derrière l'autre. Il essayait de la raisonner et elle hurlait en brandissant son revolver. Antoine était aux quatre cents coups, il ne voulait pas s'en mêler mais il les a suivis, de loin. Moi, je suis restée au pied de l'escalier, avec le cœur qui cognait. J'avais eu des tas de rêves prémonitoires que j'avais pris pour des cauchemars à cause de l'ambiance délétère de la maison, mais d'un coup, j'ai eu la certitude qu'il allait arriver quelque chose d'épouvantable.

— Tu ne manges pas ? lança Alban à David.

— Euh… si, marmonna-t-il en essayant de sourire.

Il empoigna sa fourchette et se mit à jouer avec jusqu'à ce qu'Alban se retourne vers Gilles et reprenne sa discussion. Personne ne semblait s'apercevoir que Joséphine, pourtant peu bavarde à table, n'arrêtait pas de parler.

— Fais semblant, lui glissa-t-elle. D'ailleurs, c'est très bon.

Résigné, il mâchonna une lamelle de truffe. Marguerite et Félix, qu'il avait connus enfant, lui apparaissaient maintenant sous un tout autre jour. Il se souvint d'avoir envié Alban, à l'époque, parce que sa mère était très belle.

— Et puis ? dit-il entre ses dents.

— Et puis elle voulait mettre fin à ses jours. Ou bien tuer tout le monde, va savoir. On voit des drames pires que celui-ci dans les journaux. Un père qui assassine sa femme et ses gosses avant de se faire sauter la cervelle…

Elle s'était mise à pousser des miettes de pain sur la nappe, d'un geste mécanique. David avait envie de se boucher les oreilles, mais sa curiosité l'emporta.

— Que s'est-il vraiment passé ?

— D'abord, il y a eu un premier coup de feu. Le bruit de cette détonation me poursuit encore, je t'assure. Un boum à faire trembler les murs de la villa. Là-haut, Antoine a grimpé les dernières marches le plus vite possible, mais un second coup a retenti, celui que Félix a tiré sur elle. Il l'a tuée à bout portant. Et puis il est tombé à genoux et il s'est mis à hurler comme un loup.

Un sanglot sec obligea Joséphine à s'interrompre. Elle reprit son verre auquel elle n'avait plus touché depuis l'avertissement de David, et elle le vida.

— Il a fallu qu'Antoine lui retire le revolver des mains avant qu'il le retourne contre lui. Pendant un moment, ils sont restés là, hébétés tous les deux, avec Marguerite par terre dans une mare de sang, la moitié du visage emporté. Ensuite, Antoine a pris les choses en main.

Antoine, l'adorable grand-père. Un honnête homme. Antoine le patriarche, à qui on aurait donné le bon Dieu sans confession.

— Je ne sais pas ce que vous vous racontez mais ça a l'air passionnant ! intervint Sophie.

Elle avait probablement trop bu car elle ricanait sans raison. Se désintéressant d'eux, elle apostropha Alban au sujet du réveillon du lendemain. Personne n'envisageait de refaire un gueuleton et il fut question de fruits de mer. David poussa Joséphine du coude.

— C'est quoi, prendre en main un meurtre, même passionnel ? chuchota-t-il.

— Félix était horrifié à l'idée que ses trois garçons allaient se retrouver avec un père criminel. Une mère folle dangereuse et un père assassin ! Comment assumer ce genre d'hérédité, hein ? Après tout, elle avait voulu se supprimer, il n'y avait qu'à maquiller sa mort en suicide. La première balle était allée se perdre dans une poutre, Antoine l'a sortie de là. Après, il a mimé la scène pour voir où il fallait laisser tomber le revolver. Qui pourrait s'étonner qu'elle ait mis fin à ses jours ? Elle avait vu de nombreux médecins, elle était cataloguée comme malade mentale. Pendant ce temps-là, Félix se tordait les mains, pleurait toutes les larmes de son corps, et il voulait serrer sa femme dans ses bras. Antoine l'en a empêché, évidemment. Il lui a dit de retourner à la fabrique vite fait, qu'il l'appellerait là-bas pour le prévenir officiellement. Tous les deux, ils ne pensaient qu'aux garçons, qu'à la meilleure manière de les préserver. Moi, j'étais toujours au pied de l'escalier. Ma main serrait si fort la rampe que j'ai cru que j'allais rester accrochée là pour toujours. Quand Félix est passé devant moi, il ne m'a même pas regardée. Il avait l'air d'un zombie, j'ai eu peur de lui. Pourtant, c'était la dernière fois que je le voyais vivant, et d'une certaine manière, je le savais…

Cette fois, Joséphine dut s'arrêter, l'émotion lui serrant trop la gorge. David resta les yeux rivés sur son assiette où l'agneau avait refroidi.

— Monsieur n'a pas aimé ? s'enquit un serveur avec courtoisie.

David bredouilla quelques mots incompréhensibles en guise d'excuse et fit signe qu'on leur resserve à boire. Les aveux inattendus de Jo le rendaient malade. Toute sa jeunesse lui était soudain revenue en mémoire avec une incroyable acuité. Il revoyait Félix, le très sérieux directeur de la fabrique de porcelaine

Espérandieu. Marguerite, belle et diaphane, traversant les pièces de la villa comme une ombre. Alban et ses frères, adolescents rieurs qui se poursuivaient dans les escaliers et les couloirs du paquebot.

Il reporta son attention sur Joséphine qui se taisait à présent. D'un geste furtif, il lui prit la main et la serra. Se sentait-elle mieux d'avoir enfin partagé son secret ? Son drôle de petit chapeau, qu'elle n'avait pas quitté de la journée, projetait une ombre sur son visage, et il ne parvint pas à déchiffrer son expression.

— Je vous ai épargné la pièce montée, annonça Gilles, mais nous avons les mariés !

Deux figurines surmontaient la tarte aux pommes, autre spécialité de la maison. Le maître d'hôtel la déposa devant Valentine et lui présenta la pelle et le couteau.

— Aux tourtereaux ! claironna Gilles d'une voix de stentor.

David se demanda s'il avait connu pire dîner de sa vie que celui-ci. Sans illusions, il devinait que Joséphine allait lui faire promettre de se taire, de garder l'histoire pour lui. De toute façon, comment aurait-il pu jeter ça à la tête d'Alban ? Celui-ci était en train de faire le tour de la table pour porter lui-même les parts de tarte aux convives.

— Merci d'être là, dit-il à David en se penchant au-dessus de lui. Ami, témoin et chevalier servant de notre Jo qui a bavardé comme une pie !

Il embrassa sa grand-mère avant de retourner vers Valentine.

— Tu ne voudrais pas lui gâcher son bonheur, n'est-ce pas ? murmura Joséphine.

— Je savais que tu me sortirais un truc de ce genre. Allez, mange ton gâteau, tu n'as fait que chipoter.

— Voilà l'hôpital qui se fout de la charité ! répliqua-t-elle.

Elle reprenait des couleurs, elle essaya même un petit sourire sans joie. Autour d'eux, la salle du restaurant s'était vidée. À cette saison, les touristes anglais friands d'hostelleries de grand luxe étaient nombreux, mais ils étaient tous partis se coucher.

— Mes chéris, lança Gilles aux mariés, vous n'allez pas prendre de risques sur la route avant votre nuit de noces. Je vous ai réservé une chambre ici pour cette nuit, c'est mon cadeau !

— Il a trouvé moyen de payer quelque chose, ponctua Colas en s'étranglant de rire.

Ignorant le sarcasme, Gilles escorta les mariés jusqu'à la réception tandis que les autres gagnaient le vestiaire. David aida Joséphine à enfiler son manteau et il se décida à poser l'ultime question qui, malgré tout, lui brûlait les lèvres.

— Félix, son accident de voiture, ce n'était…

— … pas un accident, non. Je ne sais pas comment il a fait pour retourner à la fabrique dans l'état où il était, mais quand son père l'a appelé, comme prévu, il lui a dit qu'il ne vivrait pas un seul jour sans elle, et il a demandé qu'on lui pardonne.

Tandis qu'elle fermait les boutons de son manteau, David remarqua ses mains parcheminées aux veines saillantes. Joséphine était une très vieille dame, qui avait beaucoup donné et beaucoup souffert. Depuis bientôt vingt-cinq ans, elle maintenait sa version intacte : sa bru, dépressive, s'était suicidée dans un moment d'égarement, et son fils, accablé en l'apprenant, était rentré trop vite chez lui. Un drame acceptable, presque respectable. La vérité était plus sordide, mais Joséphine et Antoine avaient tordu le cou à la vérité.

« Ils ont bien fait. »

En donnant aux trois garçons la possibilité de ne pas rougir de leurs parents, ils leur avaient offert un avenir.

— J'ai appelé deux taxis, on laisse les voitures ici ! annonça Gilles en les rejoignant. Ma Jo, ton chapeau est vraiment une curiosité, j'espère que tu le laisseras à Sophie par testament !

Il rit bruyamment de sa plaisanterie tandis que sa grand-mère lui donnait une petite tape affectueuse sur la joue. David en profita pour sortir et humer l'air glacé de la nuit. Le vent soufflait moins fort, la tempête s'éloignait.

« Jo est vraiment très maligne, elle a réussi à faire sa confession *devant* ses petits-enfants, mais *sans* qu'ils puissent l'entendre. Une façon de soulager sa conscience malgré tout, et c'est moi qui en ai fait les frais. »

Il se surprit à sourire, songeant qu'en échange du fardeau qu'elle venait de lui confier, il pourrait exiger de se faire tirer les cartes autant de fois qu'il le voudrait.

Main dans la main, Valentine et Alban foulaient le sable de la plage, les yeux rivés sur la mer. Dans quelques heures, une nouvelle année commencerait, l'année qui ferait d'eux des parents.

Rentrés de Honfleur en fin de matinée, ils s'étaient proposés pour aller chercher les huîtres du dîner à Trouville. Uniquement des huîtres, réclamées à l'unanimité par la famille. Mais chez le poissonnier ils avaient craqué pour des petites crevettes grises, quelques langoustines, des bigorneaux, d'irrésistibles praires et, au bout du compte, ils rapportaient un énorme plateau calé dans le coffre de la Twingo. Avant de regagner le paquebot, ils avaient eu envie d'une promenade en amoureux, face au soleil qui brillait par intermittence entre de gros nuages blancs.

— Je pourrais marcher comme ça durant des heures ! déclara Valentine qui semblait en pleine forme.

— Rien ne t'en empêche. Tu peux venir tous les jours, la mer est là toute l'année, plaisanta-t-il.

Il la prit par la taille, la souleva et la fit tournoyer. Puis il la reposa doucement sur le sable avant de l'embrasser.

— Tu étais vraiment très belle, hier.

— Pas aujourd'hui ? Tu n'aimes pas mon gros caban et mon vieux jean ? Tu veux une femme pomponnée, une femme qui te flatte ?

— Tu es flatteuse pour un homme dans n'importe quel accoutrement. Mais je parlais d'hier soir, à la *Ferme Saint-Siméon*, quand tu es sortie toute nue de la salle de bains.

Levant les yeux au ciel, elle remit sa main dans celle d'Alban.

— Obsédé…

— Toi aussi, chérie.

Durant quelques instants, appuyés l'un contre l'autre, ils observèrent un bateau, loin à l'horizon.

— Je suis contente de vivre ici, dit-elle d'une voix rêveuse. C'était le bon choix, Alban.

Il l'espérait, sans en avoir encore la certitude. Au fond de sa tête, les réticences de Joséphine lors de son retour au paquebot l'intriguaient toujours. Et puis il y avait eu la découverte du portefeuille de Félix, du missel d'Antoine, et toutes les questions sans réponse qui en découlaient.

— Deux sous pour tes pensées, railla-t-elle. Mais même pour deux millions, tu ne me les dirais pas, n'est-ce pas ?

Sans répondre, il lui adressa un de ces sourires charmeurs qui la faisaient craquer.

— Allez, rentrons, se résigna-t-elle.

Ils remontèrent la plage vers le parking du casino puis reprirent la route de la villa en mettant le chauffage de la Twingo à fond.

— Ce n'est qu'un soleil d'hiver, fit remarquer Alban.

— Un ciel d'hiver, aussi. Un ciel normand fait pour inspirer les peintres.

Quittant la route des yeux, il observa un instant les nuages. Il se sentait parfaitement bien, plus apaisé qu'il ne l'avait été depuis des mois, en accord avec lui-même. Lorsqu'il tourna sur le chemin qui montait vers la maison, il se surprit à compter les jours qui le séparaient de sa prise de fonction à Saint-Gatien. Il avait *envie* de se mettre au travail, *envie* de voir atterrir et décoller des avions.

Face à lui, la façade du paquebot, éclaboussée par un rayon de soleil, lui parut magnifique. C'était peut-être la plus belle maison qu'il connût, et elle valait vraiment la peine qu'on s'acharnât à la restaurer.

En descendant de voiture, il découvrit que David se garait juste derrière lui.

— Tu ne regardes jamais dans ton rétroviseur ? Je te suis depuis Trouville !

David vint embrasser Valentine et ajouta :

— Je vous ai aperçus sur la plage, tout à l'heure. Cette balade, c'était votre voyage de noces ?

— Exactement, répliqua Alban. Il n'est plus question de faire des dépenses inconsidérées, j'ai encore quelques tranches de travaux à assumer.

— Eh bien, pour soulager ton budget, je t'ai apporté quelques huîtres.

Alban éclata de rire et ouvrit le coffre de la Twingo.

— Regarde… Tu vas être obligé de nous aider à les manger.

— Je ne veux pas prendre pension chez vous. D'ailleurs, ce soir, je réveillonne chez ma sœur.

— Oui mais, là, tout de suite, tu n'as pas d'obligations ? Il faut bien qu'on déjeune, viens.

Valentine annonça qu'elle allait dire bonjour à Joséphine et les deux hommes transportèrent les fruits de mer jusqu'à l'office.

— Tu me fais un café ? demanda David. J'avais un peu la gueule de bois au réveil.

— Les vins étaient succulents, hier soir. Gilles a eu la main heureuse.

— Il adore organiser, décider…

— Et payer ! achevèrent-ils en chœur.

Alban prépara deux tasses et ils s'installèrent face à face sur les longs bancs de bois. La cuisine du paquebot était, comme toujours, accueillante, désordonnée et chaleureuse. À travers les fenêtres à petits carreaux, le soleil projetait une lumière dorée sur la table aux multiples éraflures.

— Vous avez beaucoup parlé ensemble, Jo et toi, pendant le dîner.

La constatation, faite d'un ton un peu trop sérieux, inquiéta David qui choisit une réponse anodine.

— J'adore ta grand-mère, tu sais bien.

— C'est réciproque. Tu t'es occupé d'elle pendant des années.

— Elle s'était occupée de moi quand j'étais jeune. Ah, ses gâteaux… Chez moi, les parents mangeaient avec un lance-pierre, il n'y avait que l'agence qui comptait. Mais ici, je me souviens de m'être souvent goinfré !

Alban esquissa un sourire, sans abandonner son idée pour autant.

— À la *Ferme Saint-Siméon*, vous aviez l'air de conspirateurs, tous les deux.

— Avec un chapeau pareil, je ne vois pas contre quoi on peut conspirer, plaisanta David.

Cependant il devinait qu'Alban allait insister, et il se demanda s'il arriverait à lui mentir.

— Est-ce qu'elle te faisait des confidences ?

David considéra un instant sa tasse vide puis leva les yeux sur Alban.

— Non. Et si tu veux mon avis, elle n'en fera à personne.

Il venait de prendre sa décision, mais peut-être l'avait-il déjà prise la veille, au fur et à mesure du récit de Joséphine. La volonté inébranlable de la vieille dame forçait son admiration, il ne la trahirait pas.

— Tu devrais oublier tout ça, Alban.

— Tu me l'as…

— … déjà suggéré, c'est vrai. Malheureusement, tu ne m'écoutes pas.

Alban le scrutait, pas tout à fait dupe, pourtant David soutint son regard sans sourciller.

— Il n'y a aucun intérêt à exhumer certaines choses, déclara-t-il posément. Si Jo s'obstine à vous dire qu'il n'y a rien, c'est que peut-être, en effet, il n'y a rien, ou alors rien qui vous soit profitable à tes frères et toi. Vous êtes ses grands amours, ses petits-fils adorés, sa seule motivation est votre bonheur, pourquoi ne lui faites-vous pas confiance ? Depuis que tu es revenu, tu n'arrêtes pas de la questionner. À la longue, tu n'as pas peur de lui faire du mal ?

Désemparé par cette attaque, Alban eut un geste d'impuissance.

— J'ai promis de la laisser tranquille, je m'y tiendrai.

— De toute façon, elle est plus têtue que toi. Et puis enfin, Alban, tu as la chance de redémarrer ton existence avec une femme formidable, bientôt un bébé, cette maison inouïe, un super-job, pourquoi t'acharner sur une vieille histoire ?

— Parce que c'est la mienne.

— Mais non ! Tu crois qu'on sait tout de ses parents, de ses aïeux ? C'est de la curiosité mal placée, on ne doit pas fouiller dans les placards des autres.

Alban parut ébranlé. Il soupira, puis secoua la tête.

— D'accord. Je vais suivre ton conseil. Après tout, tu es mon meilleur ami.

De nouveau, il plongea son regard sombre dans celui de David. Ce qu'il y lut parut le satisfaire car il eut un vrai sourire, sans la moindre réserve cette fois.

— On met le couvert ? proposa-t-il. Ça fera plaisir à ces dames.

— Ah bon ? Quand on est marié, on ne reste pas les pieds sous la table, on ne devient pas odieux ?

Le danger s'éloignait, et David se sentit soulagé. Alban aurait bientôt d'autres préoccupations que s'interroger en vain sur le passé de sa famille. L'arrivée du petit Charles Espérandieu allait reléguer l'histoire de Marguerite et de Félix au second plan, et Joséphine emporterait leur secret dans sa tombe.

Des bruits de voix et des rires d'enfants, en provenance de la galerie, annoncèrent l'arrivée des autres.

— La maison va te sembler vide quand tes frères rentreront à Paris.

— Ils partent demain, mais je sais qu'ils reviendront vite. Ils se plaisent de plus en plus ici. On a toujours tous adoré le paquebot, et maintenant qu'il est à peu près retapé…

Une pile d'assiettes dans les mains, Alban se tourna vers David.

— À propos, on va organiser une fête, au printemps. On invitera des tas de gens et je te présenterai de très jolies filles.

— Tu en connais encore ? railla David à voix basse.

— Plein. Et tu sais ce qu'on fera ? On lancera une bouteille de champagne sur la façade pour célébrer la renaissance du navire !

Alban disposa les verres, puis il sortit un pan de sa chemise et essuya ses lunettes. Ensuite, il alla tapoter les coussins du vieux fauteuil de rotin qui trônait au bout de la table.

— Toi, dit-il à David, tu iras t'asseoir à l'autre bout. Finies, les messes basses !

Il se mit à rire avec insouciance tandis que le reste de la famille faisait bruyamment son entrée. Docile, David gagna sa place, et lorsque Joséphine passa à côté de lui, il lui adressa un petit clin d'œil en murmurant :

— Alors, Jo, il n'est pas gai, aujourd'hui, ton *bazar maudit* ?

La vieille dame hocha la tête, amusée. Elle était née là, c'était sa villa qui, comme toutes les maisons, avait une histoire.

Quoi de plus banal ?

Comment rester femme quand on mène une vie d'homme ?

(Pocket n° 13591)

Quand Martial, son époux, est mort, Léa a décidé de prendre la direction de l'exploitation forestière. Mais elle ne possède ni l'autorité ni l'expérience de celui-ci et, en tant que femme, peine à s'imposer et à commander ces bûcherons et ces débardeurs durs et méfiants. Alors que Tristan, son second mari, sombre dans l'alcoolisme, Léa ne peut plus compter que sur Raphaël, ingénieur des Eaux et Forêts, pour l'aider à sauver l'exploitation de la ruine et la réconforter...

Il y a toujours un Pocket à découvrir

Une maison de famille pleine de secrets...

(Pocket n° 13329)

Épuisée par son divorce, lasse de la vie parisienne, Pascale Fontanel a décidé de retourner à Peyrolles, dans le Sud-Ouest. Contre l'avis de son père, elle s'installe dans le domaine familial. Mais là, ses heureux souvenirs sont vite troublés par d'étranges événements : un jardinier qui refuse de quitter la propriété, des voisins qui évoquent d'inquiétantes histoires et surtout la découverte de ce livret de famille au contenu préoccupant... Que s'est-il passé à Peyrolles ? Pascale est déterminée à découvrir la vérité.

Il y a toujours un Pocket à découvrir

Une femme indomptable

(Pocket n° 12443)

Voilà sept ans que Lucrèce a quitté Bordeaux pour la capitale. Devenue une journaliste reconnue, elle fait également tourner les têtes, y compris celle de Claude-Éric Valère, grand patron de presse. Mais elle n'est pas du genre à se laisser dompter. Tout en multipliant les aventures, elle poursuit sa liaison avec le célèbre chirurgien Fabian Cartier, privilégiant son indépendance. Pourtant, le destin lui réserve bien des surprises… Lucrèce finira-t-elle par douter de son choix de vie ?

Il y a toujours un Pocket à découvrir

Composé par Nord Compo Multimédia
7, rue de Fives, 59650 Villeneuve-d'Ascq

Imprimé en France par

à La Flèche (Sarthe)
en février 2010

POCKET – 12, avenue d'Italie - 75627 Paris cedex 13

N° d'impression : 56619
Dépôt légal : mars 2010
S19173/01